ハヤカワ文庫NV

〈NV1480〉

エンド・オブ・オクトーバー

〔上〕

ローレンス・ライト

公手成幸訳

早川書房

8667

THE END OF OCTOBER

by

Lawrence Wright

Translated by

Shigeyuki Kude

First published 2021 in Japan by

HAYAKAWA PUBLISHING, INC.

This book is published in Japan by

direct arrangement with

THE WYLIE AGENCY (UK) LTD.

公衆衛生のために命懸けで献身してきた多数の男女の
勇気と創意工夫に敬意を表すべく、本書をささげる。

この感染症はありとあらゆる医療処置をものともせず、世界のいたるところで死が吹き荒れた。そして、その状況がどこまでも継続し、数週間後にはすべての町が壊滅して、生命を持つ存在をことごとく滅ぼすであろう事態に至った。全世界のひとびとが失望を感じ始め、だれもが恐怖のために心を挫(くじ)かれた。ひとびとの魂は苦痛に張り裂けて絶望に陥り、あらゆるひとびとの顔に死の恐怖が宿ることとなった。

——ダニエル・デフォー著『疫病流行記』

「だが、疫病とはなんなのか？　それは生命体。それだけのことだ」

——アルベール・カミュ著『ペスト』の一節

目次

第一部 コンゴリ

下巻目次

エンド・オブ・オクトーバー〔上〕

登場人物

ヘンリー・パーソンズ…………疾病予防管理センター（CDC）の感染症対策専門家
ジル………………………………ヘンリーの妻
ヘレン……………………………ヘンリーの娘
テディ……………………………ヘンリーの息子
マギー……………………………ジルの妹
バンバン・イドリス………………ジャカルタのタクシー・ドライヴァー
マジド王子………………………サウジアラビアの保健大臣。ヘンリーの友人
ハサン・アルシェーリ……………サウジアラビアの警視正
マリア・サヴォーナ………………世界保健機関（WHO）の感染症対策部長
マルコ・ペレーラ…………………ＣＤＣのエピデミック情報サービス職員
ジェイン・バートレット…………保健福祉省公衆衛生局の少佐
マティルダ・〝ティルディ〟・ニチンスキー……国土安全保障副長官
トニー・ガルシア…………………《ワシントン・ポスト》紙の記者
リチャード・クラーク……………リスク・マネージメントのコンサルタント
ユルゲン・スターク………………ヘンリーのフォート・デトリック時代の上司

第一部　コンゴリ

1. ジュネーヴ

緊急の伝染性疾病に関する会議の最終日の午後のセッションとして、ジュネーヴの壮大な会議場に各国の保健医療担当官たちが集まっていた。聴衆は落ち着きがなく、まる一日のミーティングによって疲弊しており、フライトに乗り遅れることを心配していた。ローマでテロ事件が発生したために、だれもが神経質になっていた。

「インドネシアの難民キャンプにおいて、若年層に異常な死者数が出るクラスターが発生しています」会議の最後から二番目の発言者が語っている。ハンスなにがしという人物だ。オランダ人。長身で、傲慢で、太っている。白髪まじりのブロンド・ヘアの手入れされていない毛先が襟もとに垂れかかり、肩のあたりの繊維がパワーポイントを映しだすプロジェクターの光を浴びて光っていた。

スクリーンにインドネシアの地図が出現した。

「ジャワ島西部にあるコンゴリ第二難民キャンプにおいて、三月の第一週に四十七の死亡証明書が発行されたのです」ハンスがレーザーポインターでその地点を照らし、そのあと、恐ろしく憔悴したみすぼらしい難民たちのスライドがつぎつぎに表示された。そこには行き場のないひとびとがあふれかえり、性急に設置されたキャンプに何百万もの人間が集まってきて、囚人のようにフェンスの内側に閉じこめられ、食糧が不足し、医療体制も不十分だった。このような場所で伝染病が流行してもなんの不思議もない。コレラ、ジフテリア、デング熱——熱帯ではつねになんらかの疫病が発生しているのだ。

「高熱、血性帯下、急速な感染、きわめて高い死亡率。しかし、この感染クラスターのほんとうに顕著な点は」グラフを表示しながら、ハンスが言う。「罹患者の年齢の中央値なのです。通常、感染症はランダムに各年代にひろがりますが、このクラスターにおいては、年代別の死亡率が住民のもっとも壮健な年代グループで突出しているのです」

ジュネーヴの壮大な会議場に集まった世界の保健医療担当官たちがその奇妙なスライドをまじまじと見て、その特異性に興味を示す。致死性の高い病気は通常、年少者と年長者に死をもたらすものだが、そのスライドには、それを表すU字型のグラフではなく、おおざっぱなW字型に見えるグラフが描かれ、死亡者の平均年齢は二十九歳となっていた。

「最初の発生に関する概略報告に基づき、われわれはこの感染症の死亡率は七十パーセントを超えると推定しています」ハンスが言った。

「幼児や胎児については？」困惑まじりの沈黙を破って、世界保健機関(WHO)の感染症対策部長、マリア・サヴォーナが口をはさんだ。

「報告された人口統計上では、多数にのぼるとなっています」ハンスが答えた。

「性交による感染の可能性は？」日本の女性医師が問いかけた。

「ありそうにないです」とハンス。彼は悦に入っていた。いま彼の顔はパワーポイントの投影像のほうへ向けられ、つぎのスライドの上に大きな影が投げかけられていた。「今後数週間、死者数の報告が現状を維持する可能性はありますが、全体的な感染者数は顕著に減少しています」

「その場合は、単発的な発生となりますね」日本の女性医師が結論を出した。

「四十七名もの死者ですよ？」ハンスが言った。「かなりの乱交パーティーがあったということですね！」

日本人の医師が顔を赤らめ、くすくす笑いを隠そうと口を覆った。

「オーケイ、ハンス、われわれはもう、いろいろと推測をさせられるのにはうんざりです」いらだちながらマリアが言った。

ハンスが勝ち誇ったように場内を見まわす。

「赤痢菌」信じられないと言いたげなうなり声が場内であがった。「このありえない死亡率の推移がなければ、みなさんも納得されるでしょう。その点がやはり、われわれを当惑させるのです。赤痢菌は貧困な諸国においてはありふれた細菌であり、多くの食中毒の原因です。われわれがジャカルタの保健当局に問いあわせたところ、当局は、飢餓状況においては、かぎられた食糧源を手に入れられるほど強壮なひとびとは若年層だけであろうと結論づけています。この場合、体力が死を招いたというわけです。われわれのチームは、感染源はおそらく生乳であろうと推定しています。われわれとしては、この件は、人口統計的な固定観念（ステレオタイプ）にとらわれると、明白である事実が見えなくなる警告例であると申しあげたい」

おざなりな拍手のなか、ハンスが演壇を降り、マリアが最終発言者を演壇へ呼び寄せる。

「ウィスコンシン州のカンピロバクター感染症は……」男が切りだした。

突然、威厳のある声がそれをさえぎった。

「激烈な出血熱が一週間で四十七名を死亡させ、跡形もなく消え失せたというのか？」

二百人の聴衆が、その朗々たるバリトンの声の出どころを求めて、首をまわす。その声の持ち主、ヘンリー・パーソンズは大男であろうとだれもが思っただろう。それはちがう。

彼は短身瘦軀で、幼少期にくる病に罹患したために腰が曲がり、そのせいで体がいくぶんゆがんでいた。顔立ちといかにも教授らしい声は、そのぱっとしない身体には著しく不釣り合いだった。ぱっとしない見かけにもかかわらず、彼はおのれの価値をよく知る男としての風格を漂わせている。彼の伝説を知るひとびとは、陰で、笑いと畏怖をまじえて、彼のことを〝ヘル・ドクトル〟――〝ミスター・ドクター〟――とか小柄なやかまし屋とかと呼んでいた。彼は、もし研修医が正しく標本を用意するのに失敗したり、実際には彼にとってのみ意味のある症状を見落としたりすれば、その研修医を涙にくれさせる力を有するが、ではあっても、二〇一四年に西アフリカで発生したエボラウイルス感染症の対策において国際チームを指揮したのはヘンリー・パーソンズなのだ。彼はその症例を追跡し、最初はギニアの生後十八カ月の少年がフルーツバット――オオコウモリ――によって感染したことを突きとめた。彼にはその種の逸話が多々あり、もし彼がみずからの功績を求めたならば、さらに多数の話が出てくるだろう。つぎつぎに発生する疾病との戦いにおいては、ヘンリー・パーソンズはけっして小男ではなく、巨人なのだ。

ハンスなにがしが目を細くし、ヘンリーが上階の薄闇のなかにいるのを突きとめた。

「環境要因を考慮するならば、それほど異例ではないでしょう、ドクター・パーソンズ」

「あなたは〝感染〟という語を用いたが」

ハンスが、ゲームが再開されたことをよろこんで、笑みを浮かべる。

「インドネシアの当局は当初、ウイルス性因子を疑いました」

「なにが当局の考えを変えさせたのか？」ヘンリーが問いかけた。

マリアが興味を覚え始めた。

「あなたはエボラだと考えてらっしゃる？」

「その場合は、都市部の中心地区への移動が観測されたはずでしょうが」ハンスが言った。

「そこには見られなかった。汚染の源を潰し、感染が消え失せたのです」

「あなた自身が実際に難民キャンプへ足を運んだ？」ヘンリーが問いかけた。「そしてサンプルを取った？」

「インドネシアの当局は完全に協力的でした」ハンスがそっけなく応じた。「いまは国境なき医師団のチームが配置されており、まもなく追認の知らせがわれわれのもとに届くでしょう。意外な結果を期待されないように」

ハンスは少しのあいだ待ったが、ヘンリーは椅子にもたれこみ、考えこむように指で唇をたたいているだけだった。つぎの発言者がスピーチを再開する。

「ミルウォーキーの食肉処理場で」と彼が話し始め、時間を気にしている二、三の出席者が身をかがめて出口のほうへ向かった。空港のセキュリティが厳しくなり、時間がかかるようになっているのだ。

「まいったわ。あのとき、あなたがあんな発言をするなんて」マリアが、ヘンリーとともに彼女のオフィスに入ったとき、そう言った。オフィスはガラス張りで、しゃれていて、モンブランの威容がよく見えた。アルプスという障壁に阻まれた白いコウノトリの一群が、ジュネーヴ湖のそばに降り立つ場所を見つけようと旋回している。その群れの出発地はナイル渓谷で、ここが春の渡りの最初の中継地なのだ。

「なにを発言したかな？」

マリアは椅子にもたれこみ、ヘンリーのしぐさをまねて、指で唇をたたいた。

「それはわたしの癖だね？」ヘンリーは彼女のデスクに杖をもたせかけながら問いかけた。

「あなたがあの発言をしたとき、これはわたしが危惧すべきことだとわかったの。ハンスの調査のどこに疑いを持つようになったの？」

「急性出血熱。ウイルス性である可能性がひどく高い。奇妙な死亡率は、赤痢菌が原因とするにはまったくふさわしくない。それに、なぜその伝染が突然――」

「とまってしまった？　わたしにはわからない。ヘンリー、あなたが教えて。またインドネシアが？」

「あの国は前にも隠蔽をやらかした」

「今回は髄膜炎が発生したようには見えないけど」

「ぜったいにそれではない」ヘンリーはわれ知らず、また指で唇をたたき始めていた。マリアが返事を待っている。「どうすべきかをきみに語るべきではないだろう」ようやく彼は言った。「たぶん、ハンスが正しいんだろう」

「でも……？」

「死亡率。驚くほど高い。もし彼がまちがっていたら、好ましくない事態になる」

マリアが窓辺へ足を運ぶ。雲が垂れこめてきて、壮大な峰を覆い隠していた。彼女がしゃべろうとしたとき、ヘンリーが口をはさんで、彼女の思考をさえぎった。

「わたしはもう行かねば」

「まさに、わたしもそれを考えていたところ」

「自宅に帰るという意味だよ」

マリアは、彼のことばをちゃんと聞いたような調子でうなずいたが、そのイタリア人の目には不安が浮かび、異なったメッセージを表していた。

「あなたの時間を二日ちょうだい。度の過ぎた依頼であることはわかってる。まる一個チームを派遣すべきなんだけど、ほかに信頼できるひとがいなくて。ハンスは現地に国境なき医師団が着いていると言ってるから、彼らが助けになってくれるでしょう。とにかく、病原体のスライド標本（サンプル）を手に入れて。持ち帰ったら、ここを離れて、アトランタの自宅に帰ってくれたらいいわ」

「マリア……」

「お願い、ヘンリー」

　旧知の仲とあって、ヘンリーには、ハイチにおけるアフリカ豚熱を研究してきた若い女性疫学者の顔が紅潮して不安を示しているのを見てとることができた。マリアは、その疾病を媒介する現地の豚の根絶を提唱したグループの一員だった。ハイチでは、ほぼすべての家庭が豚を飼っている。豚は主要な食糧源であるのに加え、通貨の役割も果たしていて、農民にとっては一種の銀行なのだ。国際社会と、〝ベイビー・ドク〟と呼ばれる独裁者デュヴァリエのおかげで、わずか一年でハイチの豚は完全に絶滅し、対策はほぼ前例がないほどの成功をおさめた。根絶によって治療不能の疾病が阻止されたのだ。だが、もともと貧しかった農民たちは飢餓に陥った。代わりに供給されたアメリカ豚は、現地の環境にはデリケートすぎるうえ、価格が高すぎ、そのほとんどが腐敗したエリート層に着服された。ほかに収入源のないひとびとは木炭の製造に生業を変え、それは森林の消滅をもたらした。ハイチの森林は復活しなかった。そもそも豚の根絶をすべきであったかどうか、そこに議論の余地があるだろう。あの当時、自分たちは確信を持つ理想家だったのだ、とヘンリーは思いかえした。

「最長で二日」彼は言った。「テディの誕生日までに帰ると、ジルに約束したんでね」

「約束するわ。リナルドにつぎのジャカルタ行きのフライトを予約させましょう」マリアは、ヘンリーが感染症対策副部長を務めるアトランタの疾病予防管理センター（CDC）に自分が電話を入れ、許可を得ておくと請けあった。これは彼女からの緊急の要請ということで。

「それはそうと」立ち去りながら、ヘンリーは言った。「ローマからなにか知らせは？　きみの家族は安全なのか？」

「わからない」あきらめたような声でマリアが言った。

ローマでのテロ事件は謝肉祭、すなわち四旬節（レント）前にイタリア全土で開催される八日間のフェスティヴァルを狙って計画されたものだった。ローマのポポロ広場は、コスチューム・パレードと有名な踊る馬たちを目当てに、ぎっしりとひとが群れていた。その朝のニュースは、フェスティヴァル参加者たちの死体と双子教会の残骸のなかに散らばる、美しい馬たちの引き裂かれた死体の写真で埋めつくされた。

「ローマで数百人もの死者が出て、いまも死者数は増えつづけています」ＦＯＸニュースの司会者が言っていた。「イタリア政府はどのような対応を?」

イタリアの若い首相は国家主義者で、左右は短く、上部は長いという、ヨーロッパ全土を覆いつつあるネオ・ファシストのあいだで流行しているヘアスタイルをしていた。予想どおり、首相はイスラム教徒の大規模追放を提案した。

そのとき、子どもたちがどたどたと階段をおりてくる足音が聞こえたので、ジルはテレビのスウィッチを切った。子どもたちは、テディとその友人たちが行く予定のレゴランドへ、ヘレンをいっしょに連れていってもいいかどうかと口論をしていた。ヘレンはレゴに興味をいだいてもいないのだが。

「ワッフルがほしいひとは?」ジルは陽気に問いかけた。

子どもたちはどちらも返事をしない。まだ無意味な議論に夢中になっているのだ。パンダのように目の周囲が黒い雑種の救助犬、ピーパーズがけんかの仲裁にのりだそうと、部屋の隅でもぞもぞしていた。

「ぼくの誕生日なんだぞ」テディが憤然として言った。

「わたしの誕生日には、いっしょにシックス・フラッグ(アメリカの各地にある遊園地)へ連れてってあげたでしょ」ヘレンが言いかえした。

「ママ、ヘレンがぼくのワッフルを取っちゃった!」テディがべそをかいた。

「ひとくち、かじっただけよ」

「触ったじゃないか！」

「ヘレン、自分のシリアルを食べなさい」そっけなくジルは言った。

「これ、ふやけちゃってる」

ヘレンが平然と、またテディのワッフルをひとくちかじる。テディが怒って、叫んだ。ピーパーズが吠えて応援する。ジルはため息をついた。ヘンリーが街を離れるといつも、家のなかはカオスになってしまう。が、心のなかで夫をなじろうとしたちょうどそのとき、彼女のiPadがうなりだした。ヘンリーがフェイスタイム（アップル製品どうしのみで無料通話ができるアプリ）を使って、連絡を入れてきたのだ。

「わたしの心を読んだの？」彼女は問いかけた。「いま、テレパシーであなたに声をかけてたんだけど」

「なんだかよくわからないな」ヘンリーが、背後の口論の声を聞きながら、そう言った。

「ここにいてくれないことで、あなたを罵（ののし）ろうとしてたの」

「子どもたちと話をさせてくれ」

即座に、テディとヘレンがおとなしくなった。魔法みたいなもの、とジルは思った。ヘンリーが子どもたちにかける魔法。ピーパーズもおとなしく尻尾をふっていた。

「パパ、いつ家に帰ってくるの？」テディが尋ねた。

「火曜日の夜。遅い時間になるよ」ヘンリーが言った。

「ママはあすには帰るって言ってたよ」

「そうしたいんだが、急に予定が変わってしまった。でもだいじょうぶ。おまえの誕生日に、ぎりぎり間に合うよ」

テディが歓声をあげ、ヘレンが手をたたく。胸を打つ展開だ。ジルには、ヘンリーのようにみごとに騒動を鎮めることはけっしてできないだろう。わたしは厳しすぎるんだ、と彼女は思った。こんなふうになるのは、ヘンリーが子どもたちに話しかけるとき、いつも誠実そのものだからだろう。どうしてか、子どもたちは、自分たちは守られているんだと感じる。ジルもまた、そのように感じていた。

「ぼく、ロボットをつくったよ」テディがｉＰａｄを掲げ、科学研究コンテストのために組み立てた、プラスティックの塊と電気回路、そして古い携帯電話から成るしろものを見せつける。骸骨めいた顔に、目として二個のカメラ用レンズがはめられていた。ジルは、あれでは死者の日の人形（ディ・オブ・ザ・デッド・ドール）（故人を偲んで家族や友人が祝祭をおこなうメキシコの行事を模したもの）みたいに見える、とジルは思った。

「自分ひとりでやったのか？」ヘンリーが言った。

テディがうなずく。誇らしい思いで顔が輝いていた。

「どんな名をつけたんだ？」

テディがロボットのほうへ顔を向ける。

「ロボット、おまえの名は？」

ロボットがかすかに首をかしげる。

「マスター、わたしの名はアルバート」ロボットが言った。「わたしはテディ様のものです」

「なんとなんと！　すばらしいじゃないか！」ヘンリーが言った。「彼はおまえをマスターと呼ぶんだね？」

テディがくすくす笑い、心からうれしいときにいつもするように顎をぐいとあげた。

「わたしの番よ！」とヘレンが言い、テディの手からiPadを奪いとる。

「やあ、わがきれいなお嬢さん」ヘンリーが言った。「きょうは試合があるはずだね」

ヘレンは六年生で、サッカー・チームに所属しているのだ。

「ゴールキーパーをしてくれと言われてるの」

「すごいじゃないか？」

「あれって退屈。じっと立ってるだけなんだから。わたしにゴールキーパーをやらせたいのは、背が高いからってだけのことなの」

「でも、ゴールをセーヴするたびにヒーローになれるだろう」

「もしセーヴできなかったら、みんなに憎まれちゃうのよ」

いかにもヘレンらしい、とジルは思った。テディは陽気なのに、ヘレンは陰気。悲観的な気分を醸しだしていて、それが奇妙な力をヘレンに与えている。ヘレンの判断力にクラスメートたちがちょっとした恐れをいだいていることを、ジルは目の当たりにしてきた。目鼻立ちがいいうえに、そういう特性があるのだから、女の子たちのあいだで憧れの的になり、思春期の少年たちを悩ませるビーコンになっている。

「まだ家に帰れないって部分の話を聞いてないけど」また会話ができるようになった機会を捉えて、ジルは言った。ヘンリーは疲れているように見えた。iPadの画面に映る彼の顔は、丸眼鏡の奥に鋭いまなざしがあるせいで、十九世紀のオーストリア貴族のように見えた。その背後から、フライトへの搭乗を呼びかける声がつぎつぎに聞こえてくる。

「おそらくはなんでもないんだろうけど、よくある事態がまたひとつ持ちあがってね」ヘンリーが言った。

「今回はどこで？」

「インドネシア」

「え、そんな」思わず不安をあらわにして、ジルは言った。「ふたりとも、さっさと食べ終えて。そろそろバスが来るわよ」それからヘンリーに向かって言う。「あなた、眠ってないんじゃない？ 睡眠薬(アンビエン)を服んで、ひと晩ぐっすり眠るようにして。薬は持ってる？ 飛行機に乗ったら、すぐにそれを服むようにね」

彼女は案じていた。ヘンリーは医師であるのに、薬剤を摂取することをひどくいやがるのだ。

「きみが隣にいるのを感じられるときに、また眠るよ」彼が言った。それはいつもの腹立たしく、情愛のこもったことばで、彼が帰宅するまで耳のなかで鳴り響くだろう。

「危険は冒さないでよ」むだと知りつつ、ジルは言った。

「けっしてそんなことはしないさ」

2. ザ・ブルー・レディ

この上空からでも、スマトラの火炎を見てとることができた。原生林と泥炭地が焼きはらわれて、さらなる椰子のプランテーションへとつくりかえられているのだ。椰子のオイルはその半分ほどが、どのスーパーマーケットでも販売されているピーナッツバターや口紅などの製品の原料となる。毎年、東南アジア一帯の火災からあがるスモッグが四季を通じて十万人ものひとびとの命を奪い、地球温暖化を臨界点へ押しあげようとしていた。ヘンリーがジャカルタ空港の外に出て、タクシー待ちの行列に立つと、重苦しい空気が鼻孔を焦がした。行き来する旅行者の群れをながめて、彼は思った。喘息、肺がん、肺疾患。どの疾病も、無残なやりかたで死をもたらす。その道のプロフェッショナルとして、彼はどこに行っても、病気に目を向ける習癖を持ちあわせていた。

モンスーン・シーズンの真っ只中だった。たっぷりと雨を含んだ黒い雲が垂れこめ、街路は先ほどの土砂降りですでに水浸しになっている。ジャカルタは掘っ立て小屋だらけの都市だが、それだけでなく高層建築物が徐々に沈降しつつあった。人口が急増するせいで地下帯水層の水が吸いあげられて、彼らが暮らす土地の陥没をもたらし、一方、その周囲では海面が絶え間なく上昇していた。これは都市の自殺のようなものだ、とヘンリーは思った。

「ジャカルタは初めて？」タクシー・ドライヴァーが尋ねた。

ヘンリーは心ここにあらずだった。また雨が降りだし、交通が渋滞して、いらだちの騒音があがる。少年がひとり、鶏の籠を十フィートの高さに積んだ驢馬（ろば）の荷車を引いて、歩道を通りすぎていった。

「何度も来てるよ」ヘンリーは言った。

インドネシアは、疫学者が技能を習得するにはすばらしい土地なのだ。ここは疾病を育む温室で、つねになんらかの疫病が発生している。政治は助けにならない。いまこのときにも麻疹が流行しており、その一因はワクチンを禁じるイスラムの裁断（ファトワ）にあった。ＨＩＶは、世界のどの地域よりもこの国で激増し、政府はそれにつけこんで、ホモセクシャルやトランスジェンダーへの弾圧を正当化している。

ドライヴァーは太っていて、陽気、インドネシアのムスリムたちが好むつばのない帽子をかぶっていた。バックミラーにぶらさげられたジャスミンの小枝から漂う芳香が、息苦しい車内に満ちていた。ヘンリーはミラーに映るドライヴァーの顔を見た。いまはもうフロントガラスにたたきつけるほどの雨になっているのに、ドライヴァーはサングラスを掛けていた。

「ジャカルタ旧市街の観光をしたいとか、お客さん？」

「ここには一日しかいないよ」

インドネシア保健省に近づいてくると、交通量はいくぶん減ったが、雨はいっこうにやまなかった。ヘンリーが見たところでは、屋根のあるエントランスにたどり着くまでに、ずぶ濡れになるのは明らかだった。

「待った、お客さん。助けるよ」ドライヴァーがタクシーのトランクを開いてヘンリーのスーツケースを取りだし、そのあと雨傘を開いて、ヘンリーを建物の入口まで送りとどけてくれた。「何度もジャカルタに来てるのに、モンスーンのときに雨傘を持ってこなかったとは」ドライヴァーがからかった。

「今回は教訓をきちんと学ぶよ」

「待っててほしい？」

「どれほどの時間がかかるかわからないしね」ヘンリーは言った。「たぶん、一時間ほどか」

「ずっと、ここで待ってるよ」とドライヴァーが言って、ヘンリーに名刺を手渡した――バンバン・イドリス。なんなりとご用命を。

「ありがとう（テリマカシ）、バンバン」ヘンリーは言った。マレー語のヴォキャブラリーの持ち合わせはそれだけだった。

三時間後、ヘンリーはまだ、ほかに一ダースほどもいる眠たげな申請者たちとともに、大臣執務室の待合室にすわっていた。ティー・ボーイが期待するように彼を見たが、ヘンリーはすでにカフェインをたっぷり摂っていて、忍耐が限界に達していた。重要なのは家に帰ることだけ。ふたたび、携帯電話で予約をチェックする。まだ、難民キャンプに行って、スライドを手に入れ、空港へ急行するだけの時間は残っていた。ぎりぎりだが。東京への八時間後の深夜フライトに搭乗しよう。もしそのフライトを逃したら、テディの誕生日に間に合わなくなる。すべて、だれが優位なのかを見せつけながらおこなわれる官僚仕事のせいだ。

前回、この部屋で延々と待たされたのは二〇〇六年のことだった。当時の保健相はシティ・ファディラー・スパリという別の人物で、致死性の可能性があるH5N1型鳥インフルエンザウイルスのサンプルを提供するのを拒否した。六百名を超えるひとびとが鳥から感染し、半数以上が命を落とした。感染者の多くはインドネシア在住である。もしH5N1がひとからひとへ感染するようになれば、ものの数週間のうちに地球全体に蔓延(まんえん)し、悲惨な結末に至っただろう。世界中の疫学者がじりじりしていたが、それでもインドネシアは、この疾病は黄金や石油のような国家的資源だと主張し、用心深くその病原体をどこにも渡さなかった。シティはその新たな政策を〝ウイルス主権〟と呼んだ。インドのような国々は、土着疾病の患者は自国のものであるという考えかたにすばやく飛びついた。

ヘンリーはその論争に激烈に加わった。データの秘匿は狂気の沙汰だ、と主張した。科学に国境はないし、疾病の取り扱いには——とりわけその疾病が文字どおり鳩の羽に乗っていくとすれば——国境などはどこにもないとわかっているからだ。病原体のサンプルが手に入らないようなら、世界の医療コミュニティは新奇ウイルスの蔓延を防ぐ手立てを失うだろう。保健衛生に関わる世界のすべての機構が無力になりかねない。インドネシアは、高価すぎて自分たちには手に入らないワクチンをほかの国々が開発するのは、国家的資源であるウイルスが搾取されることになると問題にした。ヘンリーは、ウイルス提供の見返りに、インドネシアにワクチンを〝供与する〟という協定を作成したのだが、その協定は、インドネシアが病原体のサンプルから製造されたワクチンを無制限に入手できることを要求したために、早々と無効になった。

その取り引きが打ち止めになると、論争は一気に複雑化した。ロッテルダムにあるエラスムス・メディカル・センターのロン・フーシェがインドネシアのウイルスの遺伝子を研究室で組み換え、空気感染やさまざまな哺乳類間の感染能力などを含む、新たな性質を与えた。ウィスコンシン大学の河岡義裕がそのウイルスのヴェトナム系変異種に対して、同様のことをおこなった。そのふたりは将来のパンデミックに備えてのワクチンの鋳型を生みだしたのだが、いざその発見を、方法論をも含めて公開しようとすると、《ニューヨーク・タイムズ》紙がその科学者たちは〝最後の審判〟の実験を遂行しようとしていると非難した。そのようなウイルスは、〝もし隔離状態を解かれたり、テロリストに盗まれたりすれば、何億ものひとびとの命を奪いかねない〟と主張したのだ。アメリカのバイオセキュリティに関する国家科学技術諮問委員会がその実験に待ったをかけたが、その前に、新たにつくられたウイルスは〝だれの所有物か〟という別の問題が持ちあがっていた。アメリカとオランダの政府は、インドネシアが先んじて持ちだした問題に関して、同じ論争をくりかえすことになった。ヘンリーは、WHOで二〇一二年に開かれた国際保健医療担当官会議の議長をつとめ、その会議において、フーシェと河岡の論文は修正抜きで、そのまま発表されることが決定された。知識に危険がつきまとうことはヘンリーもよく承知していたが、無知であることはさらに悪い。インドネシア政府は、ヘンリーが自分たちを欺いたと非難した。その悪評がいまも残っているのは明らかだった。

またまた受付係がヘンリーのほうへやってきて、今回はこわばったような、もったいぶったような笑みを浮かべた。

「アニサ大臣は、本日は残念ながらお目にかかれないとのことでして」受付係の女性が、ヘンリーがほかの請願者たちの前で恥をさらすことのないよう、小声でそう言った。「明日ならお約束できるとのことで――」

「残念」ヘンリーは言った。

「はい」受付係が、ヘンリーの声の大きさに不意を衝かれながら言った。「大臣はお加減がひどくお悪くて」

「残念だが、不承諾の通知をせねばならなくなるでしょう。いますぐ、わたしと会ってもらえないようなら、明日、彼女は国際的な査察に対応させられるはめになるでしょう。すべてが彼女の判断にかかっています。午後三時までに決断してもらいましょう」

受付係が時計を見やった。午後三時まで、あと四十五秒。受付係の女性はためらい、そのあと大臣の執務室へ急行した。秒針が文字盤の頂点に達したちょうどそのとき、ドアがふたたび開いた。

アニサ・ノヴァント大臣はいかにも官僚らしい冷ややかな目をしており、かすかな笑みを浮かべてはいたが、内心の憤懣（ふんまん）をろくに隠せていなかった。ヘンリーが初めて出会ったのは、この国で狂犬病が流行していたころで、彼女はバリ島の保健担当官だった。当時、彼女の主たる関心はその病気よりもメディアの統制に向けられていた。その働きぶりがじつに効果的だったので、シティ大臣が収賄罪で投獄されると、アニサがその後釜に据えられた。最近の彼女はかぶりもの（ヒジャブ）をしており、それはこの国が宗教的保守主義へ変じつつあることを物語るものだ。よくいるワッハーブ派の官僚のひとりのようにしか見えなかった。

「あー、ヘンリー、あなたはいつもびっくりさせるのね」大臣が言った。「もっと早く知らせておいてくれたらよかったのに。いまは、ハッジ（イスラム暦の十二月にムスリムがおこなうメッカへの巡礼）をしようとする巡礼者たちへの健康証明書の発行で多忙をきわめているの。査察チームを呼ぶ必要はないわ」

「お時間は取らせません、大臣。規定に従って、わたしがこの国に来ていることをお知らせし、コンゴリの難民キャンプでサンプルを集めるために、ここにやってきたというだけのことでして。それがすんだら、国に帰ります」

「ヘンリー、これはほんとうにささいな用件なのに。あなたほどの著名人が手間暇をかけて、ここまで来る必要があるなんて、意外も意外な——」

「この方針を決めたのはわたしではありません。たんにデータを集めにきただけです」

「すでにオランダにサンプルのスライドを渡しています。彼らがすでに結論を下していま す。だから、あなたがここに来る理由がわからないの。コンゴリにはもはやなんの問題も残っていないのよ」

「その判断を容易にすることはできますね。キャンプを隔離すれば、状況が明らかになるでしょう」

「隔離。あー。その必要はないわ」

大臣がリモコンを手に取り、テレビをつけた。マレー語に吹き替えられたメキシコのメロドラマが放映されていたが、彼女はそれには注意を向けなかった。テレビの音声を、彼女の声がかろうじてヘンリーに聞きとれる程度まであげていく。この部屋には盗聴装置が仕掛けられていることを示唆したのだ。

「むずかしい立場に置いてくれたわね」彼女が言った。「あなたがこの件をこれ以上追及することのないようにするには、ある秘密事項を教えるしかないわ」

「スライドなしで帰国するわけにはいきませんが」

大臣が声をあげずに笑う。

「おもしろいというか。あそこに病人はひとりもいないの」

「全員が死んだ」

「それは、われわれが彼らを駆り集めて、射殺したから」ずばりと彼女が言った。「革命家。反政府活動家。好ましからざる人物。あのキャンプはそういう連中だらけだった。この国でわれわれがどんな問題に対処しているかを、あなたたち西欧人はまったく理解していない。むろん、われわれがそのような活動を正確に公表することはない。別の理由をつけて公表する。検死官が、たぶん彼が架空の話をつくりあげたということね。つまり、残念ながらあなたはわが国のささやかな秘密を突きとめるために、わざわざこんな遠方まで出向いてこられたというわけ。どうか、このことはあなただけの秘密として胸にしまっておいて。そうでないと、わたしはとんでもない窮地に立たされるでしょう」

もしキャンプの抑留者たちの死因に関して、真実を告げたとすれば、それをヘンリーに打ち明けたことで、彼女はみずからを危険にさらしたのはまちがいない。国家への背信は厳しく罰せられる。ではあっても――

「それでもやはり、わたしはあのキャンプへ行く必要があるんです」

アニサ大臣がさっと立ちあがる。その目は怒りで煮えたぎっていた。

「論外よ！　それは危険きわまる。あのキャンプは武装したギャングに支配されているの。彼らは誘拐で生計を立てている。あそこへ入ってはいけない。論外よ！」

「危険は承知のうえです」

「あなたが決めることじゃない！」彼女が言った。ヒステリーを起こしそうな響きがあった。「いいこと、もしあの地が伝染病の巣窟だったとしても、わが国の乏しい医療資源でなにができるというの？　それが発覚したら、この国は嫌われ者になってしまう。観光客が来なくなるでしょう。わが国がそんな仕打ちを受けねばならないいわれがどこにあるというの？」

「ありがとうございます、大臣。わたしの報告書をあなたにも送りましょう」

「許しません！」と彼女が叫び、ヘンリーはオフィスをあとにした。

携帯電話でバンバンに電話をかけると、相手はすぐに応答した。

「はい、お客さん、ずっとここにいて、待ってましたよ。一分でそちらに行きます」

ヘンリーはエントランスの雨よけの下に立っていた。雨はもうぱらぱらした霧雨程度になっていた。すぐに三輪の輪タクがバタバタと音を立てながらやってきた。バンバンが傘をさして輪タクを降り、おどおどした笑みを浮かべる。その輪タクはもう少し歓迎できる色あいなら陽気と表現するだろう、派手な色に塗られていた。

「あのトヨタ車はどうしたんだ？」

「あれは義理の弟のもので、返してくれと言われましてね」バンバンがヘンリーのバッグをちっぽけな客室に載せる。「渋滞のときは、こっちのほうがずっと速いんです」とバンバンが言って、その話題を締めくくった。

ヘンリーは自分が歯ぎしりをしているのを感じた。これはとてもきわどい仕事になるだろう。現地に行っているフランス人の医師たちが、てきぱきと効率よく働き、すでに隔離の準備がなされていればいいのだが。コンゴリ難民キャンプの概観は衛星画像をもとにつかんでいたが、バンバンはとうにその場所を知っていた。

「あそこはゲイのための場所で」彼が言った。

「どういう意味だ？」

「ゲイの連中があそこに集められるんです。彼らのため、と当局は言ってます。そうでなかったら、彼らは鞭打たれるか、ことによると、首を吊られたり、何人かは高い建物から落とされたりするかもしれない。過激なやつらがそういうことをするんで。なので、政府は彼らをああいうキャンプにかくまうんです」

「しかし、彼らがどこにいるかはだれもが知ってるんだろう？」

「もちろん」陽気な声でバンバンが言った。

輪タクが、水浸しになった稲田を進んでいく。モンスーンと海面の上昇がこの国を水没させつつあった。上からと下からの水が、トイレの水のようにこの土地を押し流そうとしている。いまから五年後、ましな場合でも十年か二十年後には、沿岸地帯は水面下に沈むだろう。いまはこの状況が当たり前になっていた。将来に災難が待ち受けているのに、だれもがそのことを受けいれてしまっているのだ。

道路は穴ぼこだらけ。フェンスの支柱にノスリがとまっていた。水牛の一群が道路をふさいでいる。バンバンがクラクションを鳴らすと、牛たちは黙ってわきへよけた。なんの標識もない道路、ゲート、監視小屋。バンバンがその道路へ乗り入れると、ひとりの兵士が駆け寄ってきて、怒りの形相で追いかえそうとした。

「ノーと言ってます」バンバンがヘンリーに通訳した。

ヘンリーは、ピンクやグリーンに塗られ、両サイドにハロー・キティのロゴが描かれた輪タクから降りた男としては精いっぱいの権威を示しつつ、兵士に声をかけた。身分証と、マリアから渡された公式書類を掲げ、ふってみせる。

「保健担当官だ！」ありったけの威厳をこめて、彼は言った。「見えるね？　国連の世界保健機関！　国連だ！」

警備兵が監視小屋に退いて、電話をかける。困惑まじりのどなり声にヘンリーが耳を澄ましていると、しばらくして警備兵が外に足を踏みだし、ゲートを開いた。

輪タクが戦車や軍用トラック、そして給水塔の周囲に建てられた小規模な営舎のそばを通りすぎていく。渦巻き有刺鉄線の高いフェンスが張りめぐらされているところに来た。ヘンリーが見たところ、内部には数百名の人間がいるようだった。囲い地の前に草がのび放題の閲兵場があった。小さなコテージのポーチに、両手を腰にあてがった細身の将校がひとり立っている。その男が責任者のようだ。

「ひきかえしてください」将校が言った。「ここは立ち入り禁止です」

「理解していないようだね」やんわりとヘンリーは言った。「わたしは保健状況に関わる場所には、どこにでも立ち入れる許可を得ていて――」

「あなたの知ったことではない。ひきかえすように」

ヘンリーは、身分証とマリアからの書類を将校に手渡そうとした。それは、さっきのゲートではおおいに有効であったように思えたが、将校はくるっと身を転じて、コテージのなかへ戻っていった。

ヘンリーは、つぎはどうしたものかと考えながら、その場に立ちつくした。ほんの数ヤード先から抑留者たちがこちらを見つめていて、彼らの顔には絶望と困惑の色がひろがっていた。また雨が降りだしていたが、だれも動こうとはしない。彼らはヘンリーの決断を待ち受けていた。ヘンリーは抑留者たちのほうへ歩きだそうとしたが、そのとき、自動銃の薬室に装弾がおこなわれる音が聞こえてきた。近くのジープに乗りこんでいる警備兵が銃口をふって、輪タクに戻れと指示する。

そのとき、祈禱時刻告知係（ムアッジン）が礼拝を呼びかける声がスピーカーから流れてきて、沈黙を断ちきった。警備兵たちは撤退し、抑留者たちはフェンスのそばを離れ、ひとところに散在するテントや掘っ立て小屋や差し掛け小屋のほうへひきかえし、礼拝をするための乾いた場所を探し始める。バンバンが自分の礼拝用敷物をシートの下から取りだし、ぬかるんだ閲兵場の上にひろげようとしたとき、あの細身の将校がふたたび姿を現し、コテージのなかに入るようにとバンバンに身ぶりを送ってきた。

ヘンリーは困惑しながら、輪タクのシートにすわった。なにもできそうにない。自分は失敗した。ほかの人間はみな、礼拝をしている。祈りは最後の手段だろうな、と彼は思った。

やがて礼拝の時間が終わり、バンバンが雨を縫って、いそいそと戻ってきた。

「空港へ行こう」ヘンリーは言った。「ここにいてもしかたがない」

「いいえ、お客さん、オーケイです。ひとつ取り引きをしましてね」とバンバンが言って、ポーチに立つ将校を指さした。

「彼に賄賂をやったのか？」

「わたしじゃないです。いまからあなたがやるんです」

ヘンリーは無言で毒づいた。この問題を解決してくれるのはカネだけであることを、いままでまったく思いつきもしなかったのだ。バンバンが走っていってドル札の束を将校に手渡すと、将校はそれを受けとり、なかに入って数を数えてから、また姿を現して、ジープに乗りこんでいる兵士にうなずきかけた。

バンバンが、これも取り引きの一部だと言って、雨傘を持って一緒にいくことを主張した。

「危険すぎるだろう」ヘンリーは言った。

「おれがあなたの身の責任を負ってるんです！」バンバンが誇らしげに応じた。

ヘンリーは感染防止ガウンを一着しか持参していなかったが、ラテックスの手袋をふた組（ヘンリーはバンバンが手袋を二重にするよう強く求めた）と、口と鼻を覆う使い捨てマスクをひとつ、バンバンに与え、それに加えて、だれにも手を触れないようにと警告をしておいた。ふたりがなかへ入りこむと、背後でゲートがガチャンと閉じられた。

未知の病原体を見つけだそうとするとき、危険がさまざまな様相を呈して出現する。疾病は、ウイルス、寄生虫、細菌（バクテリア）、真菌（ファンガイ）、アメーバ、毒素、原虫、プリオンなど、多様な原因によって生じ、そのそれぞれが生き残り戦略を持っている。蔓延を引き起こす感染経路はさまざまであるのに加え、重症化をもたらす病原体はありふれた比較的無害なものであるように装ったりする。頭痛は副鼻腔の感染症の兆候、あるいは脳卒中の予兆かもしれない。発熱や疲労や筋肉痛は、風邪の兆候でも髄膜炎の兆候でもありうる。異質な環境のなか、ひとりで、最低限の装備で、現場に足を踏みだすというのは、ヘンリーのような病原探索者にとっても、もっともきわどい任務だった。その一方、悪性の疾病の発生は重大な事態であり、ヘンリーとしては、あえてそのリスクを取るしかなかった。運はあてにならないことはとうの昔にわかっていたが、こういう危険な仕事においては幸運を頼りにするしかない。

ヘンリーとドライヴァーを若い男たちが出迎えた。大半が二十代と三十代で、十代も何人か混じっていた。彼らは痩せていたが、栄養失調ではなかった。そして、着衣はぼろぼろであっても、身繕いはしようとしているように見えた。彼らはある種の連帯感を有しているようだ、とヘンリーは感じとった。たぶん、だれもが人生の大半を日陰の身として生きてきたことで、本能的にアングラ・コミュニティをつくりだしたのだろう。

長刀（マチエテ）を王の錫杖（しゃくじょう）のように携えた男が、ヘンリーのほうへ近寄ってくる。鼻にゴールドのスタッドを埋めこんでいて、髪は肩に掛かるほど長い。髪はブロンドに染められていたが、のびてきた部分が黒かった。ヘンリーはすばやく暗算をした。髪が三インチのびているということは、抑留の期間はほぼ六ヵ月となる。

「彼は、あなたが人権擁護団体の関係者なのかを知りたがってます」バンバンが通訳した。

「彼は、みんながそれを要求したが、当局は請願を却下したと言ってます」

「残念だが、その関係者じゃないと伝えてくれ。わたしはただの医師で――」

が、その語がヘンリーの口から発せられるなり、熱狂が巻き起こった。

「医師！　医師！」男たちが叫びだす。なかには、すすり泣きを漏らして、地面に膝をつく者もいた。汗ばんだ顔と見開かれた目から、彼らの多数が熱病を発症しているのは明らかだった。

「あなたはひさしぶりにやってきた外部の人間です」バンバンが通訳した。

「彼らになんらかの医療支援はされていないのか？」

バンバンが、マチェテを持つ若い男に問いかける。

「フランス人たちがいた、と彼は言ってます。彼らはここに来たが、いまでは全員が死んでいると」

「キャンプの死者は何人？」

「たくさん。もうだれも死者を埋めようとはしない。だれもがひどく怖がっている」

若い男たちのひとりが、バンバンになにかを急いで告げようと口笛を吹いた。

「彼は、みんながあなたが来てくれるよう祈ったと言ってます。あなたがゲートのところにいるのを見て、みんなを救うためにやってきた医師でありますようにと、アラーに祈ったんです。彼らは、みんなの祈りが通じたんだと言ってます」

ヘンリーには、いま自分が彼らにしてやれることはほとんどないとわかっていた。彼らは汚染地域（ホット・ゾーン）のなかにいる。全員が感染しているだろう。彼は、キャンプの奥のほうに一台の掘削機（バックホー）があることに目を留めた。どうやら、当局がこの異常な流行（エピデミック）に対して譲歩した唯一の対策らしい——大量の墓のための溝を早急につくるという方策だ。その墓掘りをした人間はどこにいるのだろう、とヘンリーは思った。

マチェテの男が泥だらけの小道へとふたりを案内する。ヘンリーは、いつも使っている杖で足取りを支えた。バンバンが雨よけの傘をさして付き添う。

キャンプは、厚紙やポリ袋、キャンヴァスの布切れを使って間に合わせに造作された、むさ苦しいところだった。屋根のいくつかは、潰した炭酸飲料の空き缶が瓦の代わりに使われている。とある小屋のそばで、紐でつながれた家鴨が羽ばたいていた。あばら屋群から離れたところに、ＭＳＦのシンボルが側面に記された、国境なき医師団の青いテントがひとつ。

ヘンリーはそのテントの雨よけフラップをそっとひっぱってみた。吐き気を催すほど、死のにおいが充満していた。

「もう、きみは行ってくれ」ヘンリーは言った。

バンバンは内部を見て、恐怖の目になっていたが、口ごもりながらも勇敢に応じた。

「おれはあなたを守る」

「いや、わたしはだいじょうぶ。しかし、きみはわたしの言うことをよく聞いてくれなくてはいけない。どこにも触れるな。あとで体を洗うように。わかったね？　わたしがこの仕事をすませるにはそれなりの時間がかかる。外で待っていてくれ」ヘンリーは念押しをした。「わかったね？　どこにも触れてはいけない！」

バンバンが一瞬、凍りつく。ヘンリーには彼がひどく怖がっていることが見てとれたが、それでもバンバンはヘンリーに雨傘をさしだしてきた。

「きみが持っておけ」ヘンリーは命令した。「さあ行け」

テントを取り囲んでいる男たちをヘンリーが厳めしい目で見やると、彼らはうやうやしくあとずさって、雨のヴェールのなかへ消えていった。

ヘンリーは、腐敗の臭気にはとうの昔に慣れっこになっていた。診療テントのなかに並ぶ一ダースものベッドの大半が、死体で占められていた。ひとりの患者が目でヘンリーを追いかけてくる。弱りきっていて、それしかできないのだ。ヘンリーはその男のベッドの足もとにあるカルテをちらっと見たあと、点滴装置に新しいブドウ糖溶液を入れた。いまできる有効な処置はこれしかない。死前喘鳴(ぜんめい)が出ていて、この患者はまもなく臨終することを告げていた。

狭い診察所のなかに、三名の医師が奇妙にねじくれた格好で横たわり、死んでいた。彼らは、ヘンリーが世界のあちこちで出会ったおびただしい数の国境なき医師団のひとびとによく似ていた――若く、研修期間が終わって間もないひとびと。見えざる敵に対決するにはどれほどの勇気が要るものか、ヘンリーはよく理解していた。戦闘に駆けつける勇敢なひとびとも、疫病の発生には逃げだすだろう。疾病は軍隊よりはるかに強力だ。疾病はテロよりはるかに気まぐれだ。疾病は人間の想像力を凌駕する残酷なものだ。それでもなお、この医師たちのような若いひとびとが、自然の生みだす致死的な力の前に進んで立ちふさがろうとするのだ。

だが、彼らもまた、いまは死者となっている。

ヘンリーはケロシンのランタンに火を点じ、診察台の上の乾いた血溜まりに頭を置いて死んでいる女性医師の顔を照らした。アフリカ人かハイチ人のようだ、とヘンリーは推測した。医療部隊に所属する黒人医師は数多い。が、そのとき、彼女の顔が黒くないことに彼は気づいた。顔が青い。

チアノーゼなら、前にも見たことがある。通常、その症状は血中酸素濃度の低下によって引き起こされる。通例、その兆候は唇と舌に現れるか、手と足の指に現れる。顔が完全に青くなる症状はまったく見たことがなかった。コレラだろうか、と彼は思った。あれは青い死(ブルー・デス)と呼ばれる。それなら筋は通る。このキャンプの衛生状態は劣悪で、水がどこから取られているかはだれにもわからないだろう。だが現場に出るのにコレラへの対処法を知らない者はいないし、この医師たちはワクチンを接種してきたはずだ。野外診療キャビネットのなかを見てみると、基本的な診察機器がひと握りほどあった——聴診器、デジタル体温計、包帯、血圧測定用のカフ、反射鏡、耳用内視鏡(オトスコープ)。どれも、限定された地域で一週間ほど医療をおこなう非外科的チームがすぐに使えるようにするための機器だ。薬剤は、厚いプレキシガラスの扉がある重いボックスのなかにおさめられ、ロックがされていた。インシュリン、ヘパリン、利尿降圧剤(ラシックス)、気管支拡張薬(アルブテロール)、抗菌薬(シプロ)、抗菌薬(ジスロマック)などがあるが、そこに見える主要な薬剤はＨＩＶ感染者用の抗レトロウイルス薬だった。

明らかに、彼らは医師であって、研究者ではなかった。分析機器を使う仕事を示すたぐいはどこにも見当たらない。そこには、その種のものではなく、安全な性交を推奨するためのポスターやパンフレットが置かれていた。どうやら、このチームの目的は、感染症の発生を迅速に調査し、あわせて多数のＨＩＶ感染者たちを抗レトロウイルス薬で治療し、抑留者たちを教育することにあったようだ。長旅の準備をしていなかったのはまちがいない。小さな食糧貯蔵庫に、シリアルと干からびたクロワッサンが残っていた。ゴミ箱を見ると、使用済みのテトラサイクリン（抗生物質の一種）のボトルがたくさんあった。この医師たちは自分と同じことを考えたのだろう。これはコレラかもしれないと。

背後のベンチの上にノートPCが置かれていて、それを開くと、フランソワーズ・チャンペイ医師によって記録された症例歴のフォルダーが見つかった。目の前に横たわっている若い女性がその医師なのだろう。それを読むと、彼女が病状の記録を丹念に書きとめていることがわかった。それだけでなく、PCのなかには、パリにある国境なき医師団の主任医師、リュック・バレ宛ての未送信のEメールが多数残っていた。ヘンリーには、その意味を読みとれる程度のフランス語の素養があった。最初のEメールの書き出しは、〝リュック、リュック、わたしたちはあなたの助けを必要としています！〟となっていた。

〝わたしたちはかつてだれも目にしたことのないホット・ゾーンのただ中にいるのです！この感染症発生地に到着してわずか一週間しかたっていないのに、すでに何ダースもの感染例を目撃しています。この地のひとびとを通じて、そちらにサンプルを送付しました。それをお受け取りになったでしょうか？　ここでわれわれが対処しようとしているのはなんであるのか、わたしたちには見当もつきません！

死亡率が極度に高いのです。装備が必要です！　病理学者が必要です！　わたしたち三名だけでは、これと戦うことはできません。リュック、わたしは恐れています〟

その下に、こう記されていた。

〝くそ(シット)！　なぜこれを送信できないのか？　ここはインターネットも電話も通じない。彼らはわたしたちを囚人にしたのだ〟

そのあと、彼女は最初の機会が訪れたら、このＥメールを遺言としていつでも送信できるように、メール・ソフトを起動したままにしておいたらしい。ヘンリーは最後のＥメールのところまで、画面をスクロールしていった。

〝三月十九日。ここに到着して三週間目に突入。昨日、パブロが亡くなった。彼の家族のことを思うと胸が痛むし、彼らがその死を知るのはいつのことになるのだろう？　なんてこと。アントワーヌとわたしも罹患した。わたしたちはいま、亡くなった同僚のそばに横たわっている。自分が彼らのすぐそばにいることを感じる。死者と死にゆくひとびとをこれほど愛しく思うことは一度もなかった。この感覚、この親密さをありがたく思う。しかし、わたしは怒ってもいる。わたしたちはこのモンスターに敗北してしまった。わたしはこれはモンスターだと思っている。そう、これはモンスター。わたしたちはその細胞内を見通すツールを持ちあわせていないので、見てとることのできない生物。そのため、そいつはわたしたちから身を隠し、わたしたちを笑い飛ばし、いまわたしたちを殺そうとしているのだ。なぜそんなことを〟

最後のEメールはそこで終わっていた。その疑問は未決のままとなり、送信も応答もされなかったのだ。

3. ファーンバンク

ジルは毎春、恐竜について教えるときに、自分が受け持つ幼稚園のクラスの児童たちをアトランタにある有名な自然史博物館、ファーンバンクへ連れていくようにしていた。子どもたちは例によって、バスを降りたときはいつも興奮しているが、これまで分類されたなかで最大の恐竜アルゼンチノサウルスを目撃するなり、おとなしくなった。それに比べると、五歳の子どもたちはマウスのように見えた。

「体重は百トン以上で、体の長さは百二十フィートを超えるの」ジルは説明した。「スクールバスを何台並べた長さになるかしら？」

「百台！」男の子が叫んだ。

「七十六！」と別の児童。

「三台！」ささやき声よりほんのわずか大きな声で、クニーシャが言った。

ジルはクニーシャの母親、ヴィッキーを、おもしろがっているような目でちらっと見た。

彼女はこの校外学習を手伝うために出てきてくれた数少ない親のひとりで、助けが必要なときはいつも頼りになる女性だった。

「どうしてそうとわかったの？」

「バスは四十フィートぐらいだと考えただけ」クニーシャが言った。

クニーシャは、青のスカート、ペニーローファー、そして「アナと雪の女王」Tシャツという身なりだった。ジルの受け持つクラスの児童たちはみな、幼稚園のランチを無料もしくは減額にされているが、クニーシャのように家族にきちんと支えられている子はだれとだれなのかを見分けるのは容易だ。ジルはひいきはしないように心がけているが、それでもクニーシャの笑顔とその控えめな知性の発露を愛していた。将来、どんな人生を歩み、どんな人物になってくれるのか、知りたくなる子のひとりだった。

「ほら、Tレックスだ！」ロベルトという男の子が叫び、アルゼンチノサウルスの背後に展示されている恐竜の骸骨を指さした。「あいつ、また別のやつを食おうとしてるんだ！」

「ほんとうは、あれはギガノトサウルス」ジルは言った。「ティラノサウルスより、もっと大きいの」

「ギガノトサウルス！」子どもたちがその名を気に入って、いっせいに叫んだ。なかには、骨だけになった謎めいた生物を見あげて興奮し、飛び跳ねる子どもたちもいた。うつろなふたつの眼窩が、ハロウィーンのカボチャのちょうちんのようで、恐ろしく、かつまた、おもしろかったからだ。

「ここにあるのはただの恐竜たちだと、だれもが思うでしょう。でも、地球の歴史では、ほとんどの生きものが絶滅することが五度もあったのよ」ジルは言った。「ダレン、手をバタバタさせないの」

ジルは何度もこの校外学習をおこなってきたが、いまもやはり、子どもたちが不思議そうに目を見開いて魅せられるさまを見るのを愛していた。幼稚園の教室にひきかえすと、子どもたちは粘土で恐竜の模型をつくり、オーヴンで焼きあげることになる。これは、彼女のお気に入りの、失敗することのない授業だった。

つぎの部屋へ入ると、そこは〝マンモス――氷河時代の巨大生物〟の展示室になっていた。部屋の中央にその巨大生物の模型が置かれている。頭部の先に、三日月刀のように上方へカーブする、全長四フィートもの牙があった。

「これは、完全に成長した、ケナガマンモスのように見えるわね」ジルは言った。「いま生きている動物のどれに関係しているか、わかるひとはいる？」

「象」何人かの児童が叫んだ。

「そうね。そして、マンモスはアフリカ象と同じくらいのサイズがあるの。なぜこんなに毛が生えているのか、わかるかしら？」

「とっても寒かったから？」テレサという女の子が言った。

「正解。マンモスは、約四十万年前に始まった最後の氷河期の時代に生きていて、地質学の基準で言えば、つい最近まで生き残っていたの。最後の一頭は四千年前、シベリアの近くの島で死んだと言われてる」

「なぜマンモスは死んでしまったの？」クニーシャが問いかけた。

「いい質問ね。ほんとうの答えはだれも知らない。そのころにはもう人類がマンモスの近くにいて、マンモスを狩っていたから、それがひとつの原因でしょうね。とにかく、恐竜の絶滅とはわけがちがう。恐竜の場合、隕石が地球に衝突するという大事件があったことが絶滅の証拠になるの。マンモスの場合は、おそらく、気候が変わったことがおおいに関係しているんでしょう。地球が、彼らには適応できないほど急激に暖かくなったのよ」

部屋の中央に、赤ちゃんマンモスが展示されていた。

「わあ！」クニーシャが叫んだ。「あれ、とってもかわいい！」

「あの子は実物。模型じゃないの」ジルは言った。「表示に、ロシアから借りたものと書いてあるわ。名前はリューバ」

「ハロー、リューバ」クニーシャが言った。

赤ちゃんマンモスはまだとても幼く、毛が生えていないので、皮膚のしわの輪郭がすべてくっきりと浮かびあがり、赤ちゃん象そっくりに見えた。睫までがちゃんと残っている。

「説明によると、リューバは約四万二千年ほど前にシベリアで生まれ、三十五日ほど生きていた」ジルは言った。「泥の穴に落ちたと書かれてるわ。きっと、とても急激に凍ったために、完全に保存されたんでしょう。そういうことがわかったのは、この子やほかのマンモスの遺骸があるからで、科学者たちは実際にマンモスをクローンして、よみがえらせることを考えているの。またマンモスが大地をうろつくようになったらどんなふうになるか、想像がつくかしら?」

子どもたちはそのわくわくする思いつきを聞いて、しきりにうなずき、そのあと、男の子たちは恐竜の展示室へ駆けもどっていった。

「マリア、死体が見えるかい?」ヘンリーは問いかけた。

ヘンリーは点滴スタンドにチャンペイのノートPCをテープで固定し、それと自分の衛星携帯電話をケーブルで接続していた。いまは、その若い医師の死体が裸にされて診察台の上に横たわっている。片腕は頭の上で曲げられ、もう一方の腕は握手をするかのように前方へさしだされ、両膝が曲がって台から離れ、胴体はヘンリーがその左右の肩甲骨の下に置いた医学書によってわずかに前屈し、生命を失ったグリーンの双眼が上方で光る電球を見つめていた。青い死体――〝ブルー・レディ〟。

ヘンリーは、最後の威厳を奪いとったことに、しばし憐れみの感情をいだいたが、これは医学的行為であり、この若い女性は進んで身をささげようとしたはずだ。できれば、生前の彼女に出会って、さしだされた手のぬくもりを感じてみたかった。死者の手の冷たさを感じると、いつも面くらってしまうのだ。

「ええ、ヘンリー、通信状態は良好よ」

ジュネーヴでは、ヘンリーが送信している映像が、つい昨日、彼がいた会議場のスクリーンに映しだされていた。

「残念ながら、ここには適切な検視をおこなうための基本的器具すらない」ヘンリーは言った。「それでも、臓器から細胞を取りださなくてはならない。なので、できるかぎりのことはやってみるつもりだ」

彼はしばらくあとずさり、感情を排した分析的な目で遺体をながめた。

「年齢は二十代後半から三十代初め。筋肉はよく発達しており、たぶんなにかのアスリートかランナーだったのだろう。見てのとおり、全身にチアノーゼが出現し、酸素の欠乏が生じたものと思われ、上半身にその症状が際立っている。身長は、死後硬直で体がねじれているために断定するのは困難だが、百六十五センチメートルほどだろう。この診察台の近辺に体重計はないが、体重は五十四キロほどと推定される」彼は死んだ医師の目や鼻のあたりの血痕と口の周囲に残っている泡立った唾液を検分した。「鼻出血」彼は言った。「おそらくは重度の内出血」コレラが出血をもたらすことはない。

彼は遺体の唇をめくりあげた。歯は白く、手入れが行きとどいている。黄疸（おうだん）の兆候はない。

「ドクター・パーソンズ、表皮になんらかの病変は？」会議場に集まった医師たちのひとりが問いかけた。

ヘンリーが女性医師の遺体を検分すると、顎に小さな傷痕と、左肩に天然痘の予防注射の痕があっただけだった。きれいな肌の持ち主だったのだ、と彼は悲しい気分で思った。手首に、タトゥーがかすかに見てとれた――蹄鉄のような形状の。

ここには検視用器具はなにもないので、ヘンリーは手元にある道具だけを用いて、即興でやるしかなかった。メスではなく、抽斗（ひきだし）のなかで見つけたポケットナイフを使う。刃の切れ味を試しながら、これは雑な仕事になりそうだ、と彼は思った。できるかぎりの品位をもって、やるとしよう。

「胸腔を開きにかかる」彼は言った。

最初の切開。彼は遺体の右肩から胸の下部へとアーチ状に切り開き、反対側も同様に切開した。筋肉組織が、むりやり切り開こうとするヘンリーに抵抗し、ナイフは思うようには進まなかった。切り口から、溶けかけた氷のような血玉がこぼれてくる。そのあと、彼は腹部を骨盤まで切り開き、切開した胸部の皮膚をめくりあげて、女性医師の遺体の顔にかぶせた。凝固した血液の一部をすくいとり、食糧貯蔵庫のなかで見つけたサンドウィッチ用のポリ袋に収納する。

脂肪の薄い層があったので、ヘンリーは胸骨をあらわにするためにそれを削りとった。

「ここで弁解をしておこう」ヘンリーは言った。「ここには鋸（のこぎり）がない。即興でやらなくてはいけない」病理学者は胸郭を切断するのに、よく剪定（せんてい）用の鋏（はさみ）を用いる。ここでヘンリーが見つけたのは、包帯を切るための鋏だけだった。

「いまから胸骨を砕きにかかろうと思う」ヘンリーは言った。骨を切断するには刃が弱すぎる。「だれかがもっといいプランを思いついてくれれば、話は別だが」

ジュネーヴの会議場に沈黙が降りる。

ヘンリーは鋏を頭上に高々と掲げ、全力をこめて胸骨に突き降ろした。

なにかが起こったらしい。会議場の医師たちが息を呑んだのだ。なにがあったのか、最初はヘンリーにはよくわからなかったが、すぐ、自分のガウンが泡立つピンクの液体に覆われていることに気がついた。

　胸骨には小さなひびが入っただけだった。ヘンリーは何度も鋏を突き降ろした。液体が噴出して、彼のガウンを覆う。髪や耳のなかまで、飛んできた。眼鏡のガラスがそれに完全に覆われてしまい、ほとんどなにも見えなくなった。彼はふたたび鋏を突き降ろした。マリアの悲鳴は聞こえていなかった。胸郭を開いて、内部の謎を暴露することに全力をかたむけていたのだ。ようやく胸郭がばらばらになると、最悪の事態が明らかになった。肺があった場所を、泡立つ液体が占めていた。

「どろどろした血液の泡」ヘンリーは言った。「広範な内出血および浮腫の進行。見たところ、死因は――」急に声が出なくなり、気持ちを落ち着かせなくてはいけなくなった。「この勇敢な若い女性医師の死因は」彼は言った。「みずからの体液による溺死だ」

　ジュネーヴの会議室に沈黙が降り、やがてマリアが口を開いた。

「ヘンリー、完全な隔離を命じます。明朝までにそちらへ一個チームを派遣しましょう。しかし、どうか、ヘンリー、いまやっていることは中止して。ただちに自分の体をきれいに洗って。ここからはわれわれがあとを引き継ぎます」

　ヘンリーは最後の仕事に取りかかった。ドクター・チャンペイのリュック・バレへのE

メールを衛星電話経由で送信する。それから、テントの外に出て、泥だらけのキャンプを重い足取りで歩いていった。外は暗くなっていた。モンスーンの雨がピークになっている。そこここにあるテントの狭い開口部から、抑留者たちが通りすぎる彼を恐怖のまなざしで見つめていた。彼は不吉な存在、彼ら自身の未来を予感させる亡霊だった。ヘンリーがゲートにたどり着くと、それが開き、彼が通りすぎると閉じた。自分のキャリーバッグがあの将校のコテージのポーチに置かれているのが目に入る。バンバンと彼の輪タクはどこにも見当たらなかった。

コンゴリで発生した疾病は細菌によるものではないという確信に近いものはあった。これはなにか新奇なものだ。SARSやMERSのようなコロナウイルスかもしれず、パラミクソウイルス科に属するニパウイルスかもしれないが、ヘンリーは〝W〟字型の死亡率曲線を思い起こさずにはいられなかった。それは一九一八年に大流行したスペイン風邪の顕著な特徴なのだ。そのような思いをめぐらしつつ、彼は豪雨のなかに立って、着衣を脱ぎ捨て、抑留者たちと将校の目に完全に身をさらしながら、髪と体を洗った。彼が手荒く骨を砕いたあの若い女性医師と同じく、全裸になっていた。

医師としての人生を歩みだしてからずっと、ヘンリーは、自分より利口で、しぶとく、無慈悲な疾病と相まみえることを想像してきた。いずれ、それとの戦いが、対決が訪れるだろうと。どんな疾病にも弱点はあり、ヘンリーはこれまで、未知の病原体の戦略を理解し、それのつぎなる作戦を推測して、めざましい対応策を想定する最高の医師として、キャリアを積みあげてきた。時間があれば、最後には自分が勝つだろう。だが、なかには時間を与えてくれない疾病もある。その場合は運を頼りにするしかない。そして、これまで、自分は運に恵まれてきた。

だが、今回は運も時間も自分の味方でないという感触があった。

ジルが教室にひきかえし、恐竜たちの粘土模型をオーヴンから取りだしていたとき、スピーカーを通して、校長のところに来てくださいという放送が聞こえてきた。こんなふうに呼びだされたことは一度もなかったので、なにかまずいことがあったにちがいない、と彼女は察した。すぐに、自分の子どもたちふたりのことが頭に浮かんでくる。彼女はその思いを押しやって、ヴィッキーにあとを任せ、まだ騒々しくなっていないほかの教室の前を通りすぎていった。心臓がいつもの倍の速さで脈打っていた。

「あなたに電話がかかってるの」校長室の助手が言った。「至急と言ってるわ」

「ヘンリーのことよ」ジルが電話に出ると、マリア・サヴォーナが言った。

ジルは何年も前から、いつかはこんな電話がかかってくるだろうと予想していた。

「彼はだいじょうぶ。ただ、あるものに曝露(ばくろ)し、わたしたちにはまだそれがなんなのかがわからないの。たったいま、空路で一個チームをそこへ派遣したところ」

「彼はどこにいるの？」

「まだインドネシアで、隔離されている。発症の兆候の有無を確認するために、二、三日、彼にそこにとどまってもらうつもりなの。不安で心を取り乱さないようにしてね。この病原体はどのような経路で蔓延するのか、それが伝染性なのかどうかすら、まだわかっていないの。毒物かもしれず、寄生虫かもしれない。もし空気感染する病原体だとしても、彼はマスクをしていたから、おそらくはだいじょうぶ。まもなく、もっと詳しいことがわかるでしょう」

　ジルはヘンリーに教えられて、マスクはたいした予防にならないことを知っていた。ホット・ゾーンで仕事をするならば、フルフェイスのガスマスクと防護服(タイベック・スーツ)が必要だっただろう。なぜ彼はそのことを考えていなかったのか？

「あなたには包み隠さず話したいの、ジル。これはわたしの落ち度。彼を派遣したのはわたしなの。彼はわたしの頼みを聞き入れて、これをやってくれた。もし彼の身になにかあったら、わたしはぜったいに自分を許せないでしょう」

　マリアの落ち度じゃない。ヘンリーはなにがあろうと、現地に行っていただろう。

子どもたちとともに家に帰る途中、ジルは翌日に控えているテディの誕生日パーティ用のケーキを買うために、リトルファイヴポイントにあるベイカリーに立ち寄った。すべて順調といった調子でふるまおうと心を決めていた。ヘンリーはわが身の対処法を心得ているはずだ。子どもたちには——なにか別のことを話すようにしよう。

「テディの誕生日なのよね！」キャンディストライプのエプロンをした白髪混じりの女性店員が叫んだ。陳列カウンターに、クッキーやカップケーキ、蜂蜜パンなど、さまざまな美しいカロリーたっぷりの商品が、家に持ち帰ってとせがむように並んでいる。においだけで太ってしまいそうだ、とジルは思った。でも、行事はちゃんとしなくてはいけない。

ベイカリーのボックスのなかに、白いフロストシュガーがまぶされ、てっぺんに三つのミニオンが飾られた、レッド・ヴェルヴェット・ケーキ（赤系の材料が何層にも使われたケーキ）がおさめられていた。テディがにこっと笑い、門歯が抜けてしまっているのがあらわになる。テディはミニオンが大好きなのだ。

「エドナ、またホームランを打ったわね」ジルは言った。

「そりゃあ、お客さんのことはよくわかってるから」と彼女が応じた。「あなたはどうなの、ヘレン？　自分用にクッキーでも選んでみたら？　ちょうどオートミール・レーズンのがオーヴンから取りだされたところだし」

ジルは自宅の私道に車を乗り入れた。一家は、カーター大統領図書館に程近い、ラルフ・マギル・ブールヴァードに面する家で暮らしていた。一九二〇年代に建てられた赤煉瓦造りの二階建てを、不況の時代に購入したのだ。煉瓦工場の所有者だったひとびとによって建てられた建物で、とても堅固で――狼に吹き飛ばされないだろう（「三匹の子豚」のおとぎ話のこと）、とヘンリーは言っていた。当時ふたりには子供がおらず、おカネもなかったので、ふたりで建物の改修にとりかかった。ヘンリーは手先が器用だ。彼は地下に作業場を設けて、十フィートの高さの天井の修復をし、一方、ジルはリヴィングとダイニングルームのペンキを塗った。キッチンの裏手にユーティリティ・ルームがあったが、ある日、ヘンリーは大ハンマーをふるって相じゃくり壁（シップラップ）を打ち壊し、そのあとそのスペースを網戸張りのポーチに変えた。家族はたいてい、そこで食事をする。ジルとヘンリーはよく宵のころ、ワインのグラスを手にしてそこにすわり、庭のヒャクニチソウやトマトをながめてすごしたものだ。ふたりはあらゆることを話しあった。ふつうのしあわせ。それは、ふたりが協力してともに築きあげたものだ。

建物の骨格はしっかりしていた。リヴィングルームはゆったりしていて、光がたくさん入り、建物の全幅にひろがるタイル張りの広いヴェランダに通じている。子どもたちはそこに出て遊ぶのが大好きだ。玄関ポーチにはオンライン・ショップで購入したアーミッシュ風のポーチブランコがあり、その向こうにはヘンリーが造作した格子の垣根（トレリス）があって、それがザクロの木を支えていた。

二階の一部は、ヘルナンデス夫人に貸していた。孤独な老婦人で、本人は猫を一匹だけ飼っていると言っているが、そこにはつねに二匹以上の猫がいた。排泄物のにおいが耐えられないほどになると、ジルはいつも彼女を追いだして、家をまるごと使えるようにしたいというのがジルの本音だった。いまは、貸さなくてもやっていける状態にはなっていた。二階の一部を貸さなければ、子どもたちにじゅうぶんすぎるほどのスペースを与えられ、ジルとヘンリーは二階の主寝室を使えるようになる。ふたりにはいまも考えかたのちがいがあった。ヘンリーは倹約家だ。一階には三つの寝室があり、それで家族の必要性はまかなえるし、賃貸料でローンの大半をカヴァーできるというのが、彼の言い分だ。ジルは、彼がやさしすぎて、ヘルナンデス夫人に出ていってくれと言えないのではないかと疑っていた。

ジルはベイカリーのボックスを、キッチンの寄せ木板（ブッチャーブロック）カウンターに置いた。テディは誕生日のケーキを分かちあうために、三人の友だちを招待していた。テディは——ヘレンとはちがい——大がかりなパーティをしたがる子ではなかった。子どもたちふたりが、こんジルは、妊娠期間にありとあらゆる苦痛を味わったあととあって、ジルは生まれてきたヘレンを奇跡の子と呼んだ。ふたり目の子を持つことになるとは思ってもいなかった。テディは——セオドア・ルーズヴェルト・パーソンズは——アマゾンのへんぴな源流に冒険旅行をしてあやうく死にそうになった大統領にちなんでつけた名だ。ヘンリーは疫学調査のひとつとして、ブラジルの西部で、ボリビアとの国境に近いその熱帯雨林を訪れたことがある。そこのダイヤモンド鉱山を経営するシンタラルガ族のひとびとが謎めいた死を遂げていたのだ。ヘンリーが到着したときには、生き残りの部族民はほんの少数となっていた。彼はその疾病の原因を追跡し——ジルには、鉱山を乗っ取ろうとする麻薬テロリストによって、そこへ供給される砂糖に毒物が仕込まれたことが原因だったような記憶がある。死に瀕した女性のひとりが妊娠の末期にあった。ヘンリーは緊急対応として分娩に対処し、その赤んぼうは生きていた。ヘンリーはその子を家に連れ帰った。奇跡の赤子、ナンバー2。ヘンリーはその子をそう呼んだ。

テディは最初から無口で、引っ込み思案だった。ジルは、毒物がパーソナリティ形成に影響したのだろうかと、彼のことを心配した。ジルの目には、赤んぼうのころから彼には、幼少期に捨てられ、やがて王国を奪還するようになる神話の王子のような、奇妙な威厳があるように見えた。テディは小柄だが、骨格は頑丈で、好奇心旺盛だった。黒い目は、磨きあげたオニックスのように輝いている。本人は人気者になりたいとはさらさら思ってもいないのだが、ほかの子どもたちはその自制的なオーラ——その点でテディはヘンリーに似ている——に引き寄せられてくる。彼は友好的ではあっても、他人の気を引こうという気持ちはなく、子どもが持ちあわせることはめったにない信念のようなものを醸しだしているのだ。

問題はヘレンだった。ヘレンは、もうひとりの家族となった、多くの点で対照的な四歳下の弟を受けいれようとはけっしてしなかった。ひょろりとした細身で、赤毛、顔は魅力たっぷりのそばかすだらけ。当然、人生は彼女に肩入れする。教師たちに愛され、女の子たちにはうらやましがられ、男の子たちには追いかけられ、さまざまなチームやクラブに入会を求められる。彼女の人生は、ジルには想像するしかできない将来の道が開かれるべく運命づけられているように思えた。ときどき、ふと気がつくと、ジルはヘレンが水着をつけている姿や、ベッドに行こうとしている姿を見つめて、こんなに愛らしい子をよくぞ授かったものだと感嘆することがあった。

それなのに、ジルは彼女のことを案じていた。ヘレンはクリスタルのようなもの。完璧だが、砕けやすい。短気で、注文が多い。ヘレンの世界では、テディが唯一の、愛情と賞賛を競うライヴァルであり、テディのほうはそんなものを求めてはいないから、いつも控えめで、その知性と態度に感心するひとびとから賞賛されているのだ。

まだテディの招待客たちは到着していないので、ジルはテレビをつけて、ニュースを観た。FOXテレビでは、ブレット・ベイヤーがローマにおけるテロ攻撃のことをしゃべっていた。彼女はCNNにチャンネルを替えた。ウルフ・ブリッツァーが、各国の国旗が並ぶWHO本部の前に立って、リポートをしていた。

「インドネシアは、国際査察機関が自国の港や出入国施設の監視をおこなうことに合意しました」リポーターが言った。「その間、コンゴリの難民キャンプは封鎖されることになり、当局の発表によれば、そこの状況は完全にコントロールされているとのことです」

ああ、ヘンリー。ジルは思った。いつになったら家に帰ってこられるの？

4. ホワイトハウス西棟（ウエストウィング）

だれもがどうにかこうにか、この春の嵐を乗り越えようとしていた。きょうのワシントンの街路は週のどの日より渋滞していて、雪が降ると、この街はほとんど動きがとれなくなるようだった。いまはまばゆい陽が昇り、ホワイトハウスのローズガーデンを白い毛布のように覆った積雪に日射しが照り映えていたが、ウエストウィングの地下にある危機管理室（シチュエーション・ルーム）では昼夜を徹してハイテク機器が稼働していた。そこで、大統領とその顧問たちが全世界に展開するアメリカの軍隊を指揮統制し、国内の危機に対処しているのだ。マホガニー張りの壁面には、高度なセキュリティが施されたビデオ会議回線に接続されたフラットパネルの画面が据えつけられ、長い楕円形のテーブルを囲んで黒い革張り椅子がずらりと並べられ、天井にはあらゆる盗聴器と許可されていない携帯電話の電波を探知するセンサーがいくつも埋めこまれていた。

国家安全保障会議を構成する諸機関の副長官たちが——ＣＩＡに加え、国務省、行政予算管理局、財務省、司法省、統合参謀本部、そして国土安全保障省の副長官たちが——副長官級会議を開き、朝届いた文書類をめくって、なにか新しく有用なものは来ていないだろうかと調べていた。彼らの職務は、多忙なボスたちの懸案事項を絞ることと、彼らにも理解できるような書類を作成することにあった。通常、副長官級会議は国家安全保障問題担当次席大統領補佐官が司会役を務めるが、彼女はワイオミング州ジャクソン・ホールにおけるスキー事故で足を骨折したので、その役割はマティルダ・〝ティルディ〟・ニチンスキーに引き継がれ、彼女がこの日の議事進行（アジェンダ）を担うこととなった。

ティルディは、何層にもなるワシントンの官僚機構のなかを石鹸の泡のように目立たずに浮きあがっていき、まったくだれにも気づかれないうちに、国土安全保障副長官にのしあがっていた。彼女は裏の事情をよく知り、過去二十七年間にわたって、秘密を守り、上司による決定にひとつ残らず助言をすることで信頼を勝ち得てきた。人生は孤独だが、許容できる。すばらしい恩恵に与（あずか）れたのだ。住んでいる固く囲われた世界でティルディは重要人物となっていたが、まだその価値に見合うほどの重要人物とは見なされていなかった。彼女が携わる秘密工作戦を、その語られざる勝利を、彼女が歩んできた道程のなかで打ち倒してきた敵対者のことを、真に理解している者はひとりもいない。彼女には非凡な才能があるのだが、それは過小評価されているということだ。

「ローマにおけるテロ攻撃の犯行者と見なされているグループはどういうものでしょう？」ティルディは問いかけた。

「彼らは第三一三旅団と自称しています」CIA（エージェンシー）の男が言った「二〇〇八年にムンバイでテロ攻撃を計画したのと同じグループです。その名称は、預言者ムハンマドが最初に軍事作戦をおこなったとき、それに参加した三百十三名の戦士にちなんだものです。われわれは二〇一一年、ビン・ラディンを仕留めた一カ月後に、そのリーダーを排除した。アルカイダに属するグループはすべてそうであるように、彼らもできるだけ大勢の人間を殺害しようとした。彼らはきわめつきに危険であると、われわれは考えています」

国防副長官が、今後の攻撃に関してなんらかの情報は得ているかと問いかけた。そのような情報はなかった。

ほかの副長官たちが、意外ではなさそうにうなずく。典型的なエージェンシーの事後報告だった。警報ベルはたくさん鳴らすが、行動を可能とする情報はなにもなし。テロ攻撃がおこなわれるであろうことを知らず、それがどこで計画されるかも知らず、そのグループがきわめつきに危険であることだけを知っているというわけだ。エージェンシーは運転士のいない消防車のようなもので、サイレンを鳴らしても、どこへ駆けつければいいのかはわからず、ホースに注入すべき水の持ち合わせもない。

「ローマにおけるテロ攻撃に関しては、まだほかにもあることがつかめています」エージェンシーの男が言った。「現場の広場に近いところにあるカフェに、ドイツ人旅行者の一グループがいました。彼らは爆弾攻撃を生きのびたが、二日後、シュトゥットガルトに帰ったとき、そのうちの四名が病気にかかり、ひとりが死んだ。ほかの三名もまた、死んだように思われる。ドイツは、彼らは毒物によって死んだと断定しています」

「どのような毒物？」ティルディは問いかけた。

「ボツリヌス。研究者たちに聞いたところでは、ボツリヌスというのはもっとも毒性の強いものでして。たった一グラムで百万人を殺せる。われわれにとってさいわいなのは、あの爆発の高熱がその菌の大半を死滅させたことでしょう」

国務副長官が、イランの南西部、イラクとの国境に近いアフワズ地区を根城にするアラブ分離主義者グループによって引き起こされた、イランとサウジアラビアの緊張状態が募っていると論じた。

「イエメンのフーシ派が、リヤドをより正確に狙えるミサイルをテヘランから入手した」国務副長官が報告した。「一発のミサイルの炸裂で、イランとの戦争が勃発するでしょう」

ティルディは国防副長官に顔を向けた。

「わが国はペルシャ湾にじゅうぶんなリソースを有していますか?」

「なんのための?」国防副長官が応じた。「わが国は低レベルの紛争をエスカレートさせないようにできるのかという質問なら、おそらくはそのとおりです。イスラム国どうしの戦争は、いままでは下っ端部隊によっておこなわれてきたが、そろそろ大規模部隊が展開されようとしている。わが国は、相互破壊が生じそうな地域においてどれほどのリスクを取る用意があるのか、そこのところを決断せねばならないでしょう」

国務副長官が口をはさむ。

「サウジは湾岸地域全体を、そのあとはイスラム圏全体を支配することを望んでいる。彼らがそれをやれるようにするには、イランを壊滅させなくてはいけないのです」

ティルディはエネルギー副長官に、イランが核燃料の完全な製造ができるようになるのにどれほどの期間が必要かと尋ねた。

「彼らはいま、六十基の高度な遠心分離機を製造できる工場を建設しています。われわれの評価によれば、イランはその気になれば、六週間に一発の核爆弾を製造しうる、高濃度ウランを製造することができる。おそらく、すでにその選択をしているでしょう」

われわれはこう考える。こう信じる。こう疑う。こうかもしれないし、ああかもしれない。

ティルディは長年にわたって政府の機関で働いてきたから、情報というものはつねにあいまいで、不完全であり、そうであるからこそ、いともたやすく操作できるのだとわかっていた。この地政学的パズルに関しては、だれもがひとつのピースを持っている——というか、持っていると考えている——のだが、現実になにが起こっているかについては、だれひとり明確な見解を持ちあわせていないのだ。サウジはイランの反政府活動を後押ししているのか？　アメリカはそれを支援しているのか？　サウジとイランは最終決戦に備えて武装を拡大しているのか、それともそれはたんなる噂なのか？　ただのはったり？　部分的な諸事実を寄せ集めて、アメリカの友好国はほとんどなく、核心的な国益とは無関係な各地域における熟慮不足の行為を裏づけようとしている。そうであるからこそ、わが国はヴェトナムに派兵したのだ、と彼女は思った。そうであるからこそ、イラクに侵攻した。リビアへも。そういう国はいくらでも挙げられる。不確実な情報と観念論的な虚勢の組合わせだ。膨大なドルが空費された。その一方、アメリカ政府自体が襲撃にあった。この部屋にいるひとびとは、国防総省を除いてみな、縮小している省庁の代表者だ。そうなった原因はすべて、誤った情報による憶測が災厄を引き起こしたからだ。アメリカにはもはや、アメリカ以外に注ぎこむカネはない。あるいは、そのようなガッツは。

ティルディはこのときふたたび、ロシアがアジェンダにあがってこないことに気がついた。以前は情報コミュニティと国務省にロシアの専門家が何人もいたが、組織的な記憶の抹消がおこなわれたかのように、その大半が消え失せていた。いまなにが進行しているかはだれもが知っているが、それがどこへ向かっているかはだれも知らないのだ、と彼女は思った。そして、遠からず、なにがいまの問題であったのか、だれも思いだせない事態になるだろう。

ティルディは若いころ三年間、国務省外交局に勤務し、政治担当官としてサンクトペテルブルクに駐在していたことがあった。ベルリンの壁が打ち壊された直後で、歴史の目まぐるしい転換点にあたっていた。ゴルバチョフがノーベル平和賞を授与された。抑圧の怪物的装置であったソ連がついに——ぐしゃっと——崩壊し、内紛が勃発した。歴史がひとつの終焉を迎えることはあるのだと、民主的な資本主義が人類にとって不可避の運命なのだと、信じることができた。平和と調和が時代を律していた。アメリカが世界を統べ、ライヴァルは見当たらなかった。

その当時、ウラジーミル・プーチンはサンクトペテルブルクの市長室に勤務する若手官僚のひとりだったので、ティルディは定期的に彼と会っていた。元スパイである彼は、当然のこととして、彼女もまたスパイであると見なしていた。プーチンは経歴をまったく隠さず——わざわざ隠す必要があっただろうか？——彼女を研修生かなにかのように扱い、ちょっとした情報を与えてくれた。

「これを知るのはきみにとっていいことだ」農機展示会の場や、マラヤ・コニュシェナヤ通りに面する美しいスウェーデン大使館でのカクテル・パーティなどで、彼はよくそう言ったものだ。パリやボンから来たばかりの新参のきみの〝同業者〟だと彼は指摘した。いたずらっぽく彼女の腕を取って、宴会場（ボールルーム）の反対側へ連れていき、黒いシルクのブレザーを着た威厳のある女性に彼女を引きあわせたこともあった。「MI－6」と彼はささやいた。ティルディが、自分は低位の政治担当官にすぎないとして否定しようとすると、プーチンは笑みを浮かべ、訳知り顔でどこか遠くを見やった。

いまはそうは見えないが、当時のティルディは美貌の持ち主で、まだカナッペやチョコレートに癒やしを求めたり、ディナーのワインを飲みすぎたりして、容貌を損なってはいなかった。プーチンの意図はよくわからなかったが、彼女は記録を明確に残すためだけに、すべての出会いを報告書に記していた。プーチンは、控えめに言うならば、不当利得者だった。ロシアは破産して崩壊し、食糧を輸入するのと引き換えに、天然資源を——木材、石油、貴金属といったようなものを——輸出せざるをえなかった。サンクトペテルブルクでは、すべての取り引きが、貿易と投資を管轄するオフィスの長を務めるプーチンを通しておこなわれた。輸入された食料の大半はどこへも供給されなかった。そうはならず、それはひそかに現金に交換された。ひとびとは飢えているのに、よごれた手に何千万もドルが渡った責任はプーチンにある、とティルディは見なしていた。彼は取り調べを受けたが、なにも出てこなかった。彼はその当時すでに、アンタッチャブルだったのだ。

彼がうっかり内心を表情に出すことはめったにないが、たまたま、その顔から用心深さが失われたとき、ティルディは彼が捕食者めいた目と薄い残忍な口もとになることを垣間見ていた。そんなときも、彼はうたた寝から覚めたかのように、にわかに顔を輝かせ、首をふってみせるのがつねだった。笑みがまた浮かんできて、チャーミングな男に戻る。アメリカの文化に魅せられている、と彼は打ち明けた。白夜の季節、運河をめぐる遊覧船の旅をしたときの、忘れがたい思い出があった。彼は船のバンドのキーボードでかつての人気歌手、ファッツ・ドミノの曲のメロディーを奏でた。乗客のアメリカ人たちにそれが大人気となった。だが、ティルディは、彼のマスクが剥がれ、隠されていた殺人者の顔が現れたのに目を留めた。ソ連帝国の崩壊につづいた腐敗の混沌のなかに、ただひとり、おのれのほしいものはなにかを知悉するという強みを持つ男がいた。彼は報復をしようとしていたのだ。

プーチンはアメリカのまさに核心——民主主義——に狙いをつけたのであり、その狙いは正確だった。いまティルディはホワイトハウスのシチュエーション・ルームに座を占め、そこには政府のもっとも強力なリーダーたちが居合わせているが、彼らのだれひとりとして、プーチンが引き金を引き、まちがいなく処罰を逃れていることに言及する者はいないだろう。

最後の議題は、インドネシアにおける謎の疾病の発生だった。

「この会議に保健担当者はいないので、わたしが担当することにしましょう」ティルディは言った。彼女がそう言うと、エージェンシーの男が場を辞するべく、立ちあがって、「また川向こうで会いましょう」と小声で言った。

「まだ終わっていません」ティルディは言った。反論すると、ひどく面倒なことになりそうな〝口やかましいおばさん〟の声になっていた。「この件について、いくつか質問したいことがあります」

エージェンシーの男がしぶしぶすわりなおす。

「これはまったく新しい疾病であるように思えるのです」ティルディは言った。「生物兵器の可能性はあるでしょうか?」

「可能性はありですね」参ったなといった感じでエージェンシーの男が応じた。

「あるいは、どこかのラボから出てきたものだとか？」

「われわれはなんの情報も持ちあわせていませんので」とエージェンシーの男。

ティルディは驚きはしなかった。

「本日はここまでにしておきましょう」ようやく彼女はそう言って、副長官たちを解放し、寒さが募りつつある世界へ追いかえした。

5. 隔離

「わたしは元気だよ」というのが、ヘンリーの口から発せられた最初のことばだった。アトランタはまだ朝の五時だったが、彼の声を聞くなり、ジルは涙に暮れた。「ついいま、衛星電話を返してもらったところでね。ほんとうなら、もっと早く電話をかけられたんだけど」

「どこにいるの？」

「テントのなかに、ひとりきり。ありとあらゆるところから医療チームがここに駆けつけようとしているんだ。彼らはすぐにも準備を整え、仕事に取りかかるだろう」

「いつまで隔離に置かれることになるの？」

「十四日間。そのあいだに、なんの症状も出なければ」

「ええと、いまなにか症状が出てるの？」

「いや。心配しないで」

「きっと気が狂いそうになるわよ」

「すでに猛り狂ってるさ。自分がチームを指揮すべきなのに、それができず、寝台とキャンプチェアしかないちっぽけなテントのなかにいるんだからね」

心底ほっとしたせいで、ジルは笑いだしたが、ヘンリーが大規模な保健衛生危機の真っ只中にひとりきりで、じっとしているというのは、ひどくつらいことなんだろうとも思った。

「あなたがいなかったら、だれもそこへ行こうとはしなかったでしょうよ」ジルは釘を刺した。

「子どもたちに、心から愛してるよと伝えておいてくれ」彼が言った。「それと、できるだけ早く家に帰るからと」

ヘンリーはマリアに電話を入れ、彼女に編成してほしいチームの内容を指示した。

「マルコに率いてもらう必要がある」彼は言った。マルコとは、彼とともに幾多の疾病調査活動をおこなってきたマルコ・ペレーラのことだ。賢く、皮肉っぽく、信頼が置ける人物で、最初は疾病予防管理センター(CDC)のヘンリーのラボで、エピデミック情報サービス部門の職員として採用され、いまはヘンリーのナンバー・ツーになっていた。

「彼はすでに空路でそちらへ向かってるわ」彼女が言った。

「それと、基本的な野外ラボ以上の設備が必要になるだろう」

「その点についても留意しておいたわ」彼女が言った。

「仕事が速いね」感心した声でヘンリーは言った。

「あなたが要求するだろうことをリストにして、やったことからチェックの印をつけているのよ」

「わたしのことがいやってほどわかってるようだね」彼は言った。「いいかい、マリア、インドネシア当局はこの事態を深刻に受けとめねばいけなくなるだろう。発生した疾病をこのキャンプのなかだけに閉じこめておくことはできそうにない。過去一カ月間にこの場所に出入りしたすべての人間を追跡する必要がある。食糧配達人、軍人、医療関係者などを――ひとり残らず」

「ヘンリー！　もうそれはやってるわ！」マリアが叫んだ。

「すまない。そうに決まってるのにね。きみより適任の人物はいない。傍観するしかない立場に置かれているせいで、いらいらしてるんだ」

「あなたは傍観者じゃないわ。わたしたちはあなたを頼りにしているの。毎日、連絡を入れるようにするわ」

電話を切る前に、ヘンリーは、マリアがローマでのテロ攻撃で友人のひとりを失ったことをとても悲しく思っていると伝えた。

「あ、そうね、ありがとう、ヘンリー。彼女とはいっしょに育った仲なの。幼いころから親友だった。彼女の家族がお気の毒でならないわ」

「きみもつらい思いをしているにちがいない」

「ほんとうにつらい思いをしてるわ」マリアが言った。しわがれた声になっていた。「あんなことをやった連中が憎くてたまらない。彼らは、どれほどかけがえのない命を奪ったかなんてことは気にも留めていないわ。ひとを殺して、自分たちの不平不満に世間の注意を引こうとしているだけ。もしかすると、意識はせず、みんなに自分たちと同じような感情をいだかせようとしているのかもしれない。そして、わたしはいまそうなってる。これまでずっと保健衛生と平和のために全生涯をささげてきたけど、いまは怒りがみなぎってる。親友にあんなことをした連中には我慢がならないし——彼らがわたしをこんな人間にしてしまったことがいやで仕方がないの」

そのあとしばらくして、マルコが飛行機のなかから電話をかけてきた。アトランタから、トップクラスの研究者を一ダースほど連れてきたという。このあとWHOのチームと、すでに地上にいるほかのチームに合流するとのことだった。マルコとヘンリーは手慣れたプロセスを踏み、もっとも可能性の高そうな疾病の原因に絞って、考えうるさまざまな病原体を排除していったが、それと同時に、より可能性が低そうに見える病原体を無視しないようにも心がけていた。

「チアノーゼ」マルコが、もっとも顕著な症状を指摘した。「あなたは毒物と考えている？」

ヘンリーは考えてみた。人工流産をするためにニトロベンゼンを飲んで死んだ女性たちの症例はいくつもある。その女性たちは肌が青くなっていた。印刷工が墨汁(インディアインク)を飲んで自殺する場合があることはよく知られている。カドミウムなどの重金属もチアノーゼを起こさせるが、大量摂取しないかぎり死には至らない。

「殺鼠剤については？」マルコが言った。「あれも内出血を引き起こすでしょう」

このキャンプにはネズミがうようよいる。もちろん、あの種の薬剤の大半は抗凝血剤だが、ヘンリーが医師の遺体から採取した血液はすでに凝血していた。もしネズミが病原体の運び屋なら、腺ペストのように、ネズミについたマダニやノミによって蔓延するだろう。もしペスト菌――エルシニア・ペスティス――が肺に入りこめば、高度の感染力を持って、ひとからひとへ伝染するようになり、治療はほぼ不可能になるだろう。その死亡率は百パーセントに近い。

ヘンリーの胸中には、ペストが再来するのではという恐怖がいつもあった。ジョンズ・

ホプキンズ大学で医学史の講義を受けていたときは、ペスト菌に魅せられたものだ。担当教授が世界の推定人口を黒板にグラフで示した。グラフは、ユスティニアヌスがローマ皇帝であった六世紀まで着実に増加し、その統治の時代に五千万人もの人間が——世界の全人口の約四分の一にあたる人間が——ペストで死んだ。そのつぎのペストのパンデミックは、人類史における最悪の流行となった。それは、感染者の四肢に壊疽が出現することから、〝黒死病〟と呼ばれた。最初の発生は一三三四年の中国で、交易ルートを通じて中央アジアへ、そしてヨーロッパへとひろがり、感染が終息した一三五三年までに二億人ほどのひとびとが死んだ。最後のパンデミックもまた発生源は中国で、時代は十九世紀半ば、そのころには汽船ができていたために、急速に全世界へ伝染した。インドだけでも二千万人の命が失われ、それに感染したひとびとの八十パーセントが死んだ。肺ペストの効果的なワクチンは、いまだにない。

ヘンリーはこの隔離テントのなかで、すでに何度もノミに嚙まれている。だが、コンゴ難民キャンプにある遺体には、ペスト菌の感染源に特有の病変は見当たらなかった。

「ネズミによって蔓延した可能性はまだ残る」ヘンリーは言った。「ただ、チャンペイ医師のメモによれば、この疾病は、最初は徐々に、やがて急速にキャンプ全体へと、感染症に特有のパターンをたどって、ひろがったようだ」

「死者の年齢中央値はつかめていますか？」マルコが問いかけた。

「最新の数値が調査されている」ヘンリーは言った。「死者の大半は若い男性だが、言うまでもなく、このキャンプの人口構成はすべてが若い男性という偏った分布になっている。あとまだ考慮すべき点は、そもそも国境なき医師団の医師たちがここに来た理由はＨＩＶ感染者の治療だったから、抑留者たちが相当に高い割合で免疫不全になっていたと推測されるということだ。そうであれば、この疾病がキャンプから社会一般にひろがっても、その危険性はいくぶん低く見積もれるだろう」

「しかし、その医師たち自身はＨＩＶに感染していなかったと推測されるのに、彼らもまた亡くなったと」マルコが言った。

「うん。それもかなり急速にね」ヘンリーは同意した。「人体は、通常は人類のなかには発見されない病原体にも対応できるだろうが、免疫が低下していると、その病原体に感染し、侵入を許してしまうことがある」

「感染経路は？」マルコが問いかけた。「もしかして蚊だとか？　飲料水中の細菌は？」

「蚊にしては感染がひどく急速すぎる」ヘンリーは言った。「きみのチームが到着して、食物や水をコントロールしたときに、蔓延が停止するかどうかでわかるだろう。だが、これはわたしの知るいかなる細菌の特徴も有していない。ウイルスであるほうに、カネを賭けてもいい」

「エボラは？」

「発症の急速さはそれを示唆している。高い死亡率、急激な蔓延、出血熱——うん、これはエボラなのかもしれない。だが、エボラウイルスの系統はアジアにおいてはレストン・エボラウイルスしか知られていないし、それが人類の病原体になったという知見はないんだ」

「ラッサ熱やマールブルグ病については？」

「その種の疾病の媒介者（キャリア）はアフリカネズミとエジプト・フルーツバットだ。インドネシアでは発見されていない」

「となると、これは難問ですね」とマルコ。

「相当な難問だ」ヘンリーは同意した。

「健康にご留意を、ヘンリー」通話を終える前に、マルコが言った。「われわれはこの件に対処するのに、あなたを必要とすることになるでしょうから」

ヘンリーはキャリアの後半で、専門をウイルス学に変えた。前半は、多数の手強い疾病の病原である高病毒性細菌を専門にしていた。肺炎は、歴史的に数多くの死者を出してきた疾病だ。ペストは、その語自体が恐怖を呼び起こす。結核はあいかわらず、伝染病による死因としてナンバー・ワンの地位にある。そう、ヘンリーは細菌を重視していたのだ。自分は伝染病の巧妙なメカニズムを理解していると考えていた。やがて、エボラがその考えを変えさせた。さまざまな疾病のなかでも、それはひとつの主役であり——劇的で、進行が急激で、残忍だ。もっとも顕著な症状は出血。あらゆる毛穴、目、耳、鼻、肛門、ときには乳首から血が噴きだし、その体液は、ウィルスが人体から逃げだして、新たな餌食を探しだすための通路となる。医師たちは当初、エボラをラッサ熱と誤診しがちだが、エボラにはひとつ、しゃっくりという決定的な症状が伴う。なぜなのかはだれも知らない。インフルエンザやふつうの風邪と同様、エボラウィルスの遺伝子はリボ核酸——RNA——から構成される。天然痘やヘルペスといったウィルスはデオキシリボ核酸——DNA——から構成される。RNAウィルスの風変わりな特徴は、「突然変異群(ミュータント・スウォーム)」と呼ばれるもののなかで絶えず、くりかえし、自己複製をおこなうことだ。

エボラはたんなる一本鎖のRNAウィルスでしかない。それは蛋白質に包まれ、脂質の外被に囲まれている。ときには腕をのばしたり、アンパサンド——〝&〟——やト音記号——〝𝄞〟——のような形状へみずからを変身させる。ある種の野生動物、特にコウモリと猿類から、人類へ伝播(でんぱ)することがある。人体内に三週間ほどとどまったのち、症状を出現させるから、ギロチンの刃が突然、落ちてくるようなものといおうか、本格的なエピデミックになるまでそれと認識するのがむずかしい。このウイルスは、治療せずに放置すると、死亡率が九十パーセント近くに達するが、集中的な緩和治療によってその率を半分に抑えることはできる。インフルエンザや麻疹とは異なり、エボラは空気感染ではない。感染経路は――性交、キス、身体接触、そしてとりわけ患者や死者の介護などによる――体液との接触にかぎられる。それは、愛と思いやりを特別なターゲットにする疾病なのだ。

疫学に対するヘンリーのアプローチ手法を形成したのは、CDCでの最初のボス、ピエール・ロラン医師だった。陽気な目をしたフランス人で、当時はウイルス特殊病原体部門のチーフを務めていた。ヘンリーは、二〇一四年のエボラの流行時に、ピエールがエボラ初級講座と名づけたものをギニアのモスクでおこなうのを見ていた。ギニアの全土からイスラムの指導者（イマム）たちがやってきていた。エボラは新奇の恐ろしい現象だったが、ピエールの明晰で肩肘張らないふるまいが、その疾病以上に伝播力の強い、パニックを鎮めるのにおおいに功を奏した。一度、ピエールがへき地の野外病院におもむき、ひどく迷信深いコミュニティが疫病を封じこめるのを支援したことがあった。そこの家族たちは愛した者の遺体を、まだその遺体はウイルスを撒き散らす状態にあっても、洗ってやるのが義務だと感じていた。ある幼い少年が亡くなったあと、その両親はその遺体の引き取りを要求した。遺体の引き渡しは、彼らやほかの大勢の人間を殺す結果になるのはほぼたしかだったのだが。一触即発の緊張状態になったが、そのとき、当時すでに六十代になっていたピエールが、みずからシャベルを手に取り、墓穴を掘りだした。その人間性と共感の発露は、ヘンリーが強く傾倒するモデルとなった。

今後のキャリアはウイルスの研究にささげようと決めたとき、ヘンリーはウイルスの世界の膨大さと多様性に威圧され、その世界に対する科学的理解が欠如していることに愕然とした。二十年前は、海洋にウイルスがいるとはだれも考えていなかったが、やがて研究者たちが、たった一リットルの海水中に一千億ものウイルスが存在していることを明らかにした。ブリティッシュ・コロンビア大学の海洋ウイルス学者、カーティス・サトルが全世界の海洋から海水を収集し、観察したウイルスの九十パーセントが人類にはまったく未知のものであることを突きとめた。未知ではあっても、それぞれのウイルスが蛋白質を生成するための遺伝暗号(コード)を持っていることはわかった——それはつまり、それぞれがひとつの使命を持っていることを意味する。その使命がどういうものかは、謎のままだ。

二〇一八年、サトルとほかの研究者たちが、成層圏のすぐ下にあってジェット気流の通り道となっている自由対流圏にウイルスが存在する証拠をつかもうと、山岳の頂上に目をつけた。地表から遠く離れ、環境が大きく異なる場所に、ほぼ同種のウイルスが見いだされるかどうか、その答えを見つけようとしていたのだ。ウイルスが大気圏に飛来し、ひとつの大陸から別の大陸へと――たとえば埃とか海水のしぶきに混じって――運ばれていく可能性はあるのだろうか？　その科学者たちは、スペインのシエラネバダ山脈の標高九千フィートにあたるいくつかの山頂にバケツを置き、ウイルスが雨に混じってそこに降りそそぐかどうかをたしかめるべく待ち受けた。その結果を見て、彼らは驚愕した。彼らの計算によれば、地表の一メートル平方ごとに毎日、八億ものウイルスが落下していたのだ。それらのウイルスの大半は、人類ではなく細菌を餌食にする。地球に存在するウイルスの総数は、宇宙の星ぼしの数の一億倍に相当すると見積もられた。

ウイルスは細胞に侵入すると、自分の遺伝子をそこに入れこみ、細胞のエネルギーを利用して自己複製をおこなう――事実上、餌食にした細胞をウイルス複製工場につくりかえる。細胞は、ウイルスの遺伝命令下に置かれると、新たなウイルスを製造せよとの命令を受けるようになり、やがては破裂して死滅し、ときには数千、さらには数万もの別の細胞に侵入する新たなウイルス群を宿主の体内へ解き放つ。あるいは、ウイルスと細胞が、ヘルペスの場合のように共存することを学び、感染状態がいつまでも継続する場合もある。

ヘンリーにとって、ウイルスにまつわる最大の驚きは、進化を陰で導く力となっていることだった。感染した有機体が生きのびると、それ自身のゲノム内にウイルスの構成物の一部が残ることがときにある。古代の感染の遺物が人類のゲノム中に八パーセントほども発見され、それには記憶の形成や免疫システム、認識力の発達などをコントロールする遺伝子も含まれるかもしれないのだ。人類は、ウイルスなしには人類にはならなかっただろう。

6. ヘンリーが責任者に

病原体に曝露してから十四日後、ヘンリーはテントのフラップを開いて、泥だらけの地面へ足を踏みだした。隔離期間が終わったのだ。太陽がつかのま顔をのぞかせ、空気が蒸し暑くなっていた。彼の身なりは、ストライプの青いズボンに白のドレスシャツという、十数日前にジュネーヴのオープニングナイト・カクテル・パーティに出席したときと同じものだった。杖は予備の衣類ともども焼却されており、ヘンリーは素足でじめじめした地面を歩いていった——ジュネーヴへの三日間の旅で履きつづけるつもりだった、たった一足の靴もまた、焼却の憂き目にあっていたのだ。

キャンプを囲むフェンスの各支柱にライトが設置されていたので、調査クルーは二十四時間体制で仕事をすることができた。死んだ医師たちの同僚によって、新たな国境なき医師団のテントがふたつ設営されていた。北米のNGO、マーシー・コーも来ていた。赤新月社が、キャンパーを連結したトラックを運びこんでいた。黄色い医療用ガウンを着たエピデミック情報サービスの職員たちが、大きなテント内に設置された診療所で患者を診察している。キャンプの上に一基の携帯電話中継塔がそびえたち、WHOのトレーラーのルーフにはソーラーパネルが張りめぐらされていた。チームを編成できたあらゆる機関が、ここに来ているか、来る途中にあった。彼らにとって、〝ちょっぴり魅力的な〟エピデミックほど、興奮を呼び起こすものはないのだ。これはエボラのときと同様、また例によって、官僚たちの張り合いなのかもしれない、とヘンリーは思った。

WHOのトレーラー内部は、最低限の設備しかない野外ラボになっていたが、少なくとも必須のものは揃っていた。即席の野外用簡易無菌箱（アイソレーター）は――本質的には、ラボの技術者たちがこのなかで感染を恐れずにウイルスのサンプルを扱えるようにするための、ぶあつい黒のラテックス手袋をつけるポート付きのプレキシガラス・ボックスにすぎなかった。生きたウイルスがプラスティックのウェル・プレート――丸いくぼみが均等に並ぶ小さなトレイ――に載せられ、プレートには溶液に浸された人間の細胞が置かれていた。細胞は、いったん感染すると、ウイルスを増殖させるようになるのだ。ほかの技術者たちはポリメラーゼ連鎖反応（PCR）法を用いて、DNAサンプルを増殖させるプロセスに取り組んでいた。もしこの病原体が未知のウイルスであれば、徹底したシークエンシングが必要となり、それはアトランタでおこなわねばいけなくなるだろう。

「復帰しましたね」マルコがさらっと言った。

マルコは理想的なエピデミック情報サービス（EIS）職員だ。勇敢で、直感力に長けていて、未婚。その左前腕部には、ダンスをする少女のタトゥーがあった。彼とヘンリーが協力して対処した、バリ島における狂犬病のエピデミックを記憶に刻んでおくためのものだ。マルコは少しはマレー語を話せ、そのことも有用となるだろう。

「責任者はだれ？」ヘンリーは言った。

「だれもかれも」マルコが応じた。

まさしく、ヘンリーが危惧していた事態だ。

「だれかが病院に問い合わせをしたか？」彼は問いかけた。「クリニックには？」

「それはテリーがやってます。これまでのところ、収穫はなし」

「遺体安置所は？」

「だれかがやってますね。たしか、赤新月が」

「日々の情報更新が必要になるだろう」ヘンリーは言った。「疑わしい死者はすべて調べなくてはいけない」

「すでにそうなっていますよ」とマルコ。「われわれの発見物に関する最新情報がほしいんじゃないですか？」

「これはウイルスだ」ヘンリーは言った。「それも、新たな。おそらくは、鳥類が媒介する」

「おっと、ヘンリー、どうしてそのすべてを知ったんです?」

「半時間後に、派遣された全員と会議を持ちたい。みんながてんでにやるのに任せておく時間はない。なさねばならない仕事が、それも早急にやらねばならない仕事が、山ほどあるんだ」

「彼らに伝えましょう」マルコが言った。

「それと研究報告書を見せてほしい」

「わかりました。ただ、その前に提案したいことがあるんですが? あなたはなによりシャワーを浴びたほうがいいですよ」

その意味合いは明白だった。マルコが隅に置かれている大きなスーツケースを指さし、ヘンリーはそれがなんであるかに気づいて、にわかに胸が高鳴ってきた。

「ジルがあなたのために新しい衣類を送ってきたんです」マルコが言った。

体を洗い、着替えをしたあと、ヘンリーはあの将校がいたコテージのポーチに立った。収容所の監視にあたってきた将校と警備兵たちはいま、疾病に曝露したほかのひとびとともども、フェンスで囲まれた場所に隔離されている。

一ダースにのぼる国際保健機関から派遣されたひとびとが、ヘンリーの前に集合した。いくつものトレーラーやテントの周囲にも、さまざまな国から派遣された五十人ほどの医療従事者たちが立っていた。なかには、過去のエピデミックや会議の際に見知った顔もあった。大半が若く、平均年齢は三十代前半——この疾病の死亡率グラフの山に相当するひとびとだ。ヘンリーは、この何年かのあいだに女性がこの種の危機状況に対処する割合が増加していることに気がついていた。若かったころは、EIS職員のほとんどは男性だった。いまは、赤新月においてすら、男性は少数派だ。医師たちの何人かはタイベックの防護服を着こみ、ほかの医師たちは全身をゴミ袋で包んで、ダクトテープで封じていた。ヘンリーはまたしても胸を打たれた。才能に恵まれた気高い若者たちが、未知の危機のただ中にみずから身を投じてきたのだ。

集まった大勢の面々のなかに、アニサ・ノヴァント保健大臣が混じっていることに、ヘンリーは気がついた。案じているように見えた。それどころか、パニックを来しているように。彼女が住んでいるこの国は、失敗を容赦しないのだ。

泥だらけの閲兵場に集まった面々のなかで、ヘンリーのことを知らないひとびとにとっては、彼は小柄で少し腰の曲がった風変わりな男のようにしか見えなかっただろう。各国からやってきた才能ある医療従事者の集団をあっさりと指揮することになったこの男は、いったいだれなのか？　若手のなかには、年長の面々が彼に敬意をはらっていることに気づいた者が何人かいたが、それでもヘンリーを知らないひとびとはすべて、このぱっとしない人物が、さまざまな機関から派遣されてきた、まとまりがなく、競争心が強く、だれもが医学分野の業績をあげることに熱心な医療従事者の集団をどのように扱うのかと、興味津々のようすだった。

そのとき突然、ヘンリーは空に浮かぶなにかに目を奪われた。遠い、奇妙な鳴き声。無言で、根気よく、空を見あげて立っていると、やがてキャンプに集まったすべての面々が、彼が見つめているところへ目を向けるようになった。

「ガン」彼は言った。「あの鳥たちはどこへ飛んでいくんだろう？　北へのようだ。中国か。ロシアか。渡り鳥は興味深い存在だ」ほとんど独り言のように彼は言ったが、その声はキャンプの奥のほうまで届いていた。「彼らは編隊を成して飛ぶ。その種の問題を研究しているひとびとによれば、単独よりはるかに効率がいい。行きたいところへずっと速く行き着ける。費やすエネルギーははるかに少ない。そして、ガンの一羽一羽がその編隊の目的に貢献する」にわかに厳めしい声になった。「われわれがやろうとしているのと同様に」

キャンプに集まった面々の視線が彼のほうへ戻ってくる。

「第一に、世界のすべてのひとびとが、ここで起こっていることに不安を感じるようになるだろう。われわれは正直でなくてはならないが、ひとつの声として話す必要がある。そして、情報はどれほどささいなものでも、アニサ大臣を通し、世界に公表することにしよう。彼女がそれでよければ」

ショックと感謝の念が、アニサの顔に表れた。ヘンリーはただの一撃で、主要な敵対者を抱きこんだ。彼女がもっとも求めていたものを与えることで、彼女のみならず、インドネシア政府を自分の指揮下に置いたのだ。与えたものは、奪いとることもできる。それは、彼がいまみずからに授与した権限だった。

ヘンリーは、この疾病の進行状況に関する報告を求めた。チームは、抑留者の半数ほどが症状を呈し、そのグループにおける死亡率は六十パーセントにのぼると評価していた。この疾病の原因が不明とあって、治療にあたる医師たちは発熱を抑えるためのタイレノールと、脱水を予防するための輸液を与える以外には、ほとんどなにもできなかった。それはさておき、元気づけになる知らせや、憶測もあった。WHOとCDCは、罹患の可能性が高いひとびとと疑わしいひとびとと、確定された患者の数については異なった所見を持っていたが、死亡率に関しては、緩和治療によってわずかに低減しているということで意見が一致していた。このキャンプの外で症例が発生したという報告はなかった。これまでのところ、隔離がうまくいっているようだった。

もしかすると、この疾病はひとりでに終息するかもしれない、とヘンリーは思った。新奇の疾病の多くは、出現と同じく、だしぬけに消え失せる。いくつもの地質時代を通して、自然は多数の脅威を地球に投げかけてきたが、隕石のように、大気圏で燃えつきて、深刻な被害はなにももたらさなかったこともある。だが、もちろん、巨大な隕石が飛来すると、恐竜をはじめ、地球の生物のほとんどを死滅させてしまう。どちらになるかは、だれにもわからないのだ。

マルコが愚痴をこぼした。血清サンプルをもっとも近い、オーストラリアのレベル4封じ込め施設へ送ろうとしているのだが、組織サンプルを凍結させるためのドライアイスを入手するのが困難で、民間航空会社はどこもサンプルを機に載せるのを拒否しているという。アニサ大臣がすぐさま、インドネシア軍に特別機を仕立てさせ、必要なときにサンプルを輸送させると約束した。ひとつ、問題が解決した。

ＥＩＳはペイシェント・ゼロ――コミュニティへ病原体を持ちこんだ最初の患者――を追跡しようとしていた。聞き取り調査では結論が出なかった。初期罹患者の大多数が、すでに死んでいたからだ。ペイシェント・ゼロの解明はこの疾病の起源がどこであるかの手がかりをもたらしてくれただろうが。それは以前に見られたものなのか？　このキャンプに入りこむまでに、ひとからひとへ感染するようになっていたのか？　あるいは、ペイシェント・ゼロはなにかの動物に接触することで感染していて——人類ととても多数の遺伝子を共有する豚から感染することはよくある——その人物がなにも知らないうちに、病原体をひとりでに人類の疾病に変化させるラボのようなものになってしまったのか？　ここの抑留者たちのほとんどはムスリムで、豚を食べないから、豚が感染源である可能性は低いだろう、とヘンリーは思った。

そしてまた、この疾病の最初の罹患者の身元が——ＨＩＶに感染したゲイのムスリムであると——確認されたことで、一種のパンデミック、つまり集団ヒステリーが生じる可能性が高いことにも気づいた。

疾病は歴史的に、いろいろと陰謀論を撒き散らしてきた。十四世紀にはユダヤ人が黒死病の原因だと見なされ、ヨーロッパのあちこちの都市で多数のユダヤ人が虐殺された。そのなかには、一三四九年のヴァレンタイン・デーに、フランスのストラスブールで二千人ものユダヤ人が生きたまま焼き殺された例もある。重症急性呼吸器症候群——ＳＡＲＳ——が最初に出現したとき、ロシア医科学アカデミーのメンバー、セルゲイ・コレスニコフが、この新たな疾病は麻疹ウイルスと耳下腺炎（マンプス）ウイルスを結合させて人工的につくられた疾病であると断じた。もちろん、そのどちらもパラミクソウイルスであって、コロナウイルスのもととはならないのだが。その不正確な仮説によれば、その起源は中国で、中国はその疾病の発生源と指摘されることをひどく嫌った。そのような疾病の病原体を遺伝子工学的に生みだせるのはアメリカ合衆国のみというわけで、世界の超大国にのしあがろうとする中国の成長を阻むために、意図的にそこに撒き散らされたのだという噂が疾病のようにひろまった。

　ヘンリーは、ＳＡＲＳとの戦いは公衆衛生の偉大な勝利のひとつだと見なしていたが、それは恐ろしく高いコストを払ってもたらされたものだ。親しい友人たちのひとりに、寄生虫病を専門にするカルロ・ウルバニという医師がいた。ヘンリーと同様、カルロは世界的な保健衛生官僚機構のしゃれたオフィスに入るのではなく、医療現場にとどまることを望んだ。最初に出会ったのは以前のカンファレンスの場だが、その後のある夜、ミラノのバッハ・コンサートで出くわし、そろって驚いたということがあった。そのとき、カルロは国境なき医師団のイタリア支部長を務めていた。その夜から、職業上だけではない友人づきあいが始まった。カルロは人好きのする、矛盾をはらんだ男だった。うまい食べものと上質のワインを愛する美食家で、超軽量飛行機を操縦し、すぐれた写真家で、クラシック・オルガンを演奏するが、その一方、人道主義に傾倒し、ヴェトナムの学童たちへの寄生性扁形動物の影響を低減させるというただひとつの任務に生涯をささげていた。一九九九年、彼は国境なき医師団へのノーベル平和賞の授与を代表として受けた。医師としての名声に加え、すばらしいオルガン奏者であり、ノーベル賞受賞者でもあるということで、英雄のひとり、アルベルト・シュヴァイツァーを思い起こさせる男だった。

二〇〇三年二月、WHOのハノイ事務所に駐在していたとき、カルロはヴェトナム・フレンチ病院から至急の要請を受けた。最近、香港からやってきた人物が発病し、重度の細菌性肺炎のように思われる危険な容態を呈していたのだ。抗生物質は効果がなかった。その医師たちは、特に毒性の強いインフルエンザではないかと考えていた。それから数日のうちに、二十名の医療従事者が感染した。そして、ひとりまたひとりと亡くなっていった。ハノイはパニックに陥った。そこで、ヴェトナム当局がその病院の管理を引き継ぐことをカルロに要請したのだった。

カルロの妻は、行かないでくれと懇願した。夫妻には三人の子がいた。行くのは無責任なことだ、と妻は言った。

「もしこれをしなかったら、わたしはなんのためにここに来ているんだろう?」とカルロは応じた。「Eメールに返事を書いたり、カクテル・パーティに行ったりするため? わたしは医師だ。ひとを助けなくてはならない」

最初の患者(インデックス・ペイシェント)は、ジョニー・チェンという中国系アメリカ人ビジネスマンだった。カルロは診察をしてすぐ、これは肺炎でもインフルエンザでもなく、なにか新たな疾病だと気がついた。治療法はなかった。彼はWHOに、〝未知の伝染病〟がこの病院から発生し、流行のおそれがあると通知した。隔離を監督し、感染を病院内に封じこめるべくつとめた。消極的な保健衛生担当官たちをせっついて、流行を抑えこむ厳重な処置をさせ、みずから小型バイクに乗って、ハノイの反対側にあるラボへ血液サンプルを届けた。ラボでは、すべての職員が逃げだしていたが、ただひとり、子を持つある若い女性技術者がラボのなかに取り残されていて。彼女が、その新たな病原体の謎を解き明かそうとするカルロに手を貸した。

三月の初旬にあたっていたそのころ、カルロがヘンリーに電話をかけてきた。

「この病院の管理ができなくなってきている」と彼は言った。

ヘンリーはそれまでにも、同様のできごとが香港のプリンスオブウェールズ病院やトロントの病院で生じたのを耳にしていた。どちらの病院でも、医療従事者の半数がSARSに感染したのだった。世界は、死亡率の高い危険な疾病が重大なパンデミックを引き起こす危機にさらされていた。ヘンリーと同僚たちはWHOに対し、その機関が取りうるもっとも厳しい手段である渡航勧告の発出を要求した。渡航勧告が出されるのは、インドでペストが流行したとき以来、十年ぶりのことだった。その情報が発表されると、世界中がパニックに陥ることになるだろう。

ＷＨＯの職員たちがぐずぐずしているあいだに、シンガポールから来ていたある若い医師がニューヨークへ、自宅へ帰ろうと、ボーイング７４７に搭乗した。その機には四百名の乗客がいて、国籍は十五カ国におよんでいた。それが離陸する直前、医師が発症した。医師はシンガポールの同僚たちに電話を入れ、これはＳＡＲＳのような症状だと報告した。その知らせはジュネーヴに衝撃を与えた。ＷＨＯは早急に行動せねばならない――だが、どのように行動するのか？　その機は途中、フランクフルト空港で給油をする予定になっていた。そこに着陸する前に、決断がなされていた。四百名の乗客全員が隔離されることになった。

もはや、事態は明らかだった。渡航勧告が発出された。ＷＨＯの職員たちは中国と対立することになった。中国は、前年に国の南部で発生したＳＡＲＳのエピデミックを隠蔽し、北京におけるその新たな流行の規模に関して虚偽の説明をしたのだった。ＳＡＲＳの罹患者たちは、中国の各病院を査察するために到着したＷＨＯ職員に露見するのを防ぐために、タクシーに乗せられてあたりを移動させられた。エピデミックの重大性と、透明性の欠如に対する全世界の怒りに震撼した中国政府は、方針を転換して、増強された武装警備隊による病棟の厳重な隔離を実施し、規定に違反した者は処刑されるという警告を出した。もし中国が、最初にその疾病が発生したときに、もっと情報を公開していれば、多数のひとびとの生命が救われていただろう。

あの疾病がさらに広く蔓延するのを防ぐ厳格な規則を設定したのは、ヘンリーの友であり、人生をこよなく愛する医師、カルロ・ウルバニだった。それによって、ヴェトナムはその疾病から解放された最初の国々のひとつとなった。だが、そのときにはすでにカルロは亡くなっていた。疾病の正体を突きとめてから一カ月と一日後に、それがすみやかに彼の命を奪ったのだ。彼の警告のおかげで、ワクチンはなかったにもかかわらず、ＳＡＲＳのパンデミックは百日のうちに封じこめられ、数百万の人命が救われた。公衆衛生の専門家たちは、それは史上もっとも効果的なパンデミック対策だったとしている。ヘンリーは、カルロは殉教者だと考えている。

ヘンリーは、フランソワーズ・チャンペイ医師のカルテをより入念に読んでみた。最初の日付は、国境なき医師団がこのキャンプに到着した二月の最終週になっていた。それによると、キャンプはなんと、その医師たちが予想していた以上の全面的なＨＩＶエピデミックになっていて、そのため、新たなウイルスによる症例は通常のインフルエンザとして軽視されていた。最初の十日間に症状を報告した一ダースほどの患者たちは、タイレノールとタミフルによる治療を施された。彼らは全員が回復した。そのあと、事態は一変した。

〃患者のルフト・インドラワティが四十・五度の発熱。呼吸困難。三月三日まではHIV－1の症状なし、その後、急速に高熱を発し、急性昏睡に至る。おそらくはHIVのステージ3。急激な進行を説明するのは困難。鼻および耳から激しい出血〃

記述によると、この患者はスマトラから来た稲作農業者らしい。その二日後、チャンペイ医師は簡潔にこう書き足していた。

〃患者のルフトが〇八時十九分に死去。チアノーゼ。未知の原因。さらに五つの症例〃

彼女は実験機器どころか初歩的な診断機器すらない状況で仕事をしていたが、たとえそういうものがあったとしても、いまヘンリーが陥っているのと同じく、暗中模索の状態に陥っていただろう。フランス人医師たちはHIVの治療をしているあいだ、新たななにか、遺伝子がかきまぜられて進化したなにかに、みずからを曝露していた。そして、人類に新たな伝染病をもたらす病原体の進化に、新奇の感染症に抵抗できるはずはない免疫不全の患者だらけだったキャンプより、さわしい製造場所はあるだろうか。

〃わたしたちはなにかまちがったことをしたのか？〃チャンペイ医師は、亡くなる一日前、簡潔にそう自問していた。彼女は、この疾病はＨＩＶの新たな変異種ではないかと疑っていた。それなら筋は通る。ＨＩＶには多数の変異種があり、しかもそのウイルスは再結合によって組換え型ウイルスを生みだすという非凡な能力を有している。だが、それなら彼女は、そしてその同僚たちは、どうして感染してしまったのか？　彼らは慎重に規則に従っていた。ＨＩＶは、入浴や身体接触や会食などではなく、性交や注射針の使いまわしといったことで感染する。蚊が媒介することはない。この感染は、いかなる空気感染の疾病よりもはるかに急速だった、とヘンリーは結論を下した。であれば、ＨＩＶも、その再結合変異種のどれもこれも、排除されるだろう。

ヘンリーのもとに、パリにいるチャンペイ医師の上司、リュック・バレから電話が入り、追加の機器の送付や人員増援の申し出がなされた。だが、このときにはもう、キャンプにはヘンリーには扱いきれないほど大勢の人員が来ていた。

「もちろん、もし感染が外部に出たら、問題が発生するでしょうが」とヘンリーは応じた。そして、この疾病が隔離地域の外へ漏れ出たことを示す兆しが現れ次第、迅速に対応できる準備をしておいてほしいと提案した。

電話を切る前に、ヘンリーはチャンペイ医師のことをバレに尋ねてみた。

「彼女のカルテは非常に有用でした」ヘンリーは言った。「詳細で、洞察力があって。とてもよく訓練されていたようですね」

バレがそれに対してなにかを言いかけたが、ことばに詰まって、しばらくなにも言わなかった。

「あー、フランソワーズ。ええ、彼女は最高の医師のひとりでした」重い声でバレは言った。

「アスリートのような体型でしたが」ヘンリーは言った。

「そのとおり。彼女は乗馬に熱中していたんです。つまりその、馬に障害を飛び越えさせることに。あれはじつに危険なスポーツです。医師ならだれでも、乗馬をするひとびとの負傷を診察したことがあります。ですから、彼女もそのことはよく知っていましたが、それでもやめられないほど乗馬を愛していたんです。度胸のいい女性でした。もっとも危険な任務を求めていました。率直に言えば、わたしはこれが彼女にとってそれほど危険な仕事になるとは予想もしていませんでした。われわれはつね日ごろからＨＩＶを扱っています。なので、彼女を死へ追いやることになるとは思ってもいなかったんです。じつは、彼女はわたしのフィアンセだったんですよ」

ヘンリーから賄賂を受けとった、あの細身の将校が高熱を発して震えていた。全身があざで覆われ、内出血していることが示唆された。それでも、ヘンリーが症状について尋ねると、将校は平静に対応した。

「チャハヤさん」ヘンリーはカルテの記載に目を通して、そう呼びかけた。

将校が弱々しくほほえむ。

「ええ、わたしです。まだ生きているようです」

「いまのぐあいはどうです？」ヘンリーは問いかけた。

「息が苦しい」将校が言った。「山がのしかかってるみたいに」咳をし、泡だらけの唾が胸へ流れ落ちた。

ヘンリーはティッシュでそれを拭き取った。これはあとで焼却することになる。

ヘンリーは、彼の指揮下にある兵士たちはどうなのかと尋ねた。分離された囲い地に七人の女性が隔離されているとのこと。彼女たちはだれも症状を報告していない。将校のチャハヤの話では、彼女らはそれまで、キャンプのフェンスの外側に配されていたそうだ。男性兵士には数名の死者が出ていた。なかには、感染して生きのびた兵士もいる。ヘンリーには、チャハヤは生きのびられそうにないように思えた。

診療所の外へ出たところで、ヘンリーはインドネシアの警察官がひとり、報告をするために待っていることに気がついた。ヘンリーはすでにインドネシア当局に対し、流行が始まって以後、抑留者と接触した者は全員、一ヵ所に集めておくようにとの指示を出していた。その収容所へ食事を運びこむための配送サービス契約がなされている。ドライヴァーだけでなく、厨房作業者たちも地元の病院の観察下に置かれる。アニサ大臣はパニックを抑えこみたいと思っていた。ゲイの病気がジャカルタにひろがってきたという噂が、すでに流れていたのだ。どの病院も、不安を募らせたひとびとであふれかえるようになっていた。憶測に基づく不平を言いたてて救急外来へやってきたり、まだつくられていないワクチン注射を要求したりするひとびとが、大勢いるのだ。

「墓掘り人は？」ヘンリーは問いかけた。

「亡くなりました、先生」

ヘンリーは、麻痺するような衝撃が全身をつらぬくのを感じた。

「それはいつのことなんだ？」

「五日前です、先生」

死亡が五日前とすると、おそらく罹患は十日前。そのあいだに、あの男に感染させられた人間は何人になることか？　即刻、感染症対策チームを全力で行動にかからせ、墓掘り人の家族や、あの男が収容所の外で接触したすべてのひとびとの聞き取り調査をさせなくてはいけないだろう。対象者は数千人にのぼるかもしれない。もしすでにジャカルタにエピデミックが広まっているとしたら、まもなくそれとわかるだろう。

「それと、わたしのドライヴァー、バンバン・イドリスは?」

「彼は去りました、先生」

「去ったとは、どこへ?」

「バンバンは、ハッジに行きました」

7. 巡礼者

ジャカルタをあとにする前に、バンバン・イドリスはまず、巡礼をおこなうための最初のステップとして、借金を返済した。それはつまり、義理の兄弟とトヨタ車の代金を清算したことになる。バンバンの妻が手を貸して、イフラーム——巡礼者が着用しなくてはならない白装束——の用意をし、断食月（ラマダン）の贈答品の籠をつくった。彼は、自分がこれまでにひとびとに与えたすべてのささいな侮辱に対して、彼らの赦しを乞うた。子どもたちには、自分が厳しすぎたり、あるいは放置したりしたことを、許してほしいと頼んだ。何十年も依存してきたクローブ入り煙草を吸うのをやめた。魂を清め、たんなる善行以上のことをして、神のもとへ行かなくてはならないのだ。

初めての空の旅は、奇妙なものだった。空へ持ちあげられて、下方へ目をやると、インドネシア諸島が——一万七千の緑なす島々から成る彼の母国が——見え、それがすぐに消え失せて、広大な灰色の大洋に変じたので、身を包む聖なる感覚がいや増したように感じられた。機内食を摂ったあと、バンバンはトイレに入って、巡礼着に着替えた。それは、タオル地でできた縫い目のない二枚の白い布で、一枚を肩から垂らし、もう一枚は腰に巻く。その衣装は、死に装束を意味していた。その内側は裸であることが感じられた。彼は靴と靴下を脱ぎ、簡素なサンダルに履き替えた。このような身なりになれば、金持ちと貧乏人の見分けはつかなくなる。神にお目通りするには、だれもがこうすべきなのだ。最後に、バンバンはしぶしぶ帽子を脱いだ。帽子を脱ぐと、ぴかぴか頭がだれにでも見えるようになってしまう。

あの小柄な西欧人医師を、あの勇敢な男を、あんな死地へ行かせて、見棄ててしまったことが、後ろめたかった。バンバンは、異邦人を裏切るという、イスラムの教義では重大な悪行にあたる行為をしたという思いに責め苛(さいな)まれていた。自分にはほんとうに巡礼をする資格があるのか？　あんなに怯えなければ、よかったのに。恐怖のあまり逃げださなければ、よかったのに。なんであれ、自分は安全になったし、これはなにかに感謝すべきことなのでは？　神はおれの献身に満足してくださるだろうか？

バンバンは、神がほかのどの場所より願いを聞き届けてくださるところ、アラファト山に登ったときのために、家族や友人たちの祈りを集めてきた。彼らの願いの主たるものは、健康と繁栄だった。自分は、まだ未婚の長女に夫ができますようにと祈ろう。甥が刑務所から解放されますようにと祈ろう。地上にいられる短い期間に、自分がもっとましな男になれますようにと祈ろう。

吟味すべき祈りがいくつかあった。ひとつは、死者のための祈り。ハッジには膨大な数の信徒が押し寄せ、年配者がとても多く、何人もが死ぬことになるだろう。それは願われてのことではある。だが、毎年、大惨事が起こる。群衆のなかにたまたまなにかのパニックがひろがって、突然、総崩れが発生し、一度に何千人もが命を落とす。バンバンは、巡礼者たちが眠っているあいだに砂に呑みこまれたという話を聞いたことがある。そして、もちろん、地球のあらゆるところから疾病が持ちこまれ、国際的な感染症バザールの場と化す。免疫を強めてくれる小さな緑色のレモンを何個か買っておくといいと言われている。

ジッダへの到着はわくわくするものだった。多くの国から、バンバンと同様の衣装のムスリムたちを乗せた飛行機がやってきていた。バンバンは早々と自分が、人種や階級や国籍や民族性といった個人的属性を剝ぎとられた、偉大な行進の一部となった感覚を味わっていた――彼は雪が降るのを見たことは一度もないが、この白装束の嵐はおそらくそのイメージを喚起させるものだった。心が歌っていた。このひとびとは信仰上の兄弟と姉妹なのだ。彼らはみな自分のように、魂が清らかで、アラーに相まみえる心の用意ができているのだろう、と彼は思った。彼らの顔は――まちがいなく彼と同様――興奮と期待の感情に満ち、ぞろぞろと広大な待合所に入って、メッカへ乗せていってくれるバスを待つようにと指示されたときにもまだ、その表情は変わっていなかった。

バンバンは待った。夜になった。飲食物は、強欲な行商人が法外な値段で売りつけるナツメヤシの実とキャンディバー、そしてボトルの水しかなかった。彼は疲れきって、コンクリートの床に寝そべっていたが、きれいだった自分の衣装が砂まみれになっていることに気づいてもいた。困惑し、宙ぶらりんの——高揚と失望、怒りと、自分はまもなく霊的な転換を迎えるのだという期待が、入りまじった——心理状態になっていた。

痩せた若者が彼のかたわらにすわった。いらだった気配をみなぎらせている。バンバンは素朴なアラビア語で挨拶をした。

「おれはその言語を話さない」若者が言った。「英語しか話さないんだ」

「きみはイギリス人？」バンバンは尋ねた。

「そのとおり」男が言った。「マンチェスターさ」

名前はタリク。バンバンはマンチェスター・ユナイテッドのファンなので、ふたりはしばらくサッカーの話をした。

タリクがスーツケースのなかへ手をのばし、煙草の箱を取りだして、バンバンに一本勧めた。

気分だった。

「それは禁じられてる」とバンバンは言ったが、口では言い表せないほど煙草が吸いたい

「ヘイ、兄弟、まだメッカに入っちゃいないんだ。公式には、おれたちはまだ巡礼の旅を始めてはいないんじゃないか？　どこにも行かず、ここにぼうっとすわってるだけだ。おれもモスクに着いたら、リーガル（イギリスの煙草のブランド名）はやめる」

その不敬なことばは、煙草と同様、歓迎すべきものだった。バンバンは現実の生活に——不道徳だが、よろこびと楽しみに満ちた生活に——また堕落したような気分になった。

「ローマでの兄弟たちの行動をどう考えてる？」タリクが問いかけた。

バンバンはそのニュースを知らなかった。

「聞いてないのか？　彼らが六百人の不信仰者を虐殺したんだ」タリクが言った。「ローマで」

若者の声の調子から、バンバンは、ローマがイスラムにとって唯一無二の憎むべき特別なところであることを感じとった。テロがあったと知って、彼は困惑した。イスラムは平和の宗教と考えていたからだが、バンバンの知る若いインドネシア人たちにはＩＳＩＳに惹きつけられる者が大勢いた。彼の甥は、選挙活動への攻撃を企てていると疑われた細胞組織のメンバーが捜索されるなかで逮捕された。似たような経緯を持つほかの家族も多い。

バンバンは、タリクがローマで起こったことに対して、さりげない是認のことばを吐くのを聞いて、ショックを受けた。六百人もの人間を——どうやって六百人もの人間を殺したのだろう？　それに、なぜ？

「テレビのニュースを観たら、殺されたのは血まみれになった馬どもだけだと思うだろうさ！　あの芸をする馬ども！」にわかに若者が、自分がしゃべっていることをバンバンはなにも知らないのだと思いだして、説明を始めた。「全部の馬がコスチュームみたいなのを着せられてた。なにかのキリスト教のセレモニーのために。いかにもローマらしく」

バンバンは黙っていた。ふと、この若者は本人が言っているような人間ではないのかもしれないと思ったのだ。バンバンをひっかけて、不注意なことばを言わせるように送りこまれてきた、情報局員なのだろう。たぶん、この男は、自分の過激な甥のことを知っている。ここは危険な場所だ。

「あれはひとつの奇跡だったが」タリクが言った。「まだ始まりにすぎない。まだもっとたくさんの奇跡が起こるだろう。あんたは信じないだろうがね。すべてはアラーをたたえるためだ」

タリクは煙草の吸い殻をコンクリートの床に落として、踏みつけ、そのあと横になった。そして、すぐさま眠りこんだ。

バンバンもまた眠りこみ、日の出の直前、バスがやってきた。目覚めると、身がこわばって、ずきずきし、コンクリートの床のせいで体が冷えていた。ちょっと後方で待っていると、タリクがバスに乗りこんだので、彼はつぎのバスを選んで、乗った。

メッカへのハイウェイは巡礼者を乗せたバスや自家用車で混みあっていて、自家用車のなかにはリムジンも混じっていた。対向車線はほとんど車の通行がなかった。バンバンはこれまで砂漠を見たことがなかった。それは暗いオレンジ色で、しわのようにうねっていて、樹木は一本もなかったが、夜明けとともに青い山脈が姿を現して、砂漠に長い影を投げかけてきた。雲のない空に、まだ二、三の星が残っていた。

バスがメッカ門の下を通りぬけた。聖地への入口を記す記念碑的な門で、ムスリムのみが入場を許される。門の頂部にコーランが刻まれ、天国に向けて開かれている。巡礼者たちが抱擁を交わす。バンバンは涙が頬へ流れ落ちてきたのに、そのことに気づきもしなかった。ハッジが始まったのだ。

8. サルバドル

サウジアラビア。ヘンリーが電話でそう言った。収容所へ彼を運んできたドライヴァーが、宗教の巡礼旅に出かけたという。彼をインドネシアから出国させてはいけなかった。ヘンリーはそのことに責任を感じていた。

「でも、どうしてあなたがそこまで考えなきゃいけないの？」ジルは問いかけた。「とても危険な状況だと、そのひとに警告していたんでしょ。体を洗い、着衣を焼却するようにと」

「うん。でも彼はそうしたのかな？」

「彼を発見してくれと警察に頼んだんじゃないの？　あなたひとりで世界をひとつにまとめるなんてことはできないでしょ」彼女は、クローゼットのなかに立ち、そこにぶらさがっている彼のスーツを相手にしゃべっているような気分になっていた。「ほんとにヘンリー、あなたは問題でもなんでもないことにひどく気を揉(も)んでるだけなんじゃない」

「世界のあらゆるところから三百万もの人間が集まるんだ」彼が言った。「これは考えうる最悪のシナリオだ」

「もし彼が実際に病気にかかっていたらでしょ」

それでも、ヘンリーは自分を容赦しようとしなかった。彼はいま空港にいた。機会ができたら、また電話するとのことだった。

いまの電話で、ジルはいらだちを覚えていた。ヘンリーは生来、自己憐憫などの感情は隠そうとする。つねに冷静で、それは彼の仕事に関して必須の資質だった。痛み、苦しみ、死——そういったものは、彼が日常的に目撃している要素であり、彼は感情のファイリング・キャビネットのようなところに押しこめている。ジルにはそんなことはけっしてできないだろう。感情のコントロールというのは、彼女の人生にはまったく縁遠いことだ。彼女はヘンリーの自制心の強さを、あるときは賞賛し、あるときは、彼がみずからを傷つけることになりかねない事態を隠そうとするのを腹立たしく思ってきた。

たぶん彼は、ぶかっこうな体をしているからということで、自分に惹きつけられる女性はいないだろうという考えを、長年にわたっていだいてきた。結婚したとき、彼は童貞ではなかったが、三十六歳の男としては性体験が乏しく、ジルの情熱に恐れをなすところがあった。彼がみずからを魅力的な性的パートナーと見なしていなかったのはまちがいないが、やがてすばらしく気配りのきく恋人へ成長していった。ヘンリーは彼女がよろこぶことはなんでもしようとし、ジルは自分が彼の愛情行為の世界への案内人になれたことにしあわせを感じた。それでも、ふたりのあいだには、自分たちの性的よろこびは深い秘密にしておこうという暗黙の了解があった。それはどこまでも継続する愛情関係だった。ジルは、ヘンリーを完全に理解したという気持ちにはけっしてなれなかった。彼は抑えこんでいることが多すぎる。幼少時のことはめったにしゃべらない。

もちろん、ジルは教員なので、彼が学校時代にどのような扱いを受けたかを想像することはできたが。受け持っている子どものなかには、貧乏な子、親のいない子、病気を持つ子が何人もいる。そういう子どもたちにとって、人生は特別に困難なものであり、成長して成功したひとびとはその努力を賞賛されてしかるべきだ。だが、成功するひとはごく少数しかいない。

ヘンリーが打ち明けたところでは、彼の両親は伝道師として南アメリカへ渡り、彼が四歳のときに飛行機の墜落事故で亡くなったという。ヘンリーが宗教にまつわる危険性に関してあれほど強い意見を持っているのはそのためだろう、と彼女は考えていた。ノースカロライナ州ウィルミントンで育ったジル自身の教会経験はといえば、心地よいが、あまり積極的なものではなかった。しかし、宗教はヘンリーにとって恐れている数少ないもののひとつであるようだった。彼にとって、科学は宗教の誘惑から身を守るための手段になっているのだろう。

「まだわたしに心を開いてくれてないのね」最初の結婚記念日のとき、彼女はそう言った。ロマンティックな一日になるはずだったのに、ヘンリーの心は彼女には近づけないどこかにあったのだ。

「すまない。どういうことが知りたいんだ？」ほんとうに困惑したようすで、彼は言った。アトランタのポンセデレオン通りに面する、教会が改造されたそのレストランは、優雅なステンドグラスがあり、ウエイターとウエイトレスたちは修道士や尼僧のコスチュームを身につけていた。おそらく、ヘンリーはあのとき、おとなになってからは初めて教会に入ったのだろう。ジルは、彼が楽しんでくれるだろうと思っていた。

「なにか気になることがあるんでしょ」

「別になにも」ヘンリーは言った。「ここできみといっしょにいるのを楽しんでるよ」

「きょう、なにをしたかを話して」

「いつもどおり、ラボにいたさ」

「それだけ？」

「ある患者の治療を手伝うために、エモリー病院にも行ったね」

ジルはワインを飲みすぎていた。勢いづいていた。ヘンリーが記念日を祝う気分になりきれていない理由を、なにがなんでも知りたいと思った。そして、直感力は彼女のもっとも強力な特性のひとつだった。

「その患者はどういうひと？」

「九歳の少年」

「名前は？」

「なぜそんなことを知りたがるんだ？」

「あなたは自分が治療にあたるひとのことをちゃんと知ってる？　ただの患者なの、それともひとりの人間なの？」

「少年の名はサルバドル」ヘンリーは言った。「サルバドル・サンチェス」

「それで？」

「われわれはあの子を救えなかった」

「だったら、ヘンリー、あなたがそんなにぼうっとしてても不思議はないわ。その子になにがあったの？」

「そのことは、とりわけ今夜は、話さないほうがいいだろう」とヘンリーは言って、手をのばし、ジルの手を取った。

だが、彼女としては話をそらさせるわけにはいかなかった。彼のなかでどんな思いが渦巻いているのか、はっきりと知りたかった。

「話して」彼女は言い張った。

「壊死性筋膜炎という、珍しい病気にかかったんだ」

「それ、どういうもの？」

「それを引き起こす細菌は人食いバクテリアとも呼ばれている。子どもが発症することはごくまれな病気でね。それで、あの病院はわたしに応援を依頼してきたんだ」

ジルはぎょっとしたが、ヘンリーの心の奥へ入りこまずにはいられなかった。もし、自分も彼が見ているようにこの世界を見ることができたら、それが今夜かぎりではあっても、愛する男をほんとうに知ることができるのではないかと思った。

「どんな病状なの？」

「そんなことは訊いてくれるな、ジル」

「つまびらかに説明して」

ヘンリーは深くすわりなおした。そして、その子の死後、所見を記録したときと同じような口調で話しだした。その子は文字どおり、生きたまま食われたのだと語った。全身がふくれあがり、壊疽による血疱と黒い斑点が生じた。医療チームは組織の切除と片脚の切断をおこなったが、それでもその子を救える見込みはたいしてなかった。待合室に家族のひとびとが一ダースほど集まっていた。祖父母、兄弟姉妹、いとこ、そしてうつろな目になった両親。彼はそのひとたちに話しかけた。どうしてその子が感染したのかを――どうやら、犬に噛まれたためのようだったが――尋ねると、家族の面々は、サルバドルはとても特別な子で、その死は世界に大きな損失をもたらすだろうと語った。彼らはヘンリーもまた打ちひしがれているのを見て、慰めようとした。彼らの子どもたちに言ったように、サルバドルはいまは天国にいて、天使に、星ぼしのひとつになっているんだと、彼に何度も何度も言い聞かせた。

ヘンリーがその午後のことを語り終えたときには、ジルはひどく泣き崩れていて、尼僧姿のウエイトレスのひとりが、なにか助けになることはないだろうかと彼らのそばへやってきた。

「お医者様を呼びましょうか？」と尼僧姿のウエイトレスが尋ね、ジルは涙を流しながら笑ってしまった。

その夜から、彼女はヘンリーのことをほんとうに理解できるようになったのだった。

ジルは、ヘンリーがいまどこにいるかについて、子どもたちにそれなりのことを話しておかなくてはいけなかった。彼女はリトルファイヴポイントにある、近所のメキシカン・レストランへ子どもたちを連れていった。ヘレンがすぐさま、最悪のシナリオに飛びついた。

「パパは病気なんだ」彼女が言った。

「ううん、パパは元気よ」ジルは言った。「安全のために一週間ほど隔離されなきゃいけなかったけど、パパはほんとうに元気。パパのことはよく知ってるでしょ。ぜったいに病気にならないって」それは真実ではなかった。ヘンリーの免疫システムは自慢するほどのものではないが、ジルはそれを自分の懸念を押し殺すためにそう言ったのだ。「ただ、パパは伝染病がひろがるのを恐れてるから、サウジアラビアへ行かなきゃいけなくなったの」

「なんでパパが行かなきゃいけないの？」テディが尋ねた。

「テディ、その質問はママも自分自身に百万回はしたわ」ジルは言った。「パパがすることを、ほかのだれかがやってくれたらと思うけど、パパには特別な才能があるんじゃないかしら。パパは警察官みたいなものだと考えてみて。警察官はひとびとを危険から守らなくてはいけないし、パパはそういうことをやってるの。病気からわたしたちを守るということを。パパはわたしたちみんなを守ってくれてるの」

ヘレンはなにも言わなかったが、その瞬間、自分も医者になろうと決心していた。

9. コメット・ピンポン

ティルディ・ニチンスキーはいろいろと不満を持っていたが、なかでも大きいのはワシントンには安全に話ができる場所がなく、しかも機密情報をリークする人間が大勢いるということだった。みんなはその問題をどう処理しているのか？　それに、どこで？　ホワイトハウスを一望できるホテル、ザ・ヘイ・アダムスの地階には、ここはオフレコと厚かましくも言い放つ有名なバー〝オフ・ザ・レコード〟があり、そこでは法をないがしろにした会話が山ほど交わされている。マンダリン・ホテルのダイニングルームでも。タイダル・ベイスン（ワシントンDCの入り江）の公園にあるベンチでもだ。彼女はそれらの場所を考慮したが、どれもこれも使い古しであるように思えた。

いまティルディがいる国土安全保障省の高所から見渡しても、情報コミュニティ（IC）の全貌を見てとることはだれにもできないだろう。ICを形成するのは、十六の公式情報機関だけではないし、それらはすべて、国家情報長官室という、また別の締まりのない官僚機構によって、公式に、そして非効率に監督されているのだ。しかも、派生した民間請負企業がこの都市の全域と郊外に存在し、ダレス空港への有料道路や、マクリーンにある堂々としたガラス張りのビルディング群にもあって、それらのビルには元CIA職員や国防総省（ペンタゴン）の退役高級将校が高価な報償を稼ぐべく集まっていた。最高機密の前哨地点は、クリスタル・シティの商店街や、北部ヴァージニアの森に覆われた丘にある、国家テロ対策センターが置かれているリバティ・クロッシングといった、目立たない場所に隠れている。ここはスパイワールドだ。毎日、彼らはICの過剰な情報のなかに埋もれている情報を発信するが、そのなかに有用なものや行動を可能とさせるものはほとんどない。9／11同時多発テロのあと、恐怖が成長ホルモンとなって、アメリカをセキュリティ国家に変貌させていた。そしていま、その状況は慣性と強欲によって維持されており、ワシントンがそのすべての首都となっているのだ。

そんなわけで、彼女としては、このスパイに汚染された都市でひとと会う場所をじっくりと考えなくてはいけなかった。いまの政権には、プレスになにかをしゃべった人間を私刑にするために集まる群衆がついていることはよくわかっていた。ティルディは、自分も私刑してやりたいと感じたことがある。かつて、政府の秘密は神聖不可侵で、野球カードのように取り引きされるものではなかった時代、自分が情報を扱うのにどれほど神経質になっていたかを思いかえすと、笑いたい気分になる。その寡黙さは、彼女自身と同じ、ロシア系ユダヤ人のジュリアスとエセルのローゼンバーグ夫妻が、核兵器の設計情報をソ連に提供して国家を裏切ったこともあって、さらに強められていた。彼らが提供したのは爆弾の情報だけではなかった。ソナーやレーダー、ジェット推進エンジンに関わる――それらはすべて、当時はまだアメリカが独占していたもっとも重大な軍事機密だ――情報も漏らした。そのため、彼らは電気椅子へ送られた。ジュリアスほど大きな罪を犯したわけではないエセルは、五回の電撃を受けるはめになった。彼女の頭部から煙が立ちのぼった。そのイメージがティルディの想像力に焼きついている。それが裏切り者の――とりわけユダヤ系の人間の――身に降りかかることなのだ。それでも、キャリアの初期から、ティルディには自分ほど有能な人間が一線を越えることはないとわかっていた。自分はエセル・ローゼンバーグとはちがう。エセルはアメリカに害を与えたが、自分はアメリカを救いたいと思っているのだ。

ティルディの最大の秘密は、その野心だった。彼女は、たいていのひとびとがワシントンの連中はそんなふうなもんだと考えるたぐいの人間ではなかった。この都市には、国土安全保障副長官に目を向ける者はいない。彼女はCSPAN（シースパン）（政治関係の番組が多いアメリカの民放テレビ局）やPBS（アメリカの公共放送）ニュースアワーにゲストとしてときどき招かれ、さらにはFOXテレビにも二、三度、出演したことがある。テーマは、つまらない政治問題。インフラストラクチャーの不足。運輸保安局（TSA）の新たな要件など。あくびが出る。自分が出演を要請されるのは、たんに省が対応を取りざたされないようにと思ってのことではないかと疑ったことが何度かある。少なくとも、ティルディはその目的には適っていた。これほど厳めしく、おもしろみのない人間の後釜を見つけだすのはむずかしいだろう。彼女は、だれもがディナー・パーティに招こうとはしないような、やぼったい官僚なのだ。だが、それだけではなく、プレッシャーがかかった場合に、だれよりも穏やかで論理的なアドヴァイスをする人間でもあった。そのような場合、上司は彼女を簡潔な論理と厳格な職務意識――それは、ほかの場合には彼女のもっとも面倒な特性となるのだが――の持ち主として、高く評価する。

だれも彼女に疑いの目を向けることはないだろう。

彼女はタクシーを拾い、現金で支払いをした。眼鏡を外し、スカーフで頭を覆う。まさにこのところの寒気にそぐわしい。手袋をはめる。持続可能な開発に関するブルッキングズ研究所の報告書を、それに顔をうずめるようにして読んだ。政策オタクだらけのこの大きな都市では、だれの目にも、もっとも影の薄い人間に見えただろう。彼女らしくしているだけで、変装になるのだ。

彼女はポリティクス・アンド・プローズ書店に入り、本を探しているふりをした――そうしていれば、万が一だれかに見つかった場合、この界隈にいる隠れ蓑になる。ガーデニングの本を買い──コンドミニアムで暮らしているのだが──ふたたびスカーフで頭を覆って、そのブロックを終端まで歩き、表にグリーンの植物を並べ、クリスマス・ライトの飾りつけをしたピザ・パーラー、コメット・ピンポンに入る。家族連れ向けの店だ。奥の部屋で、子どもたちがテーブル・サッカーゲームをやっていた。赤白チェックのテーブルクロス。中産階級のアメリカ人。無邪気そのもの。ジェイムズ・ボンドが活躍する場とは、笑いたくなるほど正反対の光景。

そうではあっても、コメット・ピンポンは、ある意味、この国の未来を懸けた戦いがあった場所なのだ。二〇一六年十二月、エドガー・マディソン・ウェルチという所帯持ちの若い男がノースカロライナからここにやってきた。家族のヴァケーションとして、ふたりの娘を連れていたかもしれない。だが、ウェルチはある任務を持っていた。ティルディのように、アメリカを救おうとしていたのだ。「これほど邪悪によって堕落した世界で、少なくともその前に立ちふさがりもせず、おまえたちを育てるわけにはいかない」車でソールズベリー市を出発する前、彼は携帯のビデオ電話で子どもたちにそう説明していた。

ウェルチは架空の話に乗せられていた。その年の大統領選挙の直前、ツイッターには、民主党の候補、ヒラリー・クリントンが、このピザ・パーラーの地下で子どもたちを餌食にする小児性愛者の悪魔的陰謀に加担したという投稿があふれかえっていた。ウェルチは、その奇想天外な中傷を撒き散らした、アレックス・ジョーンズをはじめとするひとびとの主張に耳をかたむけた。そして、それが真実なのかどうかを見つけだす責任を担おうとした。娘たちを守るために。アメリカを救うために。

あれはプーチンの策略だった。ティルディは最初からそのように疑っていた。すべての痕跡がそれを裏づけていた。社会病質者（ソシオパス）たちが自己増殖をするダークウェブで、ある不合理な意見が提唱された。それが、モスクワのスパイクへアのパンクたちに取りあげられた。彼らは〝ファンシー・ベア〟と呼ばれていたが、ロシア軍事情報部の手先でもあった。彼らは政治的ハッカー集団のさきがけで、ほかにはコージー・ベア、トゥーラ、サンドウォームなどの集団や、ロシアン・ビジネス・ネットワークとして知られる犯罪組織があり、それらはすべて国家による保護と容認を受けており、ただちょっかいをかける程度ではなく、新たな種類の戦争を遂行できる力を有している。彼らは二〇一四年のウクライナ大統領選挙を妨害し、それは翌年から始まるアメリカ政界へのはるかに洗練された攻撃の序章となった。確信を得た彼らは、フランスやドイツやトルコの議会選挙を妨害する行動に出た。彼らの目標は単純だ。信頼を打ち壊すこと。それは友好関係を破壊するのに近い、現代的な概念だ、と彼女は思った。そんなことが可能なのか？　いや、じつのところ、それは驚くほど容易だ。社会を構成するのは、すべての善なるもの――忠誠心、愛国心、勇気、正直さ、誠実さ、思いやりなどと呼ばれるもの――であり、それが人間の核にあるむきだしの野蛮さを覆い隠しているのだ。そうこうするうち、サンドウォームはその標的をウクライナのインフラストラクチャーの破壊に転じ、国家、鉄道、メディア、病院、銀行、そして電力会社のネットワークの壊滅をもくろんだ。二〇一七年、サンドウォームはNotPetya（ノットペトヤ）と呼ばれるマルウェアをリンコス・グループというウクライナの小企業のコンピュータに感染させた。その企業は、ウクライナのもっとも一般的な税務会計ソフトウェアを管理していた。ノットペトヤは、ほかでもないアメリカの国家安全保障局（NSA）から盗みだされたマルウェアの一部が改変されたものだった。ノットペトヤによる攻撃は、史上もっとも破滅的なサイバー攻撃であったことがいずれ証明されるだろう。それは迅速に全世界へひろがり、百億ドルと見積もられる損害をもたらしたのだ。

そして、たしかに、ティルディはそういうものを憎んでいた。だから、ファンシー・ベアがそれをおおいに得意にしていることを考えると、胸が引き裂かれそうになる。彼らはそういう行為を楽しみ、世界を破滅させようとしているのだ。ファンシー・ベアはヒラリー・クリントンの大統領選挙活動Eメールをハッキングし、選挙対策責任者、ジョン・ポデスタに関わるEメール・アーカイブのすべてを盗んだのち、そのポデスタのEメールをウィキリークスに送りつけ、レディットや4chan（どちらも英語圏の電子掲示板ウェブサイト）をネットサーフするひとびとがそれを拾いあげるようにさせた。きわめつきに不合理なアイデアをひねりだし、ひとびとにそれを信じこませられるかどうかをたしかめるという、悪ふざけだった。だれかが、小児ポルノに〝チーズピザ〟なるコードネームを付けた。ジョン・ポデスタはコメット・ピンポンの常連客だった。すべてはそれらを起点に動いていった。トランプの国家安全保障問題担当補佐官までもが、ジョン・ポデスタは悪魔崇拝儀式で人血を飲んでいて、ヒラリー・クリントンは子どもたちとのセックスに関わっているとツイートした。そのすべてが、コメット・ピンポンの地下でおこなわれていたと。

　哀れなエドガー・ウェルチ。この時代だからこその犠牲者だった。ティルディは想像した。いまエドガーがこのドアを通りぬけ、バースデイ・パーティをしている子どもたちや、ジョージ(G)・ワシントン(W)大学(U)の女子バレーボール・チームが席を占めているブースのかたわらを、そしてバーでロサンジェルス・クリッパーズとクリーヴランド・キャバリアーズのNBAの試合を観戦している男たちのかたわらを、歩いていったとしたら。彼らは通りすぎていくエドガーをどのように考えただろう。Tシャツを着て、学校での乱射事件によく選ばれるAR-15ライフルをふりまわし、三八口径リボルバーをベルトにはさんだ男を？

　エドガーは三度、発砲した。だれも傷つかなかった。一発は、彼が地下の秘密室へ通じているとと考えていたキャビネットのドア・ロックをふっとばした。彼は真実を探しだそうとしていた。だが、そこには秘密室も地下もないというのが真実だった。彼は愚か者だったというのが真実だった。哀れな男。ヒーローになろうという努力で、人生を棒にふった。ヒーローたちの時代はとうの昔に終わったことを、だれも彼に教えてやらなかったのだ。彼はすぐに逮捕され、収監された。いま、その娘たちは父親を失い、救い主になろうとした男、エドガーは刑務所にいる。

ティルディもそうなるかもしれない。自分もそういう愚か者のひとりなのだ。

いまそこのドアを通りぬけてきたのは、エドガー・ウェルチではなく、《ワシントン・ポスト》紙のトニー・ガルシアだった。その顔には、お楽しみの片棒がかつげそうだと思っているような、かすかな笑みが浮かんでいた。四十代前半だろう、と彼女は推測した。思っていたより若い。ブルーのスポーツコートにグレイのウール・スラックスという古めかしい身なりだった。取材手帳を胸ポケットにおさめているのだろう。彼の電話番号を訊いておかなくてはいけないだろう、と彼女は思った。

ガルシアが、それぞれのブースを占めている見覚えのない面々を見まわす。ティルディはガーデニングの本を掲げてみせた。彼がすぐさま向かいあうベンチに身を滑りこませ、自己紹介をした。

「わたしがどういう人間か、わかってるの？」ティルディは問いかけた。

「ノーと言ったほうがいいのなら、そう言っておきましょう」とガルシアが応じた。彼はティルディの素性を見抜いていた。官僚ひと筋、おそらくは猫好きおばさんで、むさ苦しいが、知性を鼻にかけていて、愚かな上司への不満をこぼしたがる。

すべて真実。猫の部分以外は。

「わたしのことはなにも言及しなくてけっこう。名前も、仕事も、年齢も。男か女かも」

ガルシアは同意した。この情報がおいしそうだったら、再交渉すればいい。

「この店には、結婚する前に妻を連れてきたことがありましてね」彼が言った。話の切り出しとしては、当たり障りがなく、しゃべりやすくさせることばだった。そしてまた、ひとつの問いかけも含んでいた。なぜ、ここを？

ティルディは受け流した。

「あなたはロシアにいた」ずばりと彼女は言った。非難のようにも聞こえただろう。

「四年間、モスクワ支局のチーフをしていましたよ」

「いまでは文化、映画、書籍、流行など扱う記事を書いている」

「落ちぶれたと言いたげな口調ですね」

「キャリアの梯子を蹴飛ばされたんじゃないの？」告発者めいた声になって、ティルディは言った。「あなたは、一般社員契約から政治部へ引き立てられた。ロムニーの大統領選挙活動の取材担当者に据えられた。社内の競争に勝った男のつぎの段階として、外国支局のポストという選択肢を手に入れた。そのあと、過去からちょっとした亡霊が現れた。おそらくあなたは忘れ去っていた、ひとりの若い女。しかし、彼女は忘れてはいなかった。そうじゃないの？」

　ガルシアの顔がこわばる。

「あのことは完全に秘密だったはずなんだ。もし彼女があの話をふれまわったら、大変な結末になっていただろう」不安な、そしていくぶん怯えたような顔になっていた。ティルディが図星を指したのだ。「それで、それがあんたにどう関係すると？」ガルシアがにわかに高飛車になり、そう問いつめた。「それが、わたしをチェヴィーチェイスの自宅からこのくそったれなピザ・パーラーにひっぱりだした理由なのか？」

「あなたはあのことを秘密だと考えていたってわけね？」ティルディは言った。「この街で秘密を保つのは容易じゃない。あなたは自分の口をあまりしっかりとはふさいでいなかった。サンドラが――それが彼女の名でしょ？――秘密保持契約書（NDA）に違反したんじゃない。あなたは自分の仕事を守らなくてはいけなかった――なんであれ、それはひとつの仕事ではあることだし。映画のレヴューやレストランの取材でも。彼女にささやかな手切れ金を渡し、彼女は去っていった。でも、そういうものがほんとうに去ってしまうことはないんじゃない？　ちょっとした亡霊になる。そして、ときたま、あなたはそのことを口にする。たぶん、ロッカールームを同じくする友人だとか、弁護士だとか、セラピストだとかに。FBIが、政府の職に就く可能性がある人物のひとりとして、背景チェックをするために訪れ、あなたは真実を話す。それはいいことね。でも、あなたは穴だらけの袋に秘密を入れて、歩きまわっていたようなもの。秘密を守るのはあまり得意ではないでしょ？」

ガルシアの顔が、不安の汗でてかってくる。

「いったいなにがほしいんだ？」彼が問いかけた。

「あなたの国のために、ある奉仕をしてもらいたいの。うまくやったら、本来のキャリアの道に戻れるかもしれないようなことよ。でも、もししくじったら、わたしたちはふたりそろって身の破滅になりかねない」

ちょうどそのとき、キャンディストライプのシャツを着たウエイターが、意気揚々とやってきた。

「ふたりとも、イェーリーを」ティルディは、この店ではそう呼ばれているクラム・ピザを注文したが、それだけでなく、トニー・ガルシアという男をよく知っていることを明らかにする別の品も頼んだ。「それと、彼にはDCピルスナーを」

ガルシアは目をしばたたいただけで、なにも言わなかった。ティルディは彼の好きなビールの銘柄まで知っているのだ。

「ある情報を入手してもらいたい」ティルディは言った。「直接こうとは言えないけど、あなた自身で考えて、察しがつくでしょう」彼女としては、嘘発見器（ポリグラフ）にかけられてもだいじょうぶなやりかたで伝えるしかなかった。「なので、いまは自然なおしゃべりをしましょう」

「なんの話をすればいいんだろう？」

「ロシア」

ガルシアが素直にうなずく。

「あれは奇妙な四年間だった」

ティルディはロシア語で話しかけた。

「聞くところじゃ、サンクトペテルブルクの女性たちは世界でもっとも美しいとか。あなたも同意見？」

「まあ、サンクトペテルブルクの女性たちについては、まちがいなくそう思うね」ガルシアが言った。流暢なロシア語で答えたので、彼女は気をよくした。

「きっと彼女たちの誘惑をはねつけるのは大変だったでしょうね——いや、はねつけなかったのかしら？」

「近づいてくる女はみな囮だと思ってたよ。そうか、なるほど、あんたはわたしがつねにうまくやれていたんじゃないことを、よおく知ってるってわけか。しかし、わたしは取材源秘匿を破ったことはない。取材源を口外したことは一度もない。メモと記録物は厳重に保管してある。わたしは用心深い。とても用心深いんだ」

「ハッカーのことを記事にしたことがあるでしょ。ファンシー・ベアのことを。それは、ハッカーに関する最初の報道だった。わたしは感心したわ」

「あんたを感心させた？」

「秘密の世界にいると、ときに、よりよい記者がほしくなるの。内部で共有しておけないような情報を一般に公表できるから。ファンシー・ベアは恐ろしく危険だった」

「いまもそうさ」とガルシア。

「彼らが最近なにをもくろんでいるかを調べるのは価値があるかもしれない」

「わたしは映画の批評をしてるんだ。忘れたのかい？　本のレヴューとか。どうせなら、ジャレル・カーティスと話をしたらどうなんだ？　ＩＣの取材をしてるのは彼であって、わたしじゃない」

「彼をコントロールするのはむり」さらりとティルディは言ってのけた。

ガルシアがたじろぐ。その口がまた、侮辱を受けたかのようにすぼめられた。

「あら、気を悪くしないで」ティルディは言った。「こうするしかなかったの。わたしは身を守らなくてはならない。あなたは不都合な点をかかえてるけど、分を心得てる。あなたはわたしを傷つけ、わたしはあなたを傷つけるわ。だから、五分五分ってわけ」

「なんでそのことがあんたにとってそんなに重要なんだ?」彼が問いかけた。

「二〇一七年にサウジの石油化学工場がサイバー攻撃を受けたのは憶えてる?」

「あの年はそういうのがいっぱいあったな」

「なかでも特別なのがひとつあった。あの攻撃はすべて、サウジを悩ませ、工業生産を減速させるために計画された。もしかすると、サウジアラムコに干渉して私有化する計画だったのかもしれない。われわれはその動きを予想していた。彼らはその年の一月、ナショナル・インダストリアライゼーション・カンパニー(さまざまな工業・製造業に出資しているサウジの投資会社)への攻撃を開始した。民間企業に。その攻撃は完全な隠密作戦で、多数のハードディスクのデータが消去された。典型的なイランの〝兄弟たち〟のやり口よ。ついで、ほかのさまざまな工場が攻撃された。彼らはシャムーンウイルスと呼ばれるバグを用いた。しかし、八月になると、別種の攻撃が始まった。それは、たんに工場の稼働を停止させるためだけのものではなかった。完全に破壊するためだった。その目的は、安全制御装置にマルウェアを送りこむことで、製造プラントを爆破することだった」

「ああいう制御装置は不可侵に設計されていたと思うんだが。三重のフェイルセイフで」

「そうね。だからこそ、ひどくやっかいなの」ティルディは言った。「トライコネックス社製の安全計装コントローラーは、ロック・アンド・キー・システムになってる。リモートでそれに侵入することはできない。物理的接触があったはずよ」

「では、あれは内部の犯行だったと」

「そこが問題なの。そうではなかった。彼らはどうにかして外部からシステムにマルウェアを感染させた。どのようにやったかは、われわれにはわからない。魔法的なトリックね。彼らはあの工場を爆破するつもりだったが、なにかまちがいが起こって、小さな不具合が生じただけだった。おそらく、いまはもう修復されているでしょう」

「イランにそんな能力があったとは、知らなかったな」

「彼らじゃない。やったのはロシア」

ガルシアが当惑顔になる。

「なぜ？　つまりその、ロシアがサウジを石油産業の競争相手と見なすだろうってのは理解できるが、それはちょっとやりすぎだろう」

「われわれは当初、ロシアはイランに恩を売るためか、ことによるとカネのためにやっているのだと考えていた。いまは、あれはひとつのテストだったと考えている。しかし、そこに問題があるの。同種のコントローラーが、世界中の何万ものシステムに使われ、とりわけアメリカでは数多く使用されている。原子炉、発電所、製油工場、浄水施設といったところで。その意味を考えてみて。石油の漏れ、ガス漏れ、爆発、重要な施設の自己破壊があったらと。そして、もし原子炉のメルトダウンが起きたらどうなるかと想像してみて。彼らがこの国のインフラストラクチャーをターゲットにしていることはわかっている。それでも、われわれは彼らの先を行っているか、少なくとも互角だと考えているけれど、それはわれわれの目算ちがいかもしれない。だとしたら、恐ろしい事態よ」

「極悪非道だが、さえた計画だな」ガルシアが言った。「不正侵入が防止されているはずのシステム、まさに大惨事(カタストロフ)を防止するはずのシステムを、爆弾に変じさせるというのは」

ティルディはうなずいた。彼は話を呑みこんでいる。

「まだほかになにか？」

「あなたがそれを見つけださなくてはいけないの」

「ここでそれを頼むってことは、あるってわけだな」

「こういう状況においてなにがありうるかを考えてみてと提案してるだけよ」

ピザが運ばれてきた。ガルシアが、ティルディが彼のために注文したビールをひとくち飲み、ウエイターが立ち去るのを待った。

「もし彼らがなにかのシステムに、とりわけ洗練され、不正侵入が防止されているはずのシステムに、侵入できるとすれば、ほかのだれかにその情報を漏らしてはいないとは言えないのではないか？　あんたはその点を考えているにちがいない」

ティルディは彼を見つめた。

「それは、イエスの返事と受けとっておこう」ガルシアが言った。「明らかにそうだと。そして、くそ、それは、この国をボタンのひと押しで破滅させる犯行じゃないか？　ただの頭痛みたいなものじゃなく、致命的な一撃になる。復旧するには何年もかかるだろう」

ティルディはことばを返さなかった。すでに、安全地帯の外れに来てしまっているのだ。

彼女は立ちあがり、ピザと支払いはガルシアに任せて、立ち去った。

10 悪魔に石を投げる

ボーイングの小型ヘリコプターが山頂を越えるときに大きく上下に揺れ、ヘンリーはハンドレールを握りしめた。彼はヘリコプターが嫌いだった。高いところに身を置いているだけでも、気分が悪かった。

空から、太陽が下方の陸地に暗い影を投げつつ、紅海へと沈んでいくのが見えた。やがて眼前に、明るく照らされた陸地の一点、メッカが現れてきた。高層ビル群が、ヤンキー・スタジアムのように明々とライトが灯された豪壮なモスクを取り巻いている。その中央部、ビーチの砂のように輝いている広場のなかに、全世界のムスリムの祈りの焦点である巨大な黒い〝箱〟、カーバ神殿があった。そのとき、三百万もの礼拝者たちが夕方の礼拝から身を起こし、突然、砂が大波のように揺れ動いた。

「もっとそばに寄れるか？」ヘンリーは言った。

「ヘンリー、ムスリムになったのか？ それは不信仰者には禁じられているんだ」

ヘンリーは、操縦席に着いているマジド王子を見やった。王子はにやにや笑っていた。

「改宗するのなら、受けいれてやるよ。とても簡単だぞ」ヘッドセットを通して、驚くほど明瞭にその声が聞こえてきた。

「宗教に対するわたしの姿勢はよく知ってるだろう」ヘンリーは言った。

「不信仰者でありつづけると主張するのなら、予定どおり、警察の出先機関に着陸するしかないな。あそこに」と王子が言って、街を見渡す丘の斜面に設営されたテント張りの施設を指さした。「あの地点からだと、あそこがよく見てとれる」

ヘンリーとマジドは二〇一三年に知りあった。その年、マジドが、前年にサウジアラビアで発生したエピデミックの報告をするためにジュネーヴにやってきたのだ。最初にその疾病を報じたのはロッテルダムのエラスムス・メディカル・センター所属の偉大なウィルス学者、ロン・フーシェで、それは中東呼吸器症候群、略してＭＥＲＳ（マーズ）と呼ばれるようになった。最初の流行で四十四名が感染し、その半数が死んだ。ついで、その疾病は韓国で流行し、百八十名の人間が感染した。その後、研究者たちが、ＭＥＲＳはラクダの感染症であることを解明したが、ラクダがひとから感染したのかその逆なのかは明らかになっていない。その奇妙な特徴は、感染者の八十パーセントが男性であったことだ。なぜなのか？　そのウィルスは砂埃によってひろがり、女性たちはヴェールによって部分的に守られていたことを解明したのが、マジドで——そのすばらしい推論にヘンリーは注目したのだった。

また、マジドが報告をおこなうために初めてジュネーヴを訪れたときに、彼のおじが職を解かれ、マジドがその後釜として急に保健省を率いることになったのだった。就任したとたん、彼はその地位にある人物としてなしうるもっとも重大な決断に直面した。その年のハッジを中止するかどうか。ムスリムはみな、物理的に可能であれば、一生に一度は巡礼をおこなうことが義務づけられていて、その門戸を閉ざせば重大な宗教的影響が出るだろう。言うまでもなく、観光収入も落ちこむ。石油に頼れなくなってからは、サウジアラビアの唯一の収入源はハッジになっていた。MERSの症例報告が途絶えたところで、マジドはようやく、高齢者および慢性疾患を持つひとびとだけは巡礼を避けるべきだとの宣言を出した。ひとりのスペイン人女性がサウジから母国に帰ったのち、その疾病に感染しているという診断がなされたが、その判断は正しかった。もっと大変なことになる可能性もあったことを、マジドは理解していた。彼は幸運だったのだ。

ふたりは長年、僚友としての関係を保ってきたが、ヘンリーがこの王国を訪れたことは一度もなく、この土地のステレオタイプ的な——砂、黒ずくめの女性たち、幻想的な官殿の数かずという——イメージをいだいているだけだった。ジッダ空港に降り立ったとき、ヘンリーは贅沢な王族用ターミナルへエスコートされた。そこのラウンジではヴェールで顔を隠した女性たちが——王女たちだろう、と彼は推測した——水ギセルを吸っていて、退屈そうに見えた。彼女たちが彼に好奇の目を向けてきた。彼はアラブ人でも、王族でも、明らかにセレブリティでもない、ただのよそ者に見えたのだろう。

長い白のトーブ（アラブ諸国の男性が着用する衣服で、ディスダーシャとも呼ばれる）を着た男性の一団が、白鳥の群れのように入室してきた。そろって大柄で、体格がよく、ハンサムという、完璧な組み合わせの男たちで、だれもが同じようによく手入れが施された黒ひげを生やし、伝統的な赤白チェックのヘッドスカーフをしていた。彼らが護衛の隊形を組んで、ひとりの男性を取り巻き、その男は同種の衣服ではあったが、ゴールドのトリムがある黒いマントのようなものを着ていた。ヘンリーがあれは友人だと気づくのに、ちょっと時間がかかった。民族衣装を身につけた姿を見たことがなかったからだ。だが、そんなマジドはまさしく王子のひとりであるように見えた。ヘンリーはそのとき初めて、自分の友人がいつか国王になるかもしれないのだと思った。

それはそれ、いまふたりは斜面の上方にホヴァリングしたヘリコプターのなかにいて、下方ではひとりの警官が着陸ゾーンから一頭の山羊を追いはらっていた。マジドが、警察のランドクルーザーと野営地のあいだに間に合わせに造られた着陸ゾーンへ、たくみにへリコプターを着陸させる。ヘンリーの脚が言うことを聞いてくれるようになるのに、ちょっと時間がかかった。

「あの杖はどうしたんだ？」マジドが問いかけた。

「焼かれた」ヘンリーは言った。

マジドが物問いたげに見つめてきたが、その件を深追いすることはなかった。

ヘンリーは、携帯電話の中継塔と衛星通信アンテナが設置されていることに気がついた。さいわいなことに、通信が問題になるおそれはない。テントのひとつのなかに管制センターが置かれ、聖なる場所の内部にあるカメラの映像を受信する閉回路テレビがあった。マジドのあとを追って、もっとも大きなテントのなかに入る。中央部にシャンデリアがぶらさがり、中東の敷物やあざやかな色彩のキルトから成るテントの内側を照らしていた。椅子はまったくなく、テントの両側に沿って長椅子が置かれているだけで、中央部は広い空きスペースになっていて――砂漠の土地だからこそだろう、とヘンリーは推測した。テントの内部は肌寒く、空調がなされているのだとヘンリーは気がついた。

マジドが長椅子のそばの、絨毯が敷かれた床にすわる。その動きはしなやかで、自然だった。彼がヘンリーに、同じようにしろと身ぶりを送り、そのあと、ヘンリーが片膝をついてから、どさっと尻を床に落とすという、ぎこちない動きをするのを見て、助けの手をのばしてくれた。ヘンリーは、身を支える杖をなくしたのを残念に思った。椅子がない場所ですごすのは、つらい期間になるだろう。

召使いがひとり、注ぎ口の長い真鍮の水差しを持って現れ、デミタスカップに熱い液体を注ぎこむ。

「アラブのコーヒーだ」マジドが説明した。「においがわかるか?」

ヘンリーはカップから立ちのぼる湯気を吸いこんだ。

「どういうスパイス?」と彼は問いかけた。

「カルダモン、クローブ、そしてサフラン」マジドが言った。「われわれはこういう調合にやみつきになってるんだ」

彼がアラビア語で召使いに話しかけ、召使いがいそいそとテントを出ていく。まもなく、召使いがひとりの警察官を連れて戻ってきた。マジドがヘンリーに、ハサン・アルシェーリ警視正を紹介した——浅黒く、肩幅が広く、鋭い目鼻立ちのせいで猛禽を思わせるところがあった。疾病の流行の手がかりとなるかもしれない症状をモニターする、早期警戒監視システムの責任者だった。ここには三万人以上の医療従事者がいて、膨大な数の巡礼者たちを支援しているのだ。

「なんなりとお申しつけを」王子がヘンリーの名声を伝えると、警視正はそう言った。

ヘンリーは彼に、巡礼者のなかに流行性疾患の兆候が探知されているかどうかを問いかけた。

「ハッジによく発生するインフルエンザ以外にはなにもありません」と警視正。「今年は、診療所へ運ばれる患者はいつもより少ない。その大半が肺炎です」

「死亡者は？」

「これまでのところ、約二千人」

「彼らは死ぬためにここに来るんだ」マジドが説明した。「彼らはそれを祝福と見なす。われわれは伝染病の罹患者を入れないようにしているが、慢性病が進行した状態で到着する人間が大勢いるんだ。もちろん、われわれはそのひとびとを埋葬し、すべての事務処理をする。それがなんとも頭痛の種でね」

「例のインドネシア人、バンバン・イドリスの所在を突きとめる必要がある」ヘンリーは言った。

「いつ突きとめる必要がありますか？」アルシェーリ警視正が問いかけた。

「できるだけ早く」

「なんの問題もないでしょう」と警視正。「しかし、いますぐというのはむりです。この夜、巡礼者たちはばらばらになり、星空の下で眠ります。そして、すぐ、夜明け前に目を覚まし、礼拝をしてから、それぞれのテントへひきかえします。そのときに、彼をあなたのもとへ連れてくるようにしましょう」

「それで、その問題は決着した」とマジドが言ったとき、召使いが巻かれていた長いビニールシートを解いた。「今夜はともにディナーを楽しみ、あすになったら、あなたが探している男を見つけだすとしよう」

ほかのふたりの召使いが、ローストしたラム肉と大きなボウルに盛られたサフラン・ライスを床に置き、パンやホムス（水煮したヒヨコマメを裏ごししてペーストにしたもの）、ナツメヤシ、そしてヘンリーにはなにとはわからないさまざまなものを載せた皿を並べていく。マジドと警視正は床にあぐらをかいたが、ヘンリーがそのふたりを不器用にまねようとすると、だれかが、折りたたみ式トレイ・アーム付きの風変わりな学校用の椅子を運んできてくれた。召使いがヘンリーの皿に食べものを盛りすぎるほど盛り、ヘンリーはほかのふたりのやりかたに従った。右手の指だけを使って、食べる。

彼らは街を見おろす岩だらけの丘に置かれたキャンプ・テーブルを囲んで、ティーを飲んだ。いまは夜が更けて、真っ暗な夜空に星ぼしがちりばめられ、ほんの数フィート先も見えなくなっていた。

「砂漠で宗教が生まれてきた理由がよくわかるね」ヘンリーは言った。

「そう、砂漠は手に負えない」マジドが言った。「神はつねにわれわれの上におわしますのだ」

ヘンリーはにわかに疲労を覚えた。ジャカルタを発ってこのかた、一度も休憩を取っていなかった。今夜はもう自分にできることはないと思うと、気が楽になる。そのとき、召使いが彼のためのテントへ案内してくれた。内部には本物のベッドがあり、テントのフラップが閉じられるなり、彼はそこに倒れこんだ。ジルのことを思い、彼女が恋しく、会いたくてたまらなかった。どこへ行ってもついてまわる不安を神経系が解き放って、おかしなイメージが頭のなかを駆けめぐる。夢は葛藤の場となった。

バンバンは眠れなかった。昼間はアラファト山の岩の上で礼拝をしてすごした。巡礼者たちが鳩の群れのように大岩のあいだに散らばっていたが、バンバンは運よく、ひとりきりで考えごとができる場所に身を置くことができた。そこで礼拝をし、家族や友人たちにせがまれた祈りをささげた。巡礼者のそれぞれが、メッカに来られない何十万ものひとびとの力を担うことになるのだ。ときどき、心に迷いが生じ、バンバンは——地球でももっとも神聖な場所にいるというのに——さまざまな疑念もまた何千倍にも増幅されるのではないかと心配になった。

午後の日射しは酷烈だった。皮膚に火ぶくれができ、地面は硬かったが、それでも彼はその苦痛と絶え間のないうずきを、代償として受けいれ、不快感を押しやって、礼拝に集中した。彼が持っている計数器で数えた祈りの数は四百七十六回。それを十万倍したらどれほどになることか、想像もつかなかった。自分の人生のなかでささげる祈りをすべて合わせたより、多いだろう。いや、何度もの人生のなかで。自分は祝福されているにちがいない。

前日、メッカの大聖堂(グランド・モスク)に入ったときのことを、彼はじっくりと思いかえした。そびえたつアーチをくぐりぬけて、八角形の中庭に足を踏み入れると、自分は人類の壮大な意識の海のちっぽけな一滴にすぎないように感じられた。そして、そこには巡礼者たちを見おろすカーバ神殿があった。それは、金糸の刺繍がある黒い布が掛けられた、岩のような巨大な四角い建物だった。巡礼者たちはその周囲を七度、反時計回りにめぐり、バンバンはカーバの角の銀の枠の中に据えられている、謎めいた遺物、黒石に接吻したいと願いつつ、一周するごとにそこに近づいていった。巡礼者たちが切望と崇拝の念をこめて、そこをめざしていた。語られるところでは、それはアダムとイヴの時代から存在しており、ほかならぬ預言者ムハンマドがコーナーストーンとしてそこに置いたという。バンバンが最後の一周に入ったとき、男たちが褒美を得ようと激しく押しあいへしあいしていたが、バンバンは驚いたことにそこにたどりつけ、聖なるなかでもっとも聖なる石に自分も接吻をすることができた。そのあと、彼はモスクのいちばん高いテラスのひとつから祈りをささげた。眼前に百万もの信仰者たちがいて、一枚の布に織りあげられた糸の一本一本になったかのように肩と肩を押しつけあっていた。歓喜と救いを感じ、なしうるかぎり純粋な魂に近づけたような気がした。

そしていま、バンバンはムズダリファ（巡礼者が投石の儀式をおこなう巡礼地）の平原に寝そべり、高みにおわす造物主に顔を向けていた。宇宙の動きのなかで星ぼしがゆっくりと回転している。なんと荘厳なことか。バンバンはおのれのちっぽけさを感じたが、同時に歓喜に呑まれてもいた。そのとき、彼は身を横向きにして、嘔吐した。

だれも気づいてはいないようだった。ほかの巡礼者たちは眠っている。バンバンは砂をすくって、吐瀉物を隠した。困惑を覚えたが、すぐ、これは良き兆候ではないだろうかと思った。自分のなかの邪悪なものが放逐されますようにと祈ったのだ。たぶん、これはそういうことなんだろう。突然に。激烈な力がかかってきて。これで、自分は悪いおこないの重荷を吐き捨てたのだ。清められたにちがいない。

だが、体の力が抜けていた。めまいがした。立ちあがろうとしたが、膝立ちにしかなれず、また横たわって、頭上をめぐる星ぼしをながめようと心を決めた。何時間かが過ぎた。

なにが自分をこんなぐあいにしているのか、わからなかった。自分を待ち受けているところへ移送される過程として、より高い状態へと上昇させられているのか？　きっと、さっきやった数かずの祈りが自分を新たなレベルへ押しあげているのであり、この感覚はひとつの試練にちがいなかった。

そのとき、祈禱時刻告知係（ムアッジン）の声が聞こえ、ほかの巡礼者たちが目を覚ました。巻かれていたマットをひろげ、夜明けの礼拝のことばを唱え始める。だれもが地面の上に寝ていたとあって、動きが硬く、バンバンが目立ったようには感じられなかった。いまは立ちあがれるまでに力が回復していたが、朝食を摂ろうという気分にはなれなかった。そこで、ジャマラートのほうへ歩きだした最初の一団に紛れこんで、行動をともにすることにした。日の出は、その行進をするためのもっとも祝福された時間だった。巡礼者たちが道路を何マイルにもわたって埋めつくし、揉みあいながら進んでいく。バンバンには、行進の先頭もしんがりも見てとれなかった。太陽が空に昇ってくる。ときどき、巡礼者たちが噴霧器の下を通って、体を冷やした。岩の上に横たわっているひとびとがいた。彼らは疲れきって、脱水を起こしており、なかには死んだ人間もいるだろう。どうと見分けるのはむずかしかった。〝エジプト航空〟の宣伝入りの日傘を携行しているひとびとは幸運だった。頭上では、報道機関のヘリコプターが何機か旋回していた。

行進が、青い丘の下に掘られたいくつもの長いトンネルをくぐりぬけていく。巡礼者たちは、これがハッジのもっとも危険な過程になるという警告を受けていた。パニックが起きるのは、この時だからだ。だれかが気を失う。ひとびとは助けようとして立ちどまる。その後ろのひとびとがいらいらして圧力をかける。混乱が生まれ、それとともに怒りも生じる。すると、まるで爆弾が炸裂したかのような狂乱状態となる。群衆が暴徒と化す。大勢の人間が踏みにじられる。数百、ときには数千のひとびとが、一挙に命を落とす。そして、始まったときと同様、それはすぐにおさまり、なぜそうなったのかも、正確になにがあったのかも、だれにもわからずじまいとなる。

バンバンは、アラファト山で注意深く選んで拾いあげた四十九個の小石をプラスティックの瓶に入れて、携えていた。悪魔に投げつけるための小石だ。三本の大きな柱が悪魔を示していて、それぞれの柱はジャマラートの壁で囲まれた広場のなかに立てられている。巡礼者たちは、かつてまさにその地点で悪魔に投石をして誘惑に打ち勝ったアブラハムの行為を模倣するのだ。道路がいくつかに分岐し、それぞれが立体駐車場によく似た広大な建築物のなかへとつづいていた。バンバンはすでに頭がふらふらしていて、祈りを唱える群衆に左右から押され、全員が同時に息を吸うせいで酸素不足になっていた。建築物の内部のコンクリート面に騒音がこだまし、轟音へと高まっていく。群衆のなかに危険なエネルギーがみなぎってきた。

この投石場の屋上にあがることができたら、と彼は願ったが、けっきょくは中層階へ押しやられることになった。建築物の中央部に、一本のジャマラート柱があった。皿状のコンクリートの台座に堂々とした大理石の壁が建っている。その光景が見えるようになると、巡礼者たちはさらに押しあいへしあいしながら進み、小石を投げつけられる皿部分の縁に行こうとした。なかには、悪魔を罵りながら、サンダルや日傘を投げつける者もいた。

バンバンはいつでも投げつけられるように、最初の小石を手に持っていたが、いまはもう動きをコントロールすることができなかった。群衆の力で荒っぽく前へ押しやられ、前方にいる女性にぶつかってしまった。恐怖と恍惚が、電流のように身をつらぬく。喧噪のなか、彼は祈ろうとした。〝わたしが参りました、おう、神よ。わたしが参りました、おう、神よ。わたしはあなたの僕（しもべ）です。ほかのだれでもない、このわたしが参りました〟早々と、狙いが外れた小石が彼にぶち当たってきた。

と、そのとき、彼はさらに押されて、縁のすぐそばにたどり着いた。眼前に、悪魔の化身のように石の柱がそびえたっている。巡礼者たちの叫び声が耳のなかに渦巻いていた。彼は片手をあげて、最初の小石を投げたが、柱に届かなかった。愕然とした。どうしてこんなに力が入らないのか？　つぎの小石を取りだそうと瓶のなかへ手をのばしたが、瓶が手から転げ落ちてしまった。それが自分の足に当たったのが感じとれたが、拾いあげるために身をかがめることができなかった。膝が崩れるのが感じられたが、倒れることができない。周囲の圧力で、まっすぐに立たされていたのだ。

いま彼に察知できるのは、いっせいに投石をおこなう真っ只中で群衆が自分をぐいぐい押して、縁のそばへと回転しながら進ませていることだった。自分は叫んでいるのかもしれないと思ったが、轟音が大きすぎて自分の声が聞こえなかった。いまはもう、足が地面についていない。ひとびとがぶつかってきて、身が持ちあげられ、サンダルが脱げた。彼は救いを祈った。ひとりきりになり、だれにも触れられないようにと祈った。空気が失われ、息ができますようにと祈った。そのとき、群衆が皿部分の縁を通りすぎて、隙間が生まれ、バンバンは地に崩れ落ちた。巡礼者たちが容赦なくその体を踏みつけていくなか、彼は救いをもたらした神に感謝していた。

11. ここでなにがつかめるか？

メッカを見渡すテントのなかで、マジドとアルシェーリが聖なる街から戻ってくるのを待つあいだに、ヘンリーはジュネーヴでマリア・サヴォーナが開いている会議にリモートで参加した。会議には、CDCの主任医療担当官、キャサリン・ロードと、まだインドネシアのコンゴリ・キャンプにいるマルコ・ペレーラも参加していた。マルコがいい知らせを送ってきた。例の墓掘り人が死んだだけで、ジャカルタではなんの症例も報告されていないとのこと。

キャサリンが発言を引き継いだ。

「これはオルソミクソウイルス科のどれかですね。おそらくはインフルエンザでしょうが、われわれはすでにデータベースにある数千ものウイルス配列と比較しました。これまでのところ、まだ完全に一致するものは発見できていません」

自然のなかに存在する危険なもののじつに多数がそうであるように、インフルエンザ・

ウイルスもまた美しく、ヘマグルチニン（H）およびノイラミニダーゼ（N）と呼ばれる蛋白質の突起で包まれており、それらは海賊の乗り込み部隊のような機能を有する。ヘマグルチニンはひっかけフックのように細胞に取りつき、ウイルスのゲノムを細胞内へ挿入する。いったん細胞内に入りこむと、ウイルスはその細胞のエネルギーを利用して、何千回も自己複製をおこなう。新たに生みだされたウイルス群が細胞から出芽すると、ノイラミニダーゼがそれらを細胞から切り離す。ウイルス群が細胞から解放されると、二、三時間後には感染者が発症し、咳やくしゃみをするたびにおよそ五十万ものウイルスを空気中にふりまく。浮遊するウイルスは近くにいるひとびとの肺に侵入したり、ものの表面にくっついて、そこで数時間にわたって生きつづけたりする。インフルエンザは多数の蔓延戦略を持っているが、もっともやっかいなのは変異能力だ。それは絶え間なく自己改変をし、免疫をつくろうとする生体や、効果的なワクチンを開発しようとする科学者の試みをすりぬけてしまう。

インフルエンザは明確に四つのグループに分類される。これまでのところ、人間に感染するもっとも一般的で、もっとも毒性と伝染力の強いものはA型とB型だ。コンゴリの症例では、A型インフルエンザである可能性がもっとも高い。通常、それはB型インフルエンザより毒性が強いからだ。A型インフルエンザには十八のヘマグルチニンと十一のノイラミニダーゼのサブタイプがあることがこれまでに解明されているが、通常、人間に季節性インフルエンザを蔓延させるのはH1、2、3およびN1、2のみだ。たとえば、一九六八年に香港で流行した感染力の強いインフルエンザはH3N2ウイルスだった。B型インフルエンザは人類だけに感染し、やはり危険ではあるものの、A型ウイルスのようなパンデミックは引き起こさない。C型とD型インフルエンザはA型とB型とは異なり、ノイラミニダーゼを持たない。C型インフルエンザは一般的に人間に、とりわけ幼児に感染するが、生命の危険をもたらすことはまれだ。D型インフルエンザは牛に感染するのがふつうだが、ときには人間や、家畜の豚にも感染する。

「しかしながら、このコンゴリの病原体は培養ができないようなのです」キャサリンがつづけた。「われわれは鶏の胚線維芽細胞、MDCK（犬腎臓尿細管上皮細胞由来の細胞株）、アフリカミドリザル由来のベロ細胞、コウモリや幼いハムスターの腎臓に由来する細胞株を用いてみましたが、この病原体にはそういった標準的な手法はまったく功を奏さなかったのです」

「現時点で、それはなにと目されているんだ？」ヘンリーは問いかけた。

「われわれはまだフェレットや鶏を使っての実験を始めたばかりでして」とキャサリン。

「いまのところ、謎の病原体です」

「マリア、どこかほかで、コンゴリに類似した流行が発生しているということは？」ヘンリーは尋ねた。

「A型とB型の季節性インフルエンザが流行しているのはわかっているけど、どちらも以前にあったもので、新奇な点はなにもない。これまでのところ、それらの流行は例年どおりよ」

会議には緊迫感と切迫感がみなぎっていたが、その一方、困惑といらだちに満ちてもいた。危機であることをだれもが理解していた。彼らは、自分たちの人生におけるもっとも破滅的なパンデミックに直面しているのだ。それを抑えこまなくてはいけない。さいわい、いまはまだ墓掘り人の症例だけのように思われた。二〇一八年のコンゴ民主共和国におけるエボラの流行のときのように、国際医療従事者たちが武装私兵団に殺害されるという事態にはならず、インドネシアにいる医療従事者たちは政府の軍隊によって守られていた。インドネシア当局はやるべき仕事をきちんとやっている。この疾病をコンゴリ・キャンプ内に封じこめておくことができれば、その間に、研究者たちがそれが正確になんであるかを解明し、NIHとさまざまな製薬会社がワクチンを開発することができるだろう。運がよければ、人類はこの致命的な脅威を回避できるかもしれない。メッカのどこにいるかわからないあの巡礼者が不安の種だが、あの男は例外的存在だ。彼の所在を突きとめ、すぐさま隔離するようにするしかない。

「電子顕微鏡写真は撮ったんだね？」ヘンリーはキャサリンに問いかけた。

「ええ。ネガティブ染色法でサンプルを見たら典型的なインフルエンザウイルスのように見えたけど、奇妙な点があって」

「奇妙とは、どのように？」

「ノイラミニダーゼがなかったの」

ヘンリーはうめき声を押し殺した。それは、この疾病はA型インフルエンザではなく、その型の治療に唯一、広く用いられている薬剤――タミフルという、ノイラミニダーゼ抑制剤――が役に立たないことを意味していた。これまでパンデミック化したインフルエンザはどれもA型だったのだ。これまで結びついたことのない諸特性を有する新たな敵が、いま出現した。これはまったく新奇のウイルスなのだ。

「C型インフルエンザである可能性は考慮した？」マルコが問いかけた。

「ええ、もちろん。しかし、それを電気泳動にかけたところでは――」――細胞内に詰まっている帯電した分子をそのサイズに応じて分離させるプロセスだ――「このウイルスには八つのゲノム分節があることが見いだされた」それは、七つのRNA分節を持つC型とD型ではなく、A型インフルエンザの特徴だった。「あんなものは、これまで見たことがなかった」と彼女が結論づけた。

会議が終わるころ、キャサリンが懇願してきた。

「ヘンリー、こちらに戻ってもらう必要があるの。あなたはもう二週間もここを離れてるでしょ。あなたとマルコの両方が現場に行っているから、こちらはトップクラスの人材が手薄になってるの」

「できるだけ早く戻るようにしよう」ヘンリーは言った。「とにかく、この王国で疾病の蔓延がないことを確認しなくてはいけない。あと一週間、待ってくれ」

「一週間！」幻滅の声でキャサリンが言った。

マリアが割って入り、ハッジの観察評価のためにWHOから別のチームを派遣しようと提案した。

「それにはどれほどの時間がかかるのかしら？」キャサリンが問いかけた。

「三日以内にジッダへ行かせることができる」マリアが言った。

会議が終わるとすぐ、ヘンリーはジルに電話をかけた。

「金曜日には家に帰れそうだ」よろこびにあふれた声で、彼は言った。

12. ユルゲン

ヘンリーは、一九一八年に五億人のひとびとに感染し、その二十パーセントを死亡させたインフルエンザのことが心から離れなかった。その犠牲者は、若くて元気なひとびとが不釣り合いに多かった。その発生源は、だれにも正確にはわかっていない。それには〝スペイン風邪〟なる名称が付けられた。第一次世界大戦の時代だったが、スペインは中立国とあって、プレスはその流行を自由に報じることができた。のちの調査によって、最初の症例はカンザス州ハスケル郡か、デトロイトのフォード・モーター工場か、中国か、オーストリアのどれかであろうと推測されたが——真相はだれにもわからない。なんであれ、それは、軍隊のキャンプや兵員輸送船といった密な場所に入りこむと、凶暴な野獣と化し、封じこめようという努力を飛び越えて、都市に蔓延し、地球のもっとも人口の少ない村にまで侵入し、大戦そのものの死者より多数の人間を死亡させた。それは唖然とさせる疾病で——コレラやデング熱、髄膜炎、あるいは腸チフスなどと、何度も誤診された——現代の医療制度がかつて遭遇したことのない、恐ろしい敵だった。感染例のなかには症状が現れるのに一週間ほどかかったものもあるが、昼食時には元気だったのに夕食時には死んだという例もある。そして、コンゴリウイルスのようにスペイン風邪も出血性だった。突然の鼻血が通例の症状。肺が血の泡となる。

コンゴリの疾病があっさりと消え失せると考えるのは、希望的観測だろう。とはいえ、以前にそのようになったことはある。一九七六年二月、ニュージャージー州フォートディックスで、デイヴィッド・ルイスという若い新兵が五マイルの行進のあと、倒れこんで死んだ。二百名を超える兵士がほぼ同時に発病したあと、医師たちはその基地内でA型インフルエンザのふたつの系統を発見した。ひとつはH3N2――その前に流行した香港風邪の変異種――で、A型ビクトリアウイルスと命名された。感染力は強いが、珍しくはないウイルスだった。もうひとつ、つまり兵士のルイスを死亡させたのは、未知のウイルスだったので、基地の軍医がそのサンプルをCDCに送った。

それは、スペイン風邪と同じく、H1N1の遺伝子構成だった。そのときは、豚がその病原体の宿主ということで、〝豚インフルエンザ〟と呼ばれた(一九一八年の場合、その伝播は逆で――ひとから豚へだった)。豚は鳥インフルエンザと人間の疾病の完璧な仲介者というわけで、ウイルス生産工場という責任を負わされることがよくある。鳥インフルエンザウイルスは、いったん豚のなかに入りこむと、哺乳類への感染力を持つようになり、種の垣根を破って、世界征服の準備に取りかかるのだ。

一九七六年の場合は、フォートディックスの状況に危機感を持ったフォード大統領が総力をあげて対処するようにとの命令を発したので、豚インフルエンザに感染する人間の数は最小限に抑えられた。製薬会社は安全性の確保から解放され、ワクチン開発のスピードをあげた。ところが、その年の八月、フィラデルフィアで開かれた在郷軍人会コンヴェンションで謎の流行が発生し、二十九名が死亡した。豚インフルエンザという当初の診断は誤っていて——それは典型的な肺炎だと判明し、のちに在郷軍人病と呼ばれるようになったのだが——プレスと、いわゆる既成の政治勢力は、集団ワクチン接種に関する疑問は棄てるようにと一般大衆に大々的に宣伝した。そして、その年の九月、豚インフルエンザの最初のワクチン接種がおこなわれた。一カ月後、ひとびとが発病し始めた——それは豚インフルエンザではなく、ワクチンによるもので、ギラン・バレー症候群と呼ばれる麻痺性の疾病であることが示唆された。そして十二月、ワクチン接種プログラムが停止された。その期間を通じて、豚インフルエンザに罹患した人間はいなかった。このできごとは、フォードにとっては政治的災難であり、将来の政界リーダーへの警告となった。H1N1型インフルエンザは、一九一八年には五千万ないし一億人の死者を出した。一九七六年には、死者はたったのひとりだった。

解決策を求めるヘンリーと同僚の医師たちにとって、一九一八年のパンデミックがいらだたしいのは、それに関する記録はごくわずかしかないことだった。以後、何十年ものあいだ、奇妙なことに、それは忘れ去られ——その秘密ともども——人類の記憶にうずもれていた。そのウィルスを猛毒にしたのはなんなのか？ 若くて元気なひとびと——その殺害力にもっとも抵抗力が高いはずのひとびと——を、特に数多く感染させたのはなぜなのか？ 一九五一年、スウェーデン人病理学者、ヨハン・フルティンが、一九一八年に八十人の住民のうち七十二人がインフルエンザで死亡した、アラスカのブレヴィッグ・ミッションという村に旅をした。死者たちは永久凍土層に埋葬されており、フルティンは許可を得て、いくつかの遺体を掘り起こし、調査をおこなった。ウィルスの分離はできず、その失敗は以後、彼につきまとうことになった。それから約五十年が過ぎた一九九七年、彼は、ワシントンDC近辺にある米軍病理学研究所のジェフリー・トーベンバーガー博士が、一九一八年に流行したインフルエンザを、そのパンデミック期間に死亡した兵士たちの、ワックスで保存されていた組織標本を用いて再構成する研究をしていることを知った。そのときには、かなり歳をとっていたフルティンはブレヴィッグ・ミッションを再訪し、ふたたび調査をおこなった。携えていった唯一の道具は、妻の庭仕事用クリッパーだった。今回、彼は、死亡時に約三十歳だった女性の遺体を掘り起こし、それにルーシーと名づけた。ルーシーは極度の肥満体だったために、肺の完全な損壊を免れていた。フルティンは庭仕事用クリッパーでその肺を切除し、サンフランシスコの自宅へ持ち帰った。水素爆弾を運んでいったようなものかもしれない。

フルティンはその肺をトーベンバーガー博士へ送った。肺のなかにはウイルスの構成成分がたっぷりと残っていて、ルーシーを死亡させたウイルスのクローンをつくることができた。それをマカク（ニホンザルを含むオナガザル科マカク属のサル）に感染させると、数日のうちにサルたちの肺が損壊した。ルーシーと同じく、そしてコンゴリのフランス人医師たちと同じく、サルたちはみずからの体液によって溺れたのだ――それは免疫の過剰反応がもたらす結果だった。

スペイン風邪を引き起こしたインフルエンザウイルスを蘇（よみがえ）らせるのは賢明なことなのかと問うひとびとが、大勢いた。どれほど注意深く管理していても、ウイルスがラボの厳重に隔離された実験室から逃げだすことが、ときにはあるかもしれない。八十四名の科学者を擁し――そのなかのひとりがヘンリーだ――世界でもっとも注意深く管理されているラボのひとつ、CDCにおいても、不活性になったと思われていたが、じつは活性を保っていた炭疽菌（たんそきん）が漏れ出るという事故があった。イギリスでは、いくつかのラボで何度か、天然痘ウイルスが漏れ出たことがあり、総計八十人のひとびとが死亡した。不注意は過小評価されているが、文明の脅威となりうる。

ヘンリーはCDCに赴任する前、疾病の別の側面を研究していた。疾病をつくりだすという研究だ。ワシントンの五十マイル北西に有名な南北戦争の戦場跡があり、そこにはいまも農場の家屋がひとつ残っている。その農場の土地にはフェンスが張りめぐらされて、立ち入り禁止になり、最高度のセキュリティが施されていた。そこはフォート・デトリックと呼ばれる研究施設になっていて、数かずの医学研究がおこなわれ、そのなかには、フレデリックの国立癌研究所や、国立省庁合同生物研究所(NICBR)、アメリカ陸軍感染症医学研究所のものも含まれている。それがそこに設置されたのは、第二次世界大戦のさなか、アメリカが生物兵器の秘密研究に乗りだしたからだった。

戦争に疫病を用いることについては、長い歴史がある。さかのぼれば、十四世紀、モンゴルはペストで死んだひとびとの遺体を投石器でクリミア半島の街、カッファの壁へ投じた。アメリカは、炭疽菌などの危険な病原体を人間の志願者たちに——主として、良心的兵役拒否者たちに——接種するという、計画的な実験をおこなった。第二次世界大戦のあと、戦時中に戦争捕虜と強制収容所の抑留者に実験をおこなっていたナチの科学者たちが、アメリカへ連行され、研究に参加させられた。彼らは、シラミやマダニや蚊といった昆虫を用いて、黄熱病その他の疾病の蔓延を探求した。その戦争中に、病原体に感染したノミを中国へ持ちこみ、コレラ菌やチフス菌で何千もの井戸を汚染させ、終戦後も長いあいだエピデミックを引き起こすことになった日本軍の前例を研究した。一九六九年、ニクソン大統領が攻撃的生物兵器の開発を禁止した。いまは、新奇な疾病の実験は防衛手段のカテゴリーに限定しておこなわれている。

ヘンリーはそういう研究の必要性を排除しなかった。それは国家の防衛に必須であり、知的興奮を呼び起こすものだった。彼は世に知られざる秘密の世界に入りこみ、そこで諸外国の——ロシア、イラン、中国、北朝鮮の——同じ研究をしているひとびとと、名声や噂のみを通じて、知りあうことになった。彼らはみな、自分のカードはめったに披露しないゲームを戦っていた。テロリストたちもまた、活発にさまざまな疾病を生みだそうとする。アルカイダは炭疽菌の培養を試みていた。破滅的でSFめいた日本のカルト、オウム真理教は微生物学者を教団員にかかえ、炭疽菌やボツリヌス菌の実験をおこなっていた。そういった疾病は、なにはともあれ感染力は強くないのだが、テロリストたちがその研究をそこで思いとどまろうとする理由にはさしてならない。

ヘンリーは自分の仕事に有能——というか、たんに有能以上——だったが、この闇に包まれた営為における真の天才は、自分のカリスマ的上司、ユルゲン・スタークであることとを認める程度の慎み深さは持ちあわせていた。核物理学の世界における諸外国の同分野の研究者たちは、地球から生命を抹殺しうる爆弾を製造しようとしており、ユルゲンのラボに所属するヘンリーやほかの若い科学者たちは、人類を破滅させる方法を学ぶべく自然をいじくりまわすという、同様の仕事に励んでいた。

ユルゲンのチームは、国立生物兵器分析および対策センターで編成された。研究棟は完全な機密扱いにされ、フォート・デトリック構内の人間はだれひとり、その内部でなにがおこなわれているかを知らなかった。その目標は、テロリストや悪質な国家が生みだすかもしれない病原体の設計をすることだった。一九七二年、アメリカは、百八十一以上の国が参加する、毒物や生物兵器の開発、製造、貯蔵を禁じる生物兵器禁止条約を批准した。ソ連もそれを締結したが、彼らはその条約は自国による製造を拡大し、生物兵器戦の能力を独占する機会と捉えていた。いまなおロシアの生物戦部隊が拡大していることを、ヘンリーは知っている。プーチンが、〝ロシアは〝遺伝子〟兵器を開発していて、それは〝核兵器に匹敵する〟と公言したのだ。ヘンリーとほかの研究者たちは、法的規制に阻まれるなか、科学のもっとも暗い領域におけるロシアの大胆な冒険に追いつくべく、ひそかに研究をつづけていた。

ユルゲンは長身痩軀、いかにも北欧系らしいその青い目は、特別な才能の持ち主であることを示す確信と輝きを放っていた。虚栄心がその見かけに、とりわけ髪の毛に表れていて、彼がオフィスのなかを通りぬけると、ラボ用の白衣の色に近いプラティナ・ブロンドの髪がその背後でひらひらしていた。長くなりすぎた髪の毛がときどき眉毛にかかり、なにかの点を明確にしたいと思ったとき、彼は高慢な女子学生のようにそれをはらいのけたものだ。そのラボにいるときはユルゲンの魅力の核心にある属性が反映されて、つねに落ち着かず、興奮に包まれていた。彼は、ヘンリーがそれまでに知った科学者たちの最高峰のひとりで——想像力があり、専門分野に明晰で、進んで過激な発想をする人物だった。

ヘンリーの知るかぎりでは、ユルゲンはだれともロマンティックな関係を持っていなかった。性的な事柄より、研究者たちの果てしない推論を題材にして楽しむことを好んでいた。同僚を酒やディナーに誘うことはまれだったが、専門分野の知見を論じようとするときは例外で、そんなときの彼は抵抗できないほど魅力的だった。その魅力はユルゲンが社会的マスクとしてかぶっているものだと、ヘンリーにはわかっていたが、たとえそうであっても、そこまで変貌できるユルゲンの能力には感嘆するしかなかった。

ユルゲンは規律に執着していた。ヘンリーは、あれほど整理整頓が行きとどいたラボを見たことがなかった。研究者たちのラボでの悪ふざけに、病原体培養器やコロニー計数器の向きを変えるというものがあった。すると、ユルゲンは通りかかるつど、強迫的にそれらの位置を直すのだ。彼はまるで悪ふざけに気づいていないように思えた。あるとき、ヘンリーは男子便所が封鎖されていることに気づいたが、それはユルゲンが修理をやらせたからだった。〝便所の角がゆがんでいたんだ〟とユルゲンは言った。修理のあと、ヘンリーがそこを見たら、変わったところはなにもないように感じられた。

ある日、ヘンリーがラボを退出しようとしていると、ユルゲンが、今夜はどうするつもりかと尋ねてきた。ヘンリーとしては思いがけない問いだった。

「映画を観に行くつもりですが」

「どういう映画を観に？」

「『アダプテーション』というやつです」

「どんな内容？」

「映画の脚本を書こうとしている男が主人公のコメディです。おもしろそうなので」

「デートで行くのかね？」

「いいえ。いっしょに行きますか？」その意図でされた質問のように思えたのだ。

ユルゲンは、そんなことは考えてもいなかったらしく、驚いた顔になった。

「あ、いや、映画はあまり好きじゃないんだ」

それはいささかいらだたしい答えだったが、ヘンリーは、ユルゲンがやりたがっているように見えることをやらせるようにするのが自分の役目だと判断した。それは、ひととひととのなんらかの親密な交わりだろう。そこで、映画のあと、ディナーをともにすることにした。そのとき初めて、ヘンリーはユルゲンの笑い声を聞いた。ティーヒーヒーといった感じの、なにかの実験音のような声だった。

ユルゲンは、動物が解剖台に置かれているときにラボに入ることはめったになかった。そういう部屋ではときに、とりわけ霊長目の動物が置かれた場合、おぞましい光景が現出する。その種の動物は人間の子どものようで、頼りなく、それでいて、よくものがわかっていて、恨みがましく感じられた。ほかの実験動物がいる前で、動物の解剖処置をしてはならないというルールがあった。もし実験対象の動物の悲鳴が、檻のなかで順番を待っている動物たちの耳に届くと、その動物たちは恐怖の叫び声をあげるだろう。

ユルゲンはそれに耐えられなかった。ヘンリーは一度ならず、彼がすすり泣いているところを目撃した。動物を殺すことに良心の呵責（かしゃく）を感じているのは明らかだった。その証拠に、靴はキャンヴァス・シューズで、絶対菜食主義（ヴィーガン・ダイエット）、また動物の実験台が必要になったと語るときに声が震えていたのだ。ユルゲンは、本人が忌み嫌う作業を伴う分野における、もっとも傑出した人物だった。殺生を憎むが、その失敗の代価はよくわかっている、偉大な戦士のようなものだ。彼は——そして、のちにヘンリーも——文明の、そしてたぶん人類の未来は、いまはフォート・デトリックとなった、かつてのメリーランド州の農場でユルゲンとそのチームが進めている、高度に秘匿された研究の成果に懸かっていると信じていた。その未来はまた、何千何万もの動物を安楽死させることを求めていたのだ。ヘンリーはそこに在籍していた時代をふりかえるとき、いまはカルトと見なすようになった世界へ自分を導くことになった、みずからの性格の欠点を強く意識せずにはいられなかった。あれは、えせ宗教などではなく、科学のカルトだったのはたしかであり、そしてまた、思考の監獄の対極に位置するいかなる強力なカルトにも引けを取らない、正真正銘のカルトだった。〝自由〟が、ユルゲンの謳い文句だった。想像する自由、実験する自由、そしてどれほど恐ろしく危険であっても、なにかを創造する自由。人類の未来に脅威をもたらすのではなく、それを救うのだ――と彼らはみずからに言い聞かせていた。もしわれわれが身を退いたら、ほかのだれがこの職務を担うのか？　ひとの心のもっとも暗い密室に踏みこむ技術、判断力、洞察、倫理的勇気を、ほかのだれが持ちあわせているのか？　人類に害をなすであろう悪行を防ぐという唯一の目的のために、この〝死のクローゼット〟へ入ろうとするひとびとがほかにいるだろうか？　ほかのだれが、世界に害をなす思考様式を持つ国家に対抗し、彼らが――もしもではなく――われわれが操作して現存させたのと同じウイルスを生みだしたとき、それに対応できるようにしてくれるだろうか？

〝それができるのはわれわれだけだ〟——それは、いまもヘンリーが心からはらいのけることができずにいる反復のことばだった。同僚たちはみなそれを信じ、たがいが同じ信念をいだいていることに安らぎを覚えていたのだ。

13. なにか大きなもの

マジド王子とアルシェーリ警視正が、聖地ミナの広大なテント街のなかを急ぎ足で歩いていく。案内しているのはマムドゥーというボーイスカウトで、彼は小さな山羊のように、あたりを徘徊(はいかい)する巡礼者をよけながら、うすよごれた通路を進んでいった。マジドは息を切らしていたが、少年の敏捷さと気楽さに感嘆してもいた。

この巨大な人間集団には規律が課せられていた。耐火ファイバーグラスでつくられた、十万個にもおよぶ似たり寄ったりの白いテントは、それぞれの出身国に応じて定められた場所に設置されていた。各通路にカラーコードが決められ、テントには番号がふられている。巡礼者はみな、テントの番号が記された出身国を示す色のバッジを付けることが義務づけられていた。理論的には、だれも迷子になるはずはないのだが、マムドゥーのようなボーイスカウトが一千人ほど、まだ方角がつかめずにいるひとびとをエスコートするために配置されているのだった。

マムドゥーが方向を転じて、黄色の通路へ折れ、ようやく彼らは大きなインドネシア・キャンプに到着した──そこは、ムスリムの人口がもっとも多い国への割り当てとして適切な広さがあり、二十五万ほどの巡礼者がいた。ボーイスカウトがiPadでGPSを参照し、バンバン・イドリスという男がいるはずのテントの番号を見つけだす。テントのなかには、上半身をむきだしにしてあぐらをかき、小声でしゃべったり、それぞれの携帯電話の写真を見せあったりしている男が五十人ほどいた。

「バンバン・イドリスは?」とアルシェーリ警視正が叫び、フロアマットの上でうたた寝をしていたひとびとをたたき起こす。

男たちのひとりが、バンバンさんはジャマラートへの行進の最中に、自分たちと離ればなれになったと答えた。別の巡礼者が、彼は動物を供物にするために食肉処理場へ行ったか、頭を剃ってもらいに行ったかではないかと示唆した。悪魔に投石をしたあとで、そういう儀式をしてもらうことはよくある。テントのなかにいる男たちは、ほかの巡礼者たちがそれと同じことをやり終えるのを待っているのだ。

マジドが持ちあわせているのは、バンバンのビザの写真だけだった。この同じような身なりの人間集団から彼を見分けるのはむずかしいし、もし頭を剃ってもらっていたとしたら、さらに困難になるだろう。王子は英語を話せる男に協力を求め、バンバンがここに帰ってきたことがわかったら――ただちに！――知らせるようにと指示した。

彼らはまず、通路を縫って、一万人もの食肉解体人がいる巨大な食肉処理場へ行った。ナイフで切り刻まれる順番を待つ羊たちの鳴きわめく声が聞こえた。そこの事務所には、供物にする動物を購入するために訪れた巡礼者たちの電話番号の記録があり、解体が終わったときにテキストメッセージでその番号へ通知する手はずになっていた。そのリストに、バンバンの名はなかった。巡礼者は自分で動物の解体をすることもできるので、マジドとほかの面々は、並んでいる解体室の上方に架けられた長い通路を歩いて、いくぶん太った六十代のインドネシア人の姿を探し求めた。自分で解体をしている巡礼者はひと握りほどの数しかおらず、彼らが探している男の特徴に一致する人間はひとりもいなかった。

メッカの街路には、一千ほどの理髪の店と露店があり、大勢の客が順番を待っていた。アルシェーリ警視正がハッジを管理する警官のひとりから携帯拡声器を徴発し、街を歩きながら、バンバンの名を連呼した。若者たちがこの不可解な騒ぎに気を引かれ、王子とその同行者に並びかけて、踊りだす。少年たちに囲まれたボーイスカウトのマムドゥーが、自分も権威者になったような調子で、やはりバンバンの名を連呼し始めた。少年たちが彼をまね、まもなく一ダースほどの少年たちが叫びだした。

「バンバン・イドリス！　バンバン・イドリス！」だが、返事をする者はいなかった。

マジドの携帯電話に、部下の副保健大臣が電話をかけてきた。職員たちが二十五の病院と、ハッジのために設置された二百の保健センターの記録を調べたとのこと。

「閣下、その男が病院にいないのはたしかです」

マジドは、募りゆく不安を押し殺した。ほかの男たちも彼と似たような表情になっているのは明らかだった。彼らはみな、この暑気と、急ぎ足で歩いてきたことから来る疲労で、大汗をかいていた。

マジドはとうとう、死体安置所への道筋を知っているかとマムドゥーに尋ねた。ボーイスカウトがうなずき、聖地のすぐ外にある死体安置所のほうへ歩き始める。一行がそこに到着すると、マジドはマムドゥーを解放して、本来の仕事に戻らせた。このあとに待ち受けているかもしれないものを少年に見せたくなかったのだ。

そこは、ハッジに関係するほかのさまざまな産業の規模からすると、かなり小規模なところだった。王子とその従者たちがなかに入ると、受付は無人だった。マジド王子は、そこのデスクの背後に自分の公式写真が飾られているのに目を留めた。アルシェーリ警視正が廊下を歩いていき、ばつの悪そうな係員を連れて、ひきかえしてくる。係員は別の部屋に入って、煙草を吸っていたのだ。王子がいることに気がついて、男が気をつけの姿勢を取る。

マジドは係員にバンバンの写真を見せた。男が肩をすくめる。自分は受付の担当ではなく、所長は墓地へ出かけている、と彼は言った。

「ここに搬入された者たちの記録はないのか？」マジドが問いつめた。

「もちろん、ございます」

「ほう、では、それはどこに？」

「所長のコンピュータのなかです、閣下」

「では、この自分のためにそれを見せろ」

「むりです」情けない声で係員が答えた。「所長にパスワードを教えられておりませんので。それと、副所長も彼といっしょに出かけているんです」

マジドは、遺体が安置されている部屋を見せろと要求した。係員が一行を案内して、ワックスがかけられた石敷きの暗い廊下を歩いていき、いくつかのストレッチャーのかたわらを通りすぎたのち、両開きのドアを開けて、保冷が施された部屋に入った。そこはもぬけの殻だった。

「遺体はどこにあるんだ？」マジドが問いつめた。

「さっき申しあげたとおりです、閣下。遺体はすべて埋葬されました」

「それぞれの墓に印すらつけないのか？」やりきれない気分でヘンリーは問いかけた。

「死者は早急に埋めるのがわれわれの慣習でね」マジドが説明した。「われわれは、死者はすべて平等だと信じているから、王ですら無名で埋葬されるんだ」

「あの男の死因はつかめてるのか？」

「ようやく検死官と話ができた。彼が言うには、男は踏みつぶされて死んだそうだ」

ヘンリーは完全に打ちひしがれ、学校用の椅子にぐったりとすわりこんだ。

「あとひとつある」マジドが言った。「言うべきかどうか、ためらっていたんだ。わが国の三カ所の病院が、巡礼者たちのなかに出血熱が発生していると報告してきた」

その知らせは冷たいシャワーを浴びせられたようなもので、意気消沈していたヘンリーをしゃきっとさせた。

「そのひとびとを調べなくてはいけない。すぐにだ」

「ヘンリー」マジドが言った。「これは非常に微妙な事柄でね。きみが切迫感にとらわれているのは理解できるが、非ムスリムが聖地に入ることは禁じられているんだ。それと、まずいことに、その患者たちは動かせないほど病状が悪化しているようだ」

「ワッハーブ派の教義に論議の余地がある慣習があったとしても、きみが信じる神は、信徒たちを犠牲にするより、生かしておくことを望むんじゃないのか」

「すでに、すぐれた医師たちが状況に対処している」辛辣な言葉を無視して、マジドが言った。「きみが知る必要のある情報はすべて、与えられるだろう。各種テストの結果や、血液検査などだ。それに、きみが参加できるよう、スカイプを使ってくれてもいいんだ」

「たしかに、それで血液検査の結果は見られるし、精査の結果も調べられるが、われわれはただちに診断を下す必要があるんだ。われわれには一刻の猶予も許されない」

「巡礼はあすで終わる」

「わたしはこの疫病を実際に目にした唯一の目撃者なんだ。わたしがその患者たちを診察しなくてはならない」

「ヘンリー！」マジドが大声を出した。「きみをこの国に入らせただけでも、教義の多くによれば、不信仰者を入国させるという重大な背反を冒してるんだ。とにかく、きみが聖なる領域に入るのは不可能だ」

「それなら、オーケイ、わたしをムスリムということにすればいい」ぶっきらぼうにヘンリーは言った。

マジドがアルシェーリ警視正のほうへ向きを変え、テントを出てくれと頼んだ。ふたりきりになると、マジドは穏やかだが、熱のこもった声で話しだした。

「ヘンリー、わが親愛なる友よ、わたしは偽善者になってくれと頼んでいるわけじゃない。

それはわれわれにとって、異教徒であるよりよくないことだ。わが国は以前にもこのような問題に直面した。一九七九年、過激派集団がグランド・モスクを占拠し、数百名の人質をとったとき、われわれはフランスの友人たちに助けを求めた。ムスリムではない者たちに、そのふりをしてもらったのだ。あのケースでは、われわれは非ムスリムに血なまぐさい仕事をしてもらう必要があった。聖なる場所の内部では、いかなる暴力も禁じられているからだ。草の葉一枚切ることすら、許されない！　だが、あの連中は排除されねばならず、フランスの特殊部隊がわれわれに代わってそれをやってくれたんだ。

いまの状況はそれとはちがう。まったくちがうんだ！　わが国の病院には有能な医師たちがいる。彼らは症状を悪化させるようなことはせず、人命を救おうとしているんだ。きみが特別な才能を持っていることは認めよう。この災厄を監視するにあたって、ヘンリー・パーソンズよりすぐれた人間がいるとは考えられない。だが、われわれのもっとも聖なる地に入りたいと願うなら、清らかな魂を持ってそうせねばならない。どうしてきみが宗教に対してそれほど苦い感情をいだいているのかはわからないが、われわれがイスラム教徒であることを尊重してもらいたい。もしきみがわれわれの宗教を辱めたら、それはわれわれの魂に唾を吐きかけるのと同じなんだ」

ヘンリーは友人の誠実さに胸を打たれたが、その主張に同意したわけではなかった。宗教はどのようなものであれ、ヘンリーのなかに分類が困難な強い感情を湧きあがらせる。軽蔑を覚える。恐怖を覚える。好奇心を覚える。ほかにもいろいろな感情が渦巻くが、恐怖と好奇心を高所恐怖症と同じように考えていた。そういう感情の淵には近寄りたくないが、それでも引き寄せられてしまい、その強迫的な欲求が怯えをもたらす。そんなわけで、このようなときには、思わず強く出てしまうことがよくあった。

「きみには敬意の念しかないし、マジド、きみもそのことはわかってくれているはずだ」ヘンリーは言った。「それに、イスラムについては、ほかのどの信念体系にも劣っていないと考えている。それらはすべて、わたしにとっては同じなんだ。それはさておき、教えてくれ。一九七九年、きみたちがフランスの兵士たちを内部へ入らせたときは、何人のひとびとが死んだんだ？」

「三桁。四桁だったかもしれない」マジドが言った。「われわれはあのことはささやき声でしかしゃべらない。たぶん、いまなお、あの真相を知る生きた人間はひとりもいないだろう」

「きみはひとりの医師だ。国民の健康に責任を負っている」ヘンリーは言った。「医師として、教えてくれ。もしハッジのなかで新奇のエピデミックが発生したら、何人が命を失うだろう？」

マジドは無言だった。

「わたしはこのエピデミックがひとびとになにをなすかをこの目で見た」ヘンリーは言った。「極度に高い死亡率。恐ろしい死。彼らもまたムスリムだった。だが、その人数は死者はわずか数百名だった。ここには数百万もの人間がいる。きみが自分の宗教のことを本気で気にかけているのなら、行動を起こさなくてはいけない」

マジドが目を閉じる。祈っているのだ、とヘンリーは察した。宗教が関わったときに、思考を鈍らせる感情がまだほかにひとつあった。それは嫉妬だ。自己の外部にある力が人間に関する事柄に配慮してくれると、このようなジレンマの結末に影響をおよぼしてくれる力があると――ひとりの人間が強く、説得力を持って祈りさえすれば、神の注意を引くことができると――信じられたら、どれほどしあわせなことだろう。神聖という概念はヘンリーにはなんの意味も持たないが、マジドの一部は、想像が現実の力となり、ヘンリーに対して道徳的重圧を感じなくなることが友としての良心の恐ろしい呵責となる、神秘的な世界に生きていることを、ヘンリーは理解していた。

マジドが目を開き、唐突に、テントのすぐ外に立っているアルシェーリ警視正を呼んだ。彼らは、ヘンリーにもわかるようにと英語で会話をした。

「わたしは神の声に耳を澄まし、神は、ヘンリーは真のムスリムだと仰せになった」マジドが言った。

アルシェーリが侮蔑の表情でちらっとヘンリーを見、そのあとすぐ王子のほうへ目を戻した。アルシェーリがなにかの疑念や敵意をいだいたとしても、それはあっさりとわきへ押しやられたのだろう。事実、サウジアラビアにはたったふたつの——神と、この国を所有する王族という——権力しかなく、そのどちらに対しても疑義を発することはしないものだ。警視正がランドクルーザーを呼び、三人の男たちはそれに乗りこんで丘をくだり、環状道路を横切って、聖なる地への入口を印す門をくぐりぬけた。

「ひとつ、頼みを聞いてくれ、ヘンリー」声を殺してマジドが言った。「きみはわたしの庇護下に置かれるので、だれも刺激しないようにしてくれ。それと、きみに祈りを教えている時間はないから、日没までにこの街を離れなくてはならない」

ヘンリーは、メッカに乗り入れたとき、見ないようにすれば実際にはそこに入っていないんだといった感じで、街から目をそらしていた。それでも、近代の訪れに応じて改修された古代の地の雰囲気を感じてはいた。狭い街路に並ぶ高層建築群、一部には古風なおもむきがあり、一部には優雅さのある都市。そしてまた、前部シートにいるアルシェーリ警視正が、真の信仰者のみに聞こえる警告サイレンのような、非難の気配を漂わせていることも感じていた。

アブドラ国王大学病院に入ると、ヘンリーがいだいている不法侵入者的感覚は薄れた。白髪のパキスタン人、イフティカル・アーメド医師が彼らを出迎えて、すぐさま洗浄室へ案内し、彼らはそこで白衣と手袋、そしてマスクをつけた。アーメド医師は、眉毛が髪の生え際にくっつきそうなほど、強い不安を示していた。眉毛に汗が薄くへばりついている。アーメドが歌うようなパキスタン風アクセントの高い声で、あわただしく話しだす。

「けさ、四名の患者が運びこまれましたが、いまは十名になっています」と彼は言った。「十名！　十名です！　そして、そのなかのひとりは看護師なんです」

ヘンリーは、廊下が清潔で、病院の職員たちが適切な服装をしていることに目を留めた。一行はエレベーターで五階へあがり、二重のエアロック・ドアを通りぬけて、感染隔離室に入った。そこには、ほっとさせてくれるホルムアルデヒドのにおいが充満していた。ヘンリーはいくぶん気をやわらげた。

六名の患者がいて、うち二名はすでに気管挿管をされていた。ヘンリーはアーメド医師に、最初の症例が現れたのはいつだったかを尋ねた。

「わずか二日前で、ひとりはインドネシアから来たひとです。そして、きのうは三人。きょうは、この男性を含めて六人です」アーメドは、酸素テントのなかに寝かされている痩せた若者を指さした。

「彼はどこから来ました？」

「イギリスのマンチェスター」とアーメド医師。

ヘンリーはカルテを見た。患者の名はタリク・イスマイル。熱は摂氏四十・二度。心臓モニターが、電気活動はごくわずかであることを示していた。胸腔チューブが肺に溜まった体液を排出している。

「耳の痛みを訴えていたので、われわれはあまり深刻に受けとめていませんでした」アーメド医師がつづけた。「検査をすると、鼓膜が破れていることが判明しました。そこで炎症を抑えるために穿刺術を施したのですが、そのあと痛みの発生箇所が眼窩に変わりました。いま、彼は視力を完全に失っています。肺の損傷は回復不能であろうと懸念されます。そして、ご覧のとおり、チアノーゼの症状も呈しています」

若者の唇はあざやかな青で、指もまたそうなっていた。

「血液検査については？」

「インターフェロンの大量産生が見られます」

「サイトカイン・ストームだ」ヘンリーは言った。免疫の暴走。高熱と、関節の損傷による痛みは、感染との戦いにおける人体の〝歩兵〟であるサイトカインが、白血球によって大量に生みだされたことを示している。サイトカイン・ストームは、人体が致命的な攻撃を受け、あらゆる武器をくりださなくてはならなくなったときに発生する。いわば総力戦だ。ヘンリーはそれがもたらす結末を、インドネシアで解剖した若いフランスの医師の遺体に見ていた。彼女の肺は、免疫の過剰反応によって生じるみずからの体液で満たされていたのだ。

「ほかにも奇妙なことがありまして」とアーメド医師。「皮膚の腫脹（しゅちょう）を見てください」首から胸にかけて並んでいる小さな麻疹のようなものを指さした。「皮下気腫。小さな風船のようなもの。肺から空気が押しだされたのは明らかです」

「意識はあるのかね？」ヘンリーは尋ねた。

「少し前までは」とアーメド医師。

ヘンリーは身をかがめて、若者のほうへ顔を近づけた。酸素テントと人工呼吸器があいだにあるので、感染の恐れはほとんどない。それでもヘンリーは、この部屋にはまだだれにも知られず、名も付けられていない病原体が充満しているにちがいないと思っていた。

「タリク」ヘンリーは声をかけた。「わたしの声が聞こえるかね？」

タリクのまぶたがひくつく。

「痛みはあるか？」ヘンリーは問いかけた。

「痛みはない」タリクがささやいた。「ほかのもの。なにか大きな、大きな感じがするもの」

ヘンリーは、タリクが訴えている感覚はなんであるかを察した。死の感覚。

「タリク、インドネシアから来た男と出会った記憶はあるかね？　たぶん、きみがこの国に到着したときだろう」

長い時間が過ぎた。ようやく、タリクがなんとかことばを発する。

「できない」

「できないとは、なにが？」

「考えること」

「これは重要なことなんだ」ヘンリーは強く言った。「どうか思いだしてみてくれ。その男の名はバンバン・イドリス。聞こえたかね？　バンバン・イドリス。六十歳ぐらいの男性だ。この説明に該当する人物に出会ったことはあるだろうか？」

だが、タリクは無言だった。心臓モニターが悲鳴のような警告音を発した。アーメド医師がヘンリーを見やり、そのあとモニターのスウィッチを切った。マジドとアーメド医師の両方が、すぐに祈りだす。

「くそ！」ヘンリーは、自分がどこにいるかをうっかり忘れて、そう言った。

アーメド医師と看護師が不思議そうに彼を見つめる。

「パーソンズ医師はわれわれの宗教に改宗したばかりでね」マジドが弁明した。「わたしが導き人なんだ」

部屋にいるほかの面々が、いっせいに顔をほころばせる。

「神が願ったように（マシャラー）」アーメド医師が言った。「アラーにたたえあれ」

「いまわれわれがした祈りの目的は、この信仰者に死への旅路の準備をさせることだったんだ」マジドが、ヘンリーに講義をするような調子で言った。「われわれは神に、彼の重荷を解き放ち、彼が別れを告げるこの世界より良きところへお連れくださるようにと祈った。時間ができたときに、もっと詳しく教えてあげよう」

ヘンリーは興味津々の生徒のようにうなずいたが、顔は恥ずかしさで真っ赤になっていた。いかなる偽善も嫌う自分が、いま偽善者になっているのだ。マジドのことを気づかっているのに、いまの自分は彼をあやうい立場に置くどころか、危険にさらしている。この部屋にいるムスリムたちが、ヘンリーはアラーの救済を得たのだと信じて、よろこびを感じ、歓迎の笑みを浮かべていることに、身が縮む思いがした。だが、ヘンリーには、その救済はけっして自分にはもたらされないだろうとわかっていた。

アーメド医師が期待をこめた目で彼を見つめている。どうやら、彼がこの会話にそれなりの謝意を表すのを待っているのだろう。だが、ヘンリーはそうはせず、それまでより鋭い声で言った。「十人の患者がいるとおっしゃったね。ここには六人しかいないが」

アーメド医師の表情がすぐに変化した。

「これ以上の人数を隔離する余地がありませんので」弁解するように彼が言った。「ここはハッジのあいだはつねに患者がいっぱいで、今回は収容の限界に達しているんです。いや限界を超えているというか」

「では、ほかの患者たちはどこに？」

アーメド医師が看護師に話しかけてから、それに答えた。

「三人はレベル2病室にいて、ひとりは――」彼はいったんことばを切り、看護師に情報を確認してから、つづけた。「ひとりは退院しました。彼女は巡礼団に戻ったのだろうとわれわれは考えています」

愕然とした沈黙がつづくなか、アーメド医師があわてて説明に取りかかる。

「どういう疾病に対処しているのか、われわれにはわかっていなかったのです。いまもわかっていません！　教えてください。これはなんなのか、なにかの疫病なのか？」

「インフルエンザだが、未知のタイプでね」ヘンリーは言った。「すでに三カ所のラボが、インドネシアの感染を生きのびたひとびとの抗体を検査して、既知の変種のどれかに合致するかどうかを調べている」

「この患者に――」アーメド医師が彼らの目の前にある遺体を指さす。「――われわれは抗ウィルス薬を投与しました。もっと適切な処置があったのでしょうか？」

「輸液とタイレノール以外に、できることはほとんどないんだ」ヘンリーは言った。「それで回復する患者もいるだろう。インドネシアでは、そういう緩和ケアがなされたにもかかわらず、死亡率は四十五パーセントに達した」

「しかし、いまは中世ではないでしょう」とアーメド医師。「患者にしてあげられることはほかになにかないのですか？」

が、そのとき、アーメド医師の携帯電話に電話がかかってきた。ヘンリーは控えめな同情の色を目に浮かべて、マジドを見やった。かつて覚えたことのない深刻な切迫感が生じて、気が重くなる。

「悪い知らせです」電話を切るなり、アーメド医師が言った。「とても悪い知らせです。新たに出血熱の患者たちが出たとのことで」

「何人の？」マジドが問いかけた。

「この一時間で十七人」とアーメド医師。「いまの電話はサウジ国立病院からの要請に関するものでして。そこは同種の症状を呈する巡礼者たちであふれかえっているそうです。

こちらへ患者たちを移送したいと。しかし、ここもすでに収容の限界を超えているんです！ 彼らを入院させるところはほかにない。隔離について言うなら、これほど多数となると不可能です。しかも、またひとり亡くなりました。さきほどお話しした、あの看護師が」彼は深呼吸をした。「彼女の名はノウア。ここの最高の看護師のひとりでした」

ヘンリーは意を決して口を開こうとしたが、その口からことばが出てくる前に、マジドが話しだした。

「隔離。この病院を完全封鎖（ロックダウン）する。だれも外に出さないように。すべての病院が同じ成り行きになるのではないかと危惧される」

ヘンリーは、アーメド医師の目に恐怖の色が浮かぶのを見た。疾病が猛威をふるう場所に閉じこめられるというのは、たとえ医療の専門家であっても、恐ろしいことだ。衛生処置は、すでにあてにならなくなっている。廊下には新たな患者たちの流入によってウイルスが充満しているだろう。亡くなった看護師は、ここの職員たちの最初の犠牲者にすぎない。まちがいなく、このあと何人もの犠牲者が出るだろう。

「ここには、必要な食事と医薬物資を供給する」励ますようにマジドが言った。「医療従事者も増援される。これは国家非常事態なんだ。われわれは各病院を支援するのに必要なことはなんでもするし、もちろん、きみたちの勇気と誠実さは公式に認められるだろう。

われわれ医師は、だれも身を置きたいとは思わない場所にみずから身を置くことが、ときにはある。だが、それはわれわれ医師の名誉なんだ」

「病院だけではだめだ」ヘンリーは言った。

「そうなんだろうね、ヘンリー？　われわれは鍵となる場所のリストを要求することにしよう。きみがここにいて、助言をしてくれてよかった」

「メッカ」ヘンリーは言った。「都市全体を封鎖しなくてはいけない。内外のどちらからもアクセスがないようにするんだ」

マジドが、気でも狂ったかといった感じでヘンリーを見つめる。

「自分がなにを言ったか、ちゃんとわかってるのか？　ここには三百万もの人間がいるんだ！　彼らに、そこにとどまれと――そして、なんだ？　死ねと――要求するわけにはいかない。それは人間のすることじゃない、ヘンリー！　しかも、そんなことは不可能だと思う」

「三百万もの人間が」ヘンリーは言った。「あす、それぞれの国へ帰り始める――モロッコ、中国、カナダ、南アメリカ、さらには太平洋のもっとも小さな諸島国家や、中央アフリカの小村へ。しかも、彼らはひとりで旅をするんじゃない。この疾病をかかえていくんだ。そして、あっという間に、なんの警告もなく、準備する暇(いとま)もなく、全世界に感染が拡大するだろう。いまこのとき、われわれがこの病院で経験していることが何度もくりかえされるんだ。あと一週間でも十日間でも猶予があるなら、ワクチンや治療法、あるいはこの疾病の毒性を弱めてくれそうなものを大急ぎで開発している世界中の科学者には役に立つ。われわれは時間を稼がなくてはならないし、できることはそれしかないんだ」

しゃべっているあいだにも、ヘンリーの眼前に、カタストロフが全世界にひろがる光景がありありと浮かんできていた。

「わたしが言いたいことはこうだ。これは、パンデミックを封じこめようというだけの話じゃない」低い、淡々とした声で、彼は言った。「文明を救おうということなんだ」

茫然自失の沈黙を破って、また警告音が鳴る。アーメド医師が歩いていき、たったいま亡くなった患者のモニターのスウィッチを切った。

14 くそ、なんてこった

副長官級会議に参加した面々は、土曜日のこんな早朝に招集されたとあって、不機嫌で立腹していた。まだ夜明けまで一時間はある。青の制服を着た保健福祉省の若手官僚がパワーポイントの準備にいそしんでいるなか、彼らがぞろぞろと入室し、ホワイトハウスの厨房が急いで用意したコーヒーメイカーからカップにコーヒーを注いでいく。外のエグゼクティヴ・アレイにリムジンがずらっと駐車し、早朝の冷気に排気ガスを噴きだしていた。

「ひとつ、難局が発生しました」副長官たちがそれぞれの席に着くあいだに、ティルディは口火を切った。「いや、実際にはふたつです。サウジアラビアにおいて、インフルエンザ・パンデミックの可能性が生じ、ロシアがイランと相互防衛協定を結んだのです」

国防副長官が発言する。

「ロシアはホルムズ海峡のイラン海軍基地を支援するために、最新の防空システムをバンダルアバスに搬入しました。そこはペルシャ湾の急所であり、地球規模の地政学においてもっとも重要な地点です」

「なぜ？」ティルディは問いかけた。「そして、なぜいま？」

「ロシアはレヴァント（ギリシャからエジプトにかけての地中海東部沿岸地帯）における影響力を強化し、ペルシャ湾および地中海の石油輸送レーンを支配しようとしているのです」国務副長官が言った。「彼らがいまそれをしようとしているのは、サウジがわが国から輸入した兵器で軍備を拡張するのを見て、これはイランと大規模な取り引きをする好機だと捉えたからです」

このシチュエーション・ルームにおいてすら、ティルディはロシアのことを話すのに慎重にならざるを得なかった。その問題をあまりに率直に話した人間はだれであれ、クビになるからだが、国防副長官はその危険性を顧みようとしなかった。

「これはわが国の戦略立案者にとって大きな問題です」彼が言った。「その新たなロシアの防空システムはＳ－５００。彼らは〝トライアムファクター〟と呼んでいます。わが国の最新鋭ステルス機、Ｆ－35を撃墜するために設計されたものなのです」

「つまり、あの地域におけるわが国の影響力があやうくなると」ティルディは言った。

国防副長官が陰気にうなずく。

「そちらはこの事態に対応する計画ができているのでしょうね」ティルディは統合参謀本部副議長に向かって言った。

「われわれは考えうるあらゆる角度からこの件に対処してきました。おおまかに言えば、ふたつの対応策を立てています。流血を含む策と、もうひとつの策を」

「流血のほうを説明してください」

「イランの防空網を、その設置が完了する前に排除する。彼らの軍艦を港で沈没させる。ホルムズ海峡に機雷を仕掛ける。核施設を爆撃する。政権交代を要求するなどなどです」

「それは、ロシアとの戦争の序曲のように聞こえますね」ティルディは言った。

そう考えても、彼女は落ち着かない気分にならなかった。彼女の見解では、ロシアは世界の悪の主たる源泉だ。実際にさまざまな戦争の計画を見てきたのだ。その危険性はよくわかっている。だが、プーチンとの取り引きにほかの手段はない。断固とした態度を取り、それどころか、いくぶんクレイジーにならなくてはいけないだろう。

「これは相手の反応を呼び起こすでしょう」統合参謀本部副議長が言った。「われわれはそれを甘受しなくてはならない。これはキューバのミサイル危機とはわけがちがうのです」

「そうなれば、イスラエルがじっとしてはいないでしょう」と国防副長官。

「イスラエルがみずからイランを爆撃するという意味？」ティルディは問いかけた。「だれもそんなことは信じないでしょう」

「わが国がすべての国のために戦うわけにはいきません」と国務副長官。「現実のオプションはただひとつ。それは外交交渉です」

「では、プーチンに対して、あの国の全資産をあの地域から撤退させろと言うだけか？」国防副長官が言った。「あなたがどんな主張をするのか、ぜひ聞いてみたいものだ」

「みなさんは、プーチンがロシアを支配していると考えているようですね」エージェンシーの男が見下したような調子で言った。「あの国を実際に動かしているのは百万人の官僚たちであり、彼らはあの〝偉大な指導者〟にはろくに目もくれていません。ロシアは韓国程度の経済規模しかないのに、超大国を装っている三流国家なのです。われわれはその実体に見合わない過大評価をしている。この問題に関して、われわれは国務省に同意します」

　その発言に勢いづけられて、国務副長官が言う。

「それより、あの狂気の皇太子が問題です。サウジとイランは戦争を引き起こす綱引きをやってきた。サウジが劣勢なのは、だれもが知っている。彼らが有する唯一のカードは、アメリカの軍事力です。狂気の皇太子が最初の一撃を着弾させれば、あのアメリカ（シュガーダディ）は戦争を終結させにやってくるにちがいないと信じきっている」

「ひとことと申しあげてよろしいでしょうか？」部屋の後方にいる若い女性に、すべての目が注がれた。

「あらためて名前を教えて」ティルディは言った。

「バートレット少佐です。公衆衛生局士官部隊の」彼女は保健福祉省の代表として参加していた。

「あなたが発言するとすればインフルエンザについてでしょうね」

「はい、そうです。軍医総監から、副長官級会議でブリーフィングをするようにと指示されました。あいにく、彼自身が出席することはできなくなりまして。彼は――」

「ロシアとの戦争に関する話がまだ終わっていない」ティルディはぴしっと言って、彼女を黙らせた。

バートレットは三十歳ぐらいだろうか、医学大学院（メディカル・スクール）を卒業してまだ二、三年しかたっていないように見えた。性別のない海軍の青い制服と白のシャツを着て、ネクタイを締め、くすんだブロンドの髪を規則に従って、頭の後ろでまとめている。あの年齢だったころの自分にちょっぴり似ている、とティルディは思った。アクセントからして、深南部の出身だろう。

「口をさしはさんで、まことに申しわけございません。規則に反することは承知しています。ですが、これはサウジアラビアに――いえ、実際には、あらゆることに関わる難局でして」バートレット少佐が、部屋から追いだされるのを案じたかのように、急いで話しだした。「戦争の問題を軽視しようというのではありませんが、これはじつのところ、わが国はペルシャ湾にいたくないと考える潮時になるかもしれないのです」

「それはあなたの見解？」ティルディは問いかけた。この若い女性に我慢がならなくなってきた。

「はい、そうです。あなたもそのようにお考えになるでしょう。わたしがすでに知りえたことを基にされれば。ほんの少しの時間、わたしの話を聞いていただければ……？」

ティルディはうなずき、当然のごとくパワーポイントのスライドが出現した。最初のスライドは、赤と緑で着色され、クリスマスの飾りのように見える、棘(とげ)だらけの丸いボールだった。

「これが〝インフルエンザ〟のウイルス。われわれが対処しなくてはならない相手です」バートレットが言った。

「われわれにインフルエンザの講釈をする必要はまったくないわ」ティルディは言った。

「はい、そうですね。これは、このウイルスは、新奇のものです。われわれがかつて遭遇したことのなかったもの。インフルエンザウイルスのいかなる系統にもあてはまりません。そして、それが真の問題でして。一般市民に免疫がまったく形成されていないからです」

「つまり、全員がインフルエンザに感染することになる？」エージェンシーの男が言った。

「おおいにありうることです」

「ワクチンはないのか？」

「ワクチンはありません。われわれはワクチン開発に取り組んでいますが、対処すべき相手がどういうものか、まだ解明できていないのです」

「ワクチンを開発するのにどれほどの時間がかかるの？」ティルディは問いかけた。

「運が味方してくれれば、六カ月以内に小規模のテストに用いる実験的ワクチンが開発されるでしょう。初期塩基配列（シークェンス）はすでにつかめており、いまはそのウイルスを解析して、その防衛システムを攻撃するための新たな方法を見いだそうとしているところです。人間に投与する最初のロットを準備するあいだに、動物実験をしなくてはなりません。そのすべてをするには、とりわけワクチンの単位を百万にまで増やすには、かなりの時間がかかるでしょう。ですが、われわれには時間がありません」

「それはどういう意味？」ティルディは問いかけた。「われわれにはどれほどの時間が残されていると？」

「月曜日まででしょう」バートレットが答えた。

「いったいそれはどういうこと？」

バートレットがメッカの現状を説明する。最新の報告によれば、メッカの病院で十四名が死亡し、それは過去数時間のことだと。

「何人が感染しているのか、われわれには明確に知るすべがありません」彼女が言った。「しかし、WHOがインドネシアにおける流行の研究をおこなっています。それによれば、感染率は七十パーセントにのぼります。それは、コンゴリ難民キャンプにおいて、十名中七名がこの疾病に感染したという意味です。あのキャンプでは全員がこの疾病に曝露したので、これはわかりやすい実例でしょう。そして、感染したひとびとの大半が死亡しました。そして、いまメッカで、それと同様の状況が巨大なスケールで発生しています。いま現在、一千名が曝露したとしてみましょう。この日が終わるころまでには、そのそれぞれが二名ないし三名を感染させ、そのあとまた、その二名ないし三名が別の二名ないし三名を感染させることになります。数がひどく急速に増えることはおわかりでしょう。それと、申しあげておくなら、これはとても控えめな見積もりでして。つまり、あすには、少なくとも二千名の媒介者(キャリア)が生まれ、彼らもまたそれを感染させるようになります。そのすべてに加えて重要な点は、あすの夜、彼らが飛行機に乗って、それぞれの国に帰るということです。三百万ものひとびとが。わたしの計算では、そのうちの二万七千名はアメリカ人です。そして、彼らは飛行機に乗っているあいだにも、別のひとびとを感染させるでしょう」彼女が新しいスライドを用意した。「これは、サウジの統計を基にわたしが大急ぎで作成したスライドです。それでも、これをご覧になれば、月曜日になにが起こるかは見当がつくでしょう」

そのスライドは、二万七千人のアメリカ人ムスリムが向かいそうな場所を表していた。アメリカのほぼすべての都市が緑の点で示されている。そのいくつか——ニューヨーク、ロサンジェルス、ディアボーン、ヒューストン——は緑の点が密になっていた。

「そして、これが世界のほかの部分です」とバートレットがつづけ、つぎのスライドを表示する。地球のあちこちに明るい緑の点があった。「ほぼ即座に、われわれが経験したなかでもっとも致死的なインフルエンザによる地球規模のパンデミックが発生するでしょう」

「くそ、なんてこった（ジーザス・ファッキング・クライスト）」エージェンシーの男が言った。

ティルディは息苦しさを覚えていた。とっさに、この国の備えがいかに貧弱であることかと思ったのだ。帰国してくる大勢のアメリカ人にどう対処すべきなのか？　なぜ彼らはムスリムにならなくてはいけなかったのか？　政治的に、そして社会的に重大な結果がもたらされることは予想できたが、いまはそんなことを考えている場合ではなかった。考慮しなければならない事柄が、ほかにいやというほどたくさんある。

「そのパンデミックはどれくらいの期間、継続すると予想しているの?」ようやくティルディは問いかけた。

「通常のインフルエンザの流行シーズンは、一般的には十月下旬に始まって、翌年二月にピークに達し、ときには五月までつづきます。いまわが国に襲いかかろうとしている事態は、ちょうどインフルエンザの流行がおさまるであろう時期にあたっていますが、先ほど申しあげたように、この病原体についてはなにもわかっておりません。インフルエンザの流行期間より短くなるかもしれず、あるいは長くなるかもしれない。そして、言うまでもなく、インフルエンザは猛烈な速さで突然変異を起こします。つまり、この病原体は毒性を弱めるかもしれず、強めるかもしれないというわけです」

「この情報が明るみに出たら、国民は死ぬほど怯えあがるだろう」エージェンシーの男が言った。

「それは公衆衛生局にとっても問題となります」とバートレット。「小売店に客が殺到するでしょう。薬局、食料品店、バッテリーやガソリンの販売店、銃器店などなどに。どの病院も、罹患したひとびとだけではなく、感染を恐れるひとびとが押し寄せて、医療崩壊を起こすでしょう。病状の進行はさまざまですが、患者の病状の進行速度を考慮するならば、帰途で何人かが死亡すると予想されます」

「飛行機のなかで死ぬひとびとが出てくるのか」商務副長官が言った。

「空港や列車のなかや鉄道駅でもです」

「すべての輸送システムを停止するということなのか」商務副長官が非難するような調子で言った。

「まさしく」口調に鈍感なバートレットが、商務省はすばらしいアイデアを提案してくれたと思ったような感じで言った。「できるかぎり多数の国民を家に閉じこめるようにする必要があります。そのことをこの朝のうちに発表するのが最善でしょう。そうすれば、準備をすることができます――州兵を召集し、警察官を増員し、国境を封鎖し、スポーツやエンタテインメント施設を閉鎖し、救急でない患者は病院から退院させ、学校を封鎖し、公衆の集まりを延期させ、政府機関を閉鎖する。加えるに、旅行者はすべて即刻帰宅させる必要があります。パンデミックがアメリカで発生する前にです」

副長官たちは無言で彼女を見つめるだけだった。

15 王宮

マジド王子の操縦するヘリコプターが、サラワット山脈の上空にさしかかった。眼下に、メッカから発し、急斜面をうねりのびる道路が見えていた――それはオサマ・ビン・ラディンの父親、ムハンマドが建設したもので、それによってこの王国はようやく単一の国家となり、父親ビン・ラディンは英雄としての地位を確立し、その息子はみずから破滅的な運命の道を突き進むようになった。急斜面の頂上にはリゾート・タウンのタイフがあり、その向こうには、セピア色の長い砂丘がところどころにあるだけで、海のように平らで静かな砂漠が果てしなくひろがっていた。

ヘリコプターの機影が、蜘蛛のように砂漠の上を移動していく。

「上空からではなにもわからない」マジドが言った。「いくつかの場所は、きわめて美しく、謎に満ちている。だが、ここはまた、見てのとおりの場所――広大な無でもある。虚無だ。ここはアラビアの魂。われわれがどういう人間かをほんとうに知るには、そのことを理解しなくてはいけない。われわれはつねに、砂漠はわれわれの帰りを待っているのだという思いをいだいて生きている。何世紀ものあいだ、われわれは欠乏状態のなかで生きてきた――ラクダ、テント、ナツメヤシがあるだけで、昆虫まで食べていたんだ！　自動車や台所のレンジや市場、さらには流れる水といったものを知らない未開の部族のように。わが祖父はその統治時代の大半を、そのような地で生きていた。それでも、彼は国王だったんだ！

やがて石油の時代になり、われわれは砂漠を離れたが、砂漠はわれわれから離れはしなかった。それは、この虚無は、つねにわれわれのなかにある。われわれアラブ人が各都市の宮殿にいるときも、それはわれわれを待っている。砂漠は、アラブ人はいつか〝彼女の〟もとに帰ってくることを知っている。彼女は辛抱強い母だ。だが、ある種のモンスターでもある。あらゆるものがわれわれから奪い去られるだろう。砂漠に帰る者はすべてを失うんだ」

マジドが、砂漠を切り裂いてつづくハイウェイの上空へヘリコプターを向ける。砂漠の果ては、絶えず押し寄せる砂によって、ぼやけていた。友人どうしであるふたりは、ヘリコプターというカプセルのなかに封じられているだけでなく、ある種の禁じられた知識に包みこまれているような感じを覚えていた。ふたりが乗りこんでいるヘリコプターの外にひろがる世界は、忍び寄る危機のことをおぼろげに感じているだけだが、ふたりの男が胸中にいだいている恐怖の念がいずれは世界に伝わり、ひろがり、まもなく、人類が深刻な戦いに直面していることをだれもが知るようになるだろう。

「言うまでもなく、ハッジの期間にはいつもなにかの病気が流行する。ひとびとが地球の各地から疾病を持ちこんでくるんだ。髄膜炎、腸チフス、コレラ——われわれはそのすべてに対処してきた。去年、われわれはみずからを祝した。エピデミックをもたらす巡礼者はひとりもいなかったんだ。それでもやはり、わたしはつねに、そういう災厄が前途に待ち受けているだろうと予想していた。それがいつも、わたしの最大の懸念だった。わたしには、それはイスラムへの呪いのように感じられる。今回の疾病はムスリムから生じ、いまそれがわれわれのもっとも聖なる地にはびころうとしている。われわれは犠牲者なんだが、世界は今回のことでわれわれを責め立てるだろう」

砂漠の土地にほかの道路がいくつか見てとれるようになり、そのあと、首都のリヤドが目に入ってきた。高層建築物は片手の指の数ほどしかなく、低い建物がほとんどの街が、地平線から姿を現してくる。マジドはヘリコプターを街の中心部へではなく、高い塀によって八角形に囲まれた場所にあって、王宮や諮問評議会（シューラ）を擁する、複合建築物のほうへ向けた。ヘンリーにも、王室モスクのドームや構内道路に沿って並ぶ建物群が見えてきた。

そのすべてがイスラムの幾何学への傾倒を反映し、完璧な対称性を持って配置されている。

王宮から百ヤードと離れていない砂地にうがたれた暗い大穴を、マジドが指さす。

「あれが、一週間ほど前にフーシ派のミサイルが着弾した場所だ。きみの国がわれわれに売りつけたパトリオット・ミサイルはその程度のものだったということだ」

ヘリコプター・パッドは、複合建築物がある地所の境界線のすぐ内側にあった。そこへ降下していくとき、ヘンリーは銃座があることに、そしてまた、さっきマジドが言ったパトリオット・ミサイルの砲台のように思えるものがあることに、気がついた。サウジとイランの神聖主義政権との紛争は沸騰しており、イランによってイエメンのフーシ派反乱軍へ、王宮への着弾がぎりぎりで逸れたミサイルを含む、より近代的な兵器がぞくぞくと送りこまれているのだ。

シルヴァーのロールスロイスが彼らを乗せ、ヘンリーがフランスやロシアで目にしたことがある王室の美術工芸品が貧相に見えてしまうほど豪壮な宮殿へ運んでいった。壮大な通廊には、目がくらむほど光り輝く装飾タイルが敷きつめられていた。そこのスケールの大きさは、威嚇されているように感じるほどだった。とある十字路にさしかかると、四方向のすべてを五十ヤード先まで見通すことができた。彼らの足音が、背後を一個大隊がつづいているかのように響きわたる。ヘンリーの見解では、王政は独裁の一形態であり、それは神や国歌の栄光という名目によってのみ正当化されるものだ。だが、そう思ってはいても、この荘厳さにはいささか圧倒されていた。だが、マジド王子は警備兵に誰何（すいか）されることなく通りすぎていく。ヘンリーは、彼を王族の一員という脈絡で見たことで、この友人が握っている権力の大きさを目の当たりにしたのだった。

王室警備兵が敬礼をし、中世の手書き文字のような黄金の装飾が施された、国王の私的サロンに通じる扉を開く。マジドがヘンリーに身ぶりを送り、自分に倣（なら）って、壁に沿って並んでいる椅子のひとつにすわるようにと指示した。各省の大臣その他の官僚たちが年老いた国王の両脇に並び、国王は祈禱用の数珠をもてあそびながら絨毯の模様を見つめていた。その息子である皇太子がかたわらに並んですわり、ときおり国王の耳元になにかを語りかけていた――おそらくは、皇太子が父の名でなした裁定の内容を伝えているのだろう。

ヘンリーは皇太子の顔をじっくりと見た。若く、ハンサムで、世界や彼自身の一族の非難をものともせずに、敵対者たちを投獄したり殺害したりしてきた、冷酷非情な男。一族はその復讐心の強烈さに恐れをなしているのだ。

「彼らはイランのことを話しあっている」声を殺してマジドが言った。

ヘンリーは、待っている時間はないことを知りつつ、待った。

この部屋に集っている大臣たちは、もし敵対国との戦争を画策しているとすれば、そのようすは奇妙なほど腰がひけているように見えた。議論が粛々と進められていく。皇太子がひとりまたひとりと指名し、提案された意見のそれぞれを、その見解は彼にとってはそれほど重要でないことを示唆する、儀礼的なうなずきとともに受けとめる。部屋には、勲章がきらびやかに並ぶ制服を着た軍人たちや、長い白ひげを蓄えた盲目の聖職者や、シューラ評議会を構成する一ダースほどのメンバーもいた。アラビア語を解しないヘンリーにも、ある裁定がすでになされ、評議会の全員がそれを了承していることが察せられた。彼らの顔に不安の念が浮かんでいることも見てとれた。開戦が迫っているのだろう。

ようやく皇太子がマジドを指名し、マジドがうやうやしく、しかし切迫感を持ってそれに応じた。彼のことばが皇太子を立腹させたのは明らかだった。ヘンリーにも、自分の名が持ちだされたのが聞こえ、廷臣の面々がこぞって非難の目を向けてくるのが見えた。ヘンリーはまたもや、自分の存在が規律に違反していることを思い知らされた。最初は彼らの宗教の聖地で、こんどは権力の奥の間で。

「もう英語で話してかまわない」マジドがヘンリーに言った。「彼らの多くが英語を解する。きみがだれで、なぜここに来たかについて、すでに彼らに説明した」

最初に皇太子が口を開く。

「わがいとこの言うには、きみは聖なる都市において病気が流行していることを案じているとか。われわれは毎年、その問題に直面し、つねに部外者の指図を受けることなく処理してきた。きみの関心は評価するが、われわれには巡礼者たちがそれぞれの家庭へ帰還するのを妨げようという意図はない。それはまったく論外だ」皇太子は、この件はこれで決着したと言いたげな笑みを浮かべた。

「殿下、わたしが現状をお知らせしてから、裁定を下されてもよろしいのではないでしょうか？」ヘンリーは問いかけた。「殿下が決断の結果に対する責任を担っておられることは承知していますし、殿下のジレンマを理解していないかもしれない民衆に、殿下が強情で不注意な人物と見なされることになるのは避けたいのです。わたしの話をお聞きになれば、殿下は少なくとも、ほかにはないすぐれた知識という利点をお持ちになることができるでしょう」

皇太子の笑顔がこわばり、陰気な表情に変わる。ヘンリーのことばが侮辱的だったこと、それだけでなく威嚇がこめられていたことは、だれが聞いても明らかだった。そんなことばを、この小男が、金持ちでも王族でもなく、姿勢がゆがんでいることがはっきりとわかるヘンリーが発したために、彼らをよりいっそういらだたせていた。そのとき突然、国王がトランス状態から目覚め、ヘンリーをまっすぐに見つめてきた。老いた男の顔に激怒の色が浮かんでいるのは明らかだった。

「世界が大規模なパンデミックを経験することになるでしょう」ヘンリーはつづけた。「われわれにはそれを阻止することはできません。これまでは、インドネシア国内に封じこめておくことができました。メッカは事情が異なります。多数のサウジアラビア人がすでに日常のビジネスでメッカに旅しているにちがいなく、彼らはおそらく、この王国のほかの土地へ疾病を持ちこんでいきます。まもなくわかるでしょう。三百万人の巡礼者の多数が感染していることはたしかであり、彼らはこの疾病をそれぞれの国へ持ち帰ることになるでしょう。事前にそれを阻止することはできません。わたしがお願いしたいのは、時間です。巡礼者たちを隔離なされば、この疾病の蔓延を遅らせることができ、科学者たちが先んじてワクチンの、さらには治療法の開発に着手することができるかもしれません。少なくとも、各国政府に、これから発生しようとしている事態に備えるための時間を多少とも稼がせることはできるでしょう」

「きみが提案する時間はどれほどのものか?」

「一カ月」

皇太子が笑いだす。

「しかし、これはただのインフルエンザだ!」彼が言った。「わが国は毎年、インフルエンザを経験している! 国民のだれもが、王族までもが、インフルエンザに罹患するのだ！」

「このインフルエンザはありふれたものではなく、現代のペストです。巡礼者たちに聖都から退出する許可をお出しになった瞬間、王国はこの疾病の猛威を最初に知る国家となるでしょう。そして、いまおっしゃったように、王族ですら免疫を持っていないのです」

ここに至って初めて、皇太子が、途方に暮れているように見える顧問官たちに目を向けた。

そのとき、盲目の聖職者が、濁った目を国王のほうへまっすぐに向けて話しだした。そして、聖職者はなにかの布告を述べ、それをマジドが通訳した。

「彼は宗教指導者、大マフティーで、彼は、イランがこれをわれわれに仕掛けたのだと言っている」

「もしだれかが仕掛けたのだとしても、その攻撃対象はサウジアラビアではなく、人類全体なのです」ヘンリーは言った。

「あなたはそうおっしゃるが」シューラ評議会のひとりが言った。「どうして、これがイランがこの王国を襲撃する陰謀ではないとわかるのです？　彼らはわれわれの正統性を剝奪しようとしている。彼らはわれわれを聖なる各地の正当な庇護者ではないと非難している。これは、テヘランのシーア派独裁者たちの計略なのです。彼らはイスラムを滅ぼし、彼らの邪悪な目標を達成しようとしている。そのようなわけで、疫病が巡礼者たちのあいだで流行しているとあなたがおっしゃるとき、われわれはこう自問するのです。〝このことで利益を得るのはだれなのか？〟そして、われわれにはその答えがわかっているのです」

別の評議会員が付け加える。

「西欧諸国もまた、われわれを滅ぼそうとしている」

大マフティーがまたなにかを語った。

「彼はこう言っている。シーア派もまたこの疾病に感染しているのかどうか、その証拠が必要だ」マジドが通訳した。「わたしは彼に、われわれはそれを確認するつもりだと言った」ヘンリーの目をのぞきこみながら、彼はこうつぶやいた。「残念だが、われわれだけでこれに対処するしかない」

軍人たちのひとり、マジドが国家警備隊大臣のアル・ホマイエドであると通訳した人物が、どうしてそれほど大がかりな隔離が強制されねばならないと予測できるのかと、ヘンリーに問いかけた。

「警察官と兵士よりずっと多数の巡礼者がいるのです」彼が言った。「しかも、あそこは壁に囲まれた都市ではありません。ひとびとはどの方向へも歩いて出ていける。聖都を戦車と歩兵部隊で包囲し、逃げようとするムスリムをだれかれかまわず撃てということですか？」

「ご覧のとおり、わたしは軍人ではありません」ヘンリーは言った。「あの都市のなかにいる人間はすべて自爆テロリストとお考えになってはどうでしょう。彼らは、自分の体が兵器に変えられていることを知っていません。恐怖を覚えるにちがいない。彼らが逃げだしたいと思うのを責めるつもりはありません。しかし、あの都市を離れる者はだれであれ、死をもたらすのです」

「では、内部にいる全員がこの疾病に罹患するのを放置せよと？　メッカの外にいるひとびとを感染から守るのがあなたの仕事です」

「家族のいない異邦の地に？　もし隔離を課せば、死者はどれほどの数になるのだ？」

「十万の単位でしょう」ヘンリーは言った。「ことによると、百万単位になるかもしれません」

王子たちや廷臣たち、そして国王が、気でも狂ったかと言いたげな顔でヘンリーを見つめた。

「百万のム、ム、ムスリムが」大マフティーがもどかしさを爆発させ、英語で言った。彼の疑惑が裏づけられたと思ったのだろうか。

「ウイルスの毒性が保たれたままこの疾病が蔓延した場合の結果と比較すれば、少数と言えるでしょう」ヘンリーは言った。「この疾病の危険性はどれほど大げさに言っても言いすぎとはなりません。病状を軽減させる医薬品はなく、流行を食いとめるワクチンもない。もし時間があれば、たぶんそのような手立てができるようになるでしょうが、このわずかな時間でやれることはただひとつ、巡礼者たちが国に帰って、ウィルスが同時にあらゆる場所で蔓延するのを阻止することなのです。そうしなければ、十億単位のひとびとが死ぬことになるでしょう」

「これはわれわれのではなく、神の手のなかにあるものだ」と大マフティー。

「この疾病が終息するまで、すべての巡礼者に必要性を満たす物資を供給することはできるか？」皇太子が評議会のひとりに尋ねた。

「殿下、試みることはできますが」評議会の男が答えた。「わが国の諸資源の備蓄はすでに限界に達しています」

「このことに割けるほどの兵員のゆとりはありません」将軍が警告した。「そのようなことをすれば、わが国は攻撃に対して無防備になってしまうでしょう」

「われわれはもっと強大な敵に直面しているんだ」切迫感のこもった声でマジドが言った。「その敵はすでにここに来ている。われわれの聖地を侵略している。そいつはムスリムたちを殺している——いまこの瞬間にだ！」

「これは熟慮する時間が必要だ」皇太子が言った。

「時間がない。即刻、行動に移らなくてはなりません！」マジドが断言した。

「きみはこの知らせを持ちこんで、対戦審議会を中断させた」と皇太子。「そして、われわれには選択の余地がないと主張している。あれこれと仮定的結果を並べたててわれわれを脅し、きみの主張を信じろと強要している。だが、われわれには担わねばならない重要な責任がほかにいくつもある。すべてを同時におこなうわけにはいかない。それらの主張は吟味されねばならないのだ」

「もし即刻、これをおこなうことを決断しなければ、われわれは敗北するでしょう」マジドが言った。「この日以後になにをやっても、それは無意味なことになるでしょう。いま決断しなくてはならないのです」

マジドを見つめる皇太子の目が冷ややかになった。ヘンリーはマジドの身の安全が心配になってきた。そのとき突然、国王が口を開いた。その口調は鋭く、断定的だった。だしぬけに皇太子とその助言者たち、そして宗教指導者が立ちあがって、退室し、軍人たちだけがあとに残された。国王が、かたわらにすわるようにとマジドに身ぶりを送る。国王がマジドの肩に手をかけて、言った。

「これを阻止するため、できるかぎりのことをなすように」

マジドとともに王宮を去るとき、ヘンリーはふと、ひとつの声が最終的にものごとを決めるのは、ときにはいいことなんだろうと思った。

16 殉教者の問題

ワシントンがようやく暖かくなってきたので、トニー・ガルシアは《ワシントン・ポスト》紙の職場から、一六番ストリートとMストリートの交差点にある荘厳なジェファーソン・ホテルまで数ブロックの距離を歩いていくことにした。薄れゆく午後の陽光のなかでも、日陰から日向に出ると日射しがブラシのように顔を撫で、気温があがっているのが感じとれた。フランクリン・スクエア公園の木々が芽吹いていた。ノースリーブ姿の若い女性たちを見て、気分が高揚してくる。

あの女性、自分はその名を知らないことになっているティルディ・ニチンスキーから受けた侮辱からは、すでに立ちなおっていた。とにかく、彼女は自分を選びだしたのだ。彼女は徹底的に調べていた。ガルシアには能力があることを知っていた。だからこそ、彼女はひとつのスクープ、でかいネタをこの自分に与えた。それは自分をその気にさせ――いやまあ、報償のことを考え始めるのは時期尚早だろう。なんにせよ、自分はまたまちがいなく、ゲームの場に復帰したのだ。

ジェファーソン・ホテルのクウィル・バーは、首都にうごめく陰の実力者たちが顔を合わせる場所として有名で、真鍮のランプや豪奢な革張り椅子が並び、マホガニーの板壁には歴代大統領の肖像画が飾られていた。豊かさと歴史、そして権力のにおいを漂わせる場所だ。ひとは、この部屋にいるだけで、自分が重要で有力な人間になったような気分を味わうだろう。ドリンク類ですら、たんなる飲みものではなく貴重な一服であるかのように光り輝き、美しい。ガルシアはシェイカーの音がする方向へ歩いていった。そこでは、バーテンダーがカクテルの用意をしていた。

「ここでリチャード・クラークと待ちあわせているんだが」ガルシアは言った。

バーテンダーが、バーの背後にある個室を身ぶりで示した。ガルシアはこれまで、個室の存在に気づいていなかった。そのなかには、書物と、アメリカ先住民を描いた十九世紀のリトグラフがぎっしりとあった。クラークは電話中で、てきぱきと応答している。白髪の生え際が後退し、そばかすだらけであることが、もとは赤髪だったことを示していた。眼鏡を掛け、ブルーのスーツを着て、恐ろしげな笑みを浮かべている。彼が身ぶりで椅子を示した。ガルシアは従順にその椅子にすわり、彼とのあいだにあるガラス張りのコーヒーテーブルの上に録音機を置いた。クラークがはねつけるように人さし指をふったので、ガルシアは録音機をしまいこんだ。

ディック・クラークに会ったのはこれが初めてだったが、その評判は知っている。三つの政権のもとでホワイトハウスに勤務し、9／11同時多発テロがあったジョージ・W・ブッシュ政権の時代には、テロ対策の第一人者として名を馳せた。いまは、法人組織のリスク・マネージメントや戦略情報のコンサルタント会社を経営している。だが、彼を有用な――そして、その批判者たちにとって危険な――人物にしているのは、政府のさまざまな省庁にその配下の者たちが数かぎりなく、戦略的に送りこまれていることだった。クラークは官僚組織の内部に手駒を持っているのだ。強欲の渦巻くこの都市で、実際に政府の仕事を動かすひとびとを彼ほど丹念に育ててきた人間はめったにいない。そして、彼らは情報でもって彼に報いる。

また何度かイエスとノーの応答があったあと、クラークが電話をわきに置いた。

「用件は？」

「ことの始まりは、二〇一七年のサウジアラビアへのサイバー攻撃でして」ガルシアは言った。

「それが問題だと？」

「あれをやったのはロシアであることには同意されます？」

「そうだったと、言われているね」

「どうしてそうと知ったんでしょう？」

クラークが肩をすくめる。ガルシアは、クラークがなにかを見返りにもらうまで、極限まで小さな情報を細切れにしか出さないタイプのひとりであることを察した。

「わたしは以前、ファンシー・ベアの取材をしていまして」先を促すつもりで、ガルシアは言った。

「そして、いまは映画の記事を書いている」

　やはり、そうきたか。

　ウエイトレスが入ってきた。クラークがチトー・ウォッカのギブソン・カクテルを注文する。ガルシアも同じものを注文した。

「いいですか、わたしはあるタレコミを受け、その線を追ってみました。タレコミをしたのは、政府内のある人物です。とても地位の高い人物」期待をこめて、ガルシアは言った。

「アメリカのさまざまな公益事業にロシアが浸透しているという話でして」

「ははあ、ティルディがらみか」とクラーク。「彼女は聞く耳を持つ記者たちにその話をふれまわってるんだ」

「まあ、わたしも聞く耳を持つ記者のひとりなんでしょう」しぶしぶガルシアはそう言った。

「ティルディのことは気に入ってる」クラークが言った。「彼女は賢明だ。ちょっぴり妄想的ではあるが、彼女の職務にはそういう部分が必要でね。で、きみはなにを知りたいんだ？」

「まずは、サウジの工場を攻撃したのはロシアだという結論がどうして導きだされたのか」

クラークが薄っぺらな笑みを浮かべる。

「じつのところ、それはばかげた質問じゃない」誉めてやっているような口調で、彼が言った。「あれが起こったとき、わたしはほかのみんなと同様、イランの仕業だと考えた。彼らはそれ以前に、スタックスネット（イランの各施設を攻撃したコンピュータ・ワーム）への報復として、ワイパー型マルウェアでサウジアラムコを攻撃していたからね。ソフトウェアのデータがすべて消去された。三万台のワークステーションがやられたんだ。サウジはハードディスクを世界中から買い集めなくてはいけなくなった。だが、実際に傷ついた人間はいなかった。あの新たな攻撃は、イランがゲームのレベルをあげ、床にちょっぴり血をふりまくことにしたように見えた。それは、あの攻撃がロシアによるものであることが突きとめられるまでの話だった。いまは、サウジへの攻撃に用いられたソース・コードを書いたのは、旧ソ連の時代からある重要な研究組織、化学・工学中央科学研究所であることがわかっている」

「彼らの動機はなんだったんでしょう？」

「試験運用だったのかもしれない。ロシアはそういうことをウクライナで山ほどやった。サンドウォームがやったように、あれこれと試してから、本腰を入れ、電気系統をダウンさせるというやつを。ファンシー・ベアも同じだ。彼らはアメリカ政界の操作に取りかかる前に、その技術を完璧にするために山ほどのフェイク・ニュースを流した。そして、そのあと罠を仕掛けたんだ」

「やはり、ロシアがサウジアラビアを攻撃した理由がよくわかりませんね。たとえ、彼らがイランがやったように見せかける工作をしたとしても」

「こんなふうに考えてみろ」クラークが言った。「サウジアラビアとイランの戦争によって、ロシアはどのような利益を受けることになるのか？」

「原油価格が天井破りになるでしょう。それで、ロシアの経済は救われることになる」

「もっと深く考えろ」

「それはロシアとアメリカの戦争につながるでしょう」

「それは疑わしい」とクラーク。「プーチンは危ない橋を渡っている。彼は実際に本物の戦争を引き起こすことにはならないようにしながら、アメリカをより深く中東に関与させようとしているんだ」

「イランはアラビアの油田を破壊するだけでよいのでは？　それでサウジの経済は崩壊するでしょう」

「それは彼らの優先的目標ではない」クラークが言った。「サウジの油田は大半が東部州にあり、そこはシーア派が大勢を占めている。イランはそこを併合し、サウジの資源の支配権を奪いとろうとしているんだ。イランは多数のミサイルを配備して、王国のすべての海水淡水化プラントと発電所の座標を狙っている。水と電力が失われれば、サウジアラビアにはろくになにも残らないだろう」

ガルシアはクラークが語っていることを逐一、頭のなかでメモを取っていたが、話の進みかたが少々早すぎた。

「それで、そのことがアメリカにどのような影響をもたらすのでしょう？」彼は問いかけた。

「われわれはまたもや何十年にもおよぶ紛争にひきずりこまれるだろう。そして、この国は疲弊していく。その一方、まさにティルディが言うように、ロシアはわが国の送電網に混乱を引き起こそうとするだろう」

「そうなると、われわれはしばらくのあいだ、電力なしでやっていくことになると？」

「それよりもっと深刻な事態になるだろう。二年ほど前、ボストンの北部でガス爆発があったことは憶えているね？　多数の民家が爆発に呑みこまれた。消防署は八十カ所でいっせいに生じた火災と戦うはめになった。おそらくは、なにかで酔っぱらった技術者がガス供給管の圧力をうっかり三倍にあげてしまい、ガスを漏れさせたことがすべての原因だった。最初のスパークがあがったとたん、ドカンだ。さて、もし全土の電力やガスといった公益事業のバルブやメーターを支配できたとすれば、どれほどの損害を引き起こせるかは想像がつくだろう。浄水場や核施設もだ。それらの多くは、サウジの公共事業の安全を維持するために使われていたのと同じ、トライコネックスのシステムによって管理されている。変電所と発電所が破壊されたら、電力は数カ月、それどころか数年にわたって失われるだろう。ロシアの潜水艦が海底ケーブルを嗅ぎまわっている。潜水艦ならインターネット回線を切断したり、使用不能になるまで危うくすることができるだろう。この国が動かしているほぼすべてのものが停止に追いこまれることになるんだ」

「それはロシアにもあてはまることなのではないでしょうか？」

「彼らはインフラストラクチャーをはるかに強固に支配している。きわめて厳格に統制しているんだ。おそらくは、インターネットから自国のシステムを切り離すプログラムを有している。つまり、彼らは、文明を支えるインフラストラクチャーをターゲットにするサイバー戦争において、かなり有利な立場にあるというわけだ」

「この話のすべてに関して、あなたの名を引き合いに出してもよろしいでしょうか？」

「いまは決めかねる」クラークが言った。「きみがこのことを記事にする時期が近づいてきたら、こちらから知らせよう」

最終的に、クラークはその名を用いることを許可したが、それでなにかが変わったわけではなかった。その記事は《ワシントン・ポスト》紙の一面に掲載されて、賞賛され、すぐに忘れ去られたのだ。

マルコ・ペレーラがアトランタのＣＤＣに戻ったとき、ヘンリーがスカイプで連絡を入れてきた。

「ひげを生やしてるんですね」画面を見て、マルコが言った。

ヘンリーが弁解がましく顎をさする。

「時間がろくにないので、ひげ剃りの手間を省こうと思ったんだ」彼が言った。「ジルは受けいれてくれるだろうか？」

「なかなかいいひげですね」マルコが言った。「残しておいてもいいんじゃないでしょうか」

ヘンリーがほほえむ。

「考えておこうかな」

「それはそうと、この通話にはバートレット少佐も参加しているんですよ」マルコは言った。

ヘンリーが彼女を見て、即座にそうと気がつき、「ジェイン！」と叫んだ。「きみがこの件に関与してくれてよかった」

バートレットが顔を赤らめる。ヘンリー・パーソンズは彼女にとってヒーローのひとりなのだ。マルコをはじめ、多数の若手疫学者がそうであるように、彼女もヘンリーのもとで研修を受け、そのあと公衆衛生の分野でキャリアを築いてきたのだった。

「まだサウジにいるんですか？」マルコが尋ねた。

「隔離が確立するまで、ここにとどまっていなくてはいけない」ヘンリーが言った。「なにか発見はあったか？」

「いくつか驚きの発見が」マルコが言った。「推測したいんでしょう？」

「以前にも流行したことがある」とヘンリー。

「おっと、謎かけを楽しませてくれないひとですね。どうしてそうとわかったんです？」

「一九一八年にもそれが発見されたことは、きみも知ってるだろう。前兆があった。もちろん、穏やかなものだったが。そして、年配のひとびとがそれなりの免疫を持っていたことから、十九世紀に類似の種が流行したにちがいない。だが、その後ウイルスが変異し、殺人ウイルスに変わったんだ」

「今回のケースでは、発生源は中国でした」マルコが言った。「流行の発生地は二カ所。ひとつは昨年十月の黒竜江省扎龍（ジャロン）、もうひとつはその一カ月後の江西省の鄱陽湖（ポーヤン）。七人の死亡者が出たと考えられていますが、中国はまだなにも公表していません。WHOが獣医を派遣して、水鳥を調べさせたところ、やはり、鶴のなかにコンゴリのと同じウイルスが発見されました。北朝鮮で深刻な流行が発生しているとの噂があります。パキスタンの部族地域でなにかが起こっていて、イラン北部で鳥の集団死と思われるできごとが生じています。腹立たしいほど確認ができていないということ以外に、そのすべてに共通するものはなんなのでしょう？」

「渡り鳥の飛路」ヘンリーが言った。

「正解。つまり、鳥たちがシベリアでなにかを拾いあげ、中国最大の淡水湖であり、何百万羽もの野鳥が出会う場所である、鄱陽湖に行ったというわけです。鳥たちはそこで越冬して、病原体を交換し、場合によっては、一羽の鳥が異なる二種のインフルエンザウイルスに同時に感染し、ふたたび群れを成して、遺伝子断片を分かちあう。すると、コンゴリウイルスが、自然界のもっとも致死的な病原体が、誕生したというわけです」

「それにしても、なぜ以前にそれが発見されなかったのでしょう？」バートレットが問いかけた。「これはまったく新たなカテゴリーのインフルエンザです。赤血球凝集素（ヘマグルチニン）は完全にユニークで、A型やB型インフルエンザの既知の変異種のどれとも合致しません。ノイラミニダーゼが存在しないのなら、それに対処するのは困難です。加えるに、PB1遺伝子は一九一八年に流行したものと同一なのです」スペイン風邪をあれほど強毒性にした蛋白質のことだ。「これはきわめて毒性が強く、自己防御が堅固で、迅速に伝播します。その完璧さを賞賛するひともいるでしょう」

「まるで、最大限の死者を生みだすために設計されたもののように思えるね」ヘンリーが言った。

「まさか、ヘンリー」バートレットが問いかけた。「ほんとうに人工物と考えてらっしゃるわけでは？」

「強大な諸国の兵器庫の一部には、つねに生物兵器が保管されている。どこかの研究所でつくられたものと判明しても、驚くべきではないだろう。われわれも知ってのとおり、ロシアはインフルエンザウイルスの改変をやっている。すぐれた科学者たちがだ。もしかすると、戦争のための究極の兵器を、指紋ひとつ残さずに敵国を壊滅させられる兵器を、なんらかの方法で自然と協力すれば生みだせるとしたら、どういうことができるかをたしかめてみようと思ったのかもしれない」

「ワクチンの開発もしておかないかぎり、それは意味を成しませんね」とバートレット。

「あるいは、自分たちが死ぬことも気にしないのか」ヘンリーが言った。「よろこんで殉教者になる気なら、それもありうるだろう」

「アルカイダの仕業にしては洗練されすぎているように見えますね」マルコが言った。

「アルカイダが生物兵器を買おうとしたことはわれわれにもわかっている」とヘンリー。

「そして、オウム真理教という実例もある。あの教団には研究に従事する微生物学者たちがいて、そこの科学者たちは、われわれがいま手にしているテクノロジーを持てば、遺伝子を編集できる能力を備えていた。われわれは過小評価をしてはならない。どんなテロリスト集団でも新奇なウイルスをつくりだせる能力を備えているかもしれないんだ」

「真の科学者がそんなことをするとは、とても想像できませんね」とマルコ。

ヘンリーはなにも言わなかった。自分の人生のその部分は他人に知らせるつもりはなかった。

ハッジの最終日、夜明けの一時間前になったころ、空を埋めつくす数百機のヘリコプターの轟音で、巡礼者たちが眠たげに目を覚ました。巡礼者たちのほとんどは荷造りをし、この朝のうちに出発するための準備をすませていた。ハッジのツアー・バスが巡礼者たちを空港へ運んでいくために待機していたが、ムアッジンの声が響いてきたときには、すでにメッカは戦車とジープによって包囲されていた。兵士たちが道路封鎖をおこなって、フェンスを設置し、有刺鉄線を張っていた。巡礼者たちは抑留者と化したのだ。

マジドとアルシェーリ警視正がその街を見おろす丘で礼拝をしているあいだ、ヘンリーはメッカの丘に設置されたキャンプから、街の包囲網を観察していた。祈りをするのではなく、自分がこれまでにやったまちがいのすべてを思いかえすことにしたのだ。ろくな防備もせず、できるだけ早く家に帰ることだけを考え、貧弱な準備でコンゴリ・キャンプに入ったのはまちがいだった。あのドライヴァー、気の毒なバンバン・イドリスに、なにが待ち受けているかも知らないまま、いっしょにキャンプに入ることを許したのはまちがいだった。バンバンが感染していないことを確認するまで、目の届くところにいさせなくてはいけなかったのに、それをしなかったのはまちがいだった。あのドライヴァーを隔離し、国を離れるのを禁じるようにと主張しなかったのはまちがいだった。それらのすべてが、ヘンリーの良心に重くのしかかっていた。こんなふうに自分を叱責することに心のエネルギーを浪費してはいられないのだが、かといって自分を許す気にもなれなかったし、絶対に許すことはないだろうとわかっていた。

そしていま、彼が急き立てたことによって、三百万ものひとびとがフェンスに包囲され、とらわれの身となった。多数の死者が出るだろう。いずれ、この疾病はこの街から脱出するすべを見いだす。なんにせよ、それはすでに渡り鳥の群れに宿り、まもなく、その鳥たちが降り立ったあらゆる地点で出現するだろう。ヘンリーにできるのは、最善でも、歴史に刻まれるのは必然的なパンデミックの進行を遅らせることしかない。いくつもの政府が崩壊するだろう。経済が壊滅する。戦争が勃発する。なぜわれわれは、この近代世界は人類にとってもっとも狡猾で容赦のない敵、病原体の襲撃に免疫を持っていると考えるようになったのか？

礼拝が終わったところで、マジドが通信テントに入った。いまから放送するメッセージの重みがその肉体にのしかかっているように見えた。

「兄弟姉妹たちよ、われわれは偉大な犠牲をはらうべく選ばれた」マイクロフォンに向かって、彼が話しだす。その声明が何ダースもの言語に通訳され、聖地のいたるところに設置されたスピーカーを通して流されていく。聖地に伝染病がひろがっていることを彼は説明した。「この伝染病、この恐ろしい疾病の蔓延を防ぐのはわれわれの使命である。冷静さを保つように。必要なものはすべて、与えられる。食事が供給される。医師と看護師たちが病人の治療にあたる。われわれがあなたたちを守る。とにかく、だれもここを離れようとしてはならない」

ヘンリーが見守るなか、巡礼者たちが街の外れに集まり、戦闘車に乗りこんだ兵士たちや、車輌に据えつけられた銃砲を見つめる。マジドが話しているあいだにも、ひとりの若い巡礼者が足を踏みだし――まだフェンスが施されていないスペースをめざして、傲然と歩きだした。不安を来した兵士たちが、近づいてくる男を見つめる。

「くりかえす」マジドが言った。「ここを離れようとしてはならない」

突然、若い巡礼者が走りだした。そのあとを追って、ほかの巡礼者たちが殺到する。と、そのとき、ヘンリーは、若い男の体が機関銃（マシンガン）の銃撃を浴びて引き裂けるのを目にした。あとを追ってきた巡礼者の群れが、はたと立ちどまる。彼らの嘆きの声が丘陵地のほうまで届いてきた。「神の赦しがありますように」マジド王子が言った。「われらの痛ましい犠牲をお受けくださいますように」

第二部　パンデミック

17. ひとびとは赦さないだろう

ジルはもう四十八時間もヘンリーの声を聞いていなかった。これは珍しいことだ。彼はたいてい、とりわけジルが夫の身を案じているときは、ほぼ毎日、連絡を入れてくるのだが。いま彼女は不安のさなかにあり、それなのに電話は鳴ってくれなかった。Eメールの一通すら、送られてこない。

とうとう、彼女はテキスト・メッセージを送信した。「だいじょうぶなの？」

結局届いた返事は「うん。すまない。また後で」だった。

この夜、子どもたちがベッドに行ったあと、彼女はMSNBCの報道を観て、メッカでひとりの若者が射殺されたことを知った。その若者は、コム（イラン北西部にあるシーア派の聖地）在住のアヤットラー（シーア派の宗教指導者）の甥であることが判明した。怒り狂ったイラン当局が脅しをかけ、正義がなされることを要求したが、この場合、その正義がどのようなものになるかは明確には言明しなかった。CNNでは、メッカ内部にいるナディア・アル・ナバウィというリポーターが、現地の病院はどれも、この疾病についても、患者の数についても、さらには死亡者数についても、いっさい公表していないと報じていた。「彼らは非公式に、パニックを起こしたくないと伝えてきましたが、信頼できる情報が欠如しているため、ひとびとは、なにが起こっているのか、だれを信じればいいのかと思っています」

十時をちょっとまわったころ、ようやくヘンリーがスカイプで連絡を入れてきた。

「あら、そっちはいま何時なの？」ジルは問いかけた。

「まだ早朝だ」彼が言った。「いまやっと、話をするチャンスができたんでね」

「ほんとうに忙しくないかぎり、あなたがこんな仕打ちをしないのはわかってるけど、正直、ヘンリー、わたしは心配でしょうがないの。あなた、疲れきってるように見えるけど。それに、その顔、なにがあったの？」

「ひげを生やしてるんだ」気まずげに彼が言った。「こうしたほうが、この地に溶けこみやすいんだ。気に入らないようなら、剃ってしまおうか」

ジルは、画面に映っている不鮮明なイメージをしげしげと見た。

「その判断は、あなたが家に帰ってくるまでおあずけにしましょ。帰るのはいつになりそう？」

「正直言って、ジル、わからないんだ。ここのひとたちはわたしを必要としているが、もちろん、わたしはアトランタに帰りたい。肝心なのは、いまのところは隔離が維持されていること、そして、意外にも、メッカ以外の王国の土地でインフルエンザが発生したという報告がないことでね」

「テレビのニュースをいくつか観たら」ジルは言った。「過剰反応だと言ってるひとがたくさんいたけど」

「だれがそんなことを言ってたんだ？」

「イランの国連大使、これはたんなる通常のインフルエンザであり、巡礼団のなかに病人は出ておらず、彼らはみな国に帰りたがってると言ってた。イランは、巡礼者たちが解放され、即刻、国に帰ることが許可されるようにと主張してるの」

「それは虚言だね」とヘンリー。「イラン人巡礼者たちも、ほかのみんなと同じく罹患してる。そういうのはすべて地政学的発言で、その国の市民たちの健康とはなんの関係もないことなんだ」

「わたしは、あなたがそこを離れてくれたらと思ってるだけ」

「わたしもそうしたいのは山々だし、できるようになったらすぐ、ここを離れるつもりだ。

でも、よく聞いてくれ、ジル。この疾病がメッカのなかにとどまることはないだろう。この感染の波が過ぎるまで巡礼者たちを封じこめておけたとしても、鳥たちが病原体を運んでいく。それがアメリカを襲うことになるまで、どれほどの時間が残されているかはわたしにもわからない。一週間後かもしれないし、一カ月後かもしれない。きみは子どもたちを連れて、妹さんの農場に行き、そこにとどまっているようにしてほしい。二カ月分の食料を持っていくんだ。だれにも会わないように。郵便物にも手を触れないように。とにかく、避難をつづけて、わたしの帰りを待ってくれ」

「わたしたちを案じてくれるのはわかるけど、現実には、ヘンリー、考えなきゃいけないことがいっぱいあるし。なにもかも放りだして、どれくらいになるかもわからないあいだ、マギーに迷惑をかけるわけにはいかないわ」

「頼むよ、ジル。当面、そうしてくれるのが安全だと、わたしにはわかってるんだ。なにしろ、この疾病はひどく急速に伝播するだろう。だから、頼んでるんだ。家を出てくれ。どこか離れたところ、だれもきみを見つけられないほど遠いところへ行くように。この伝染病が終息するまで、子どもたちといっしょに身を隠してくれ」

ヘンリーがこれほど怯えた声で話すのは、かつてないことだった。

ヘンリーは、マジドがひとりきりで立って、隔離された街の光をながめているのを目にした。友が——決定的な選択をしたことを苦悩しつつ——そこに立っているのを見ていると、この疾病の蔓延を食いとめることに失敗した自分を顧みて、ふたたび自責の念が湧きあがってくる。ふたりの男はしばらく、無言でそこに立っていた。

「われわれがやったことは、われわれに破滅をもたらすだろう」マジドが言った。「このことを——」と街のほうへ手をふってみせる。「——ひとびとは赦さないだろう。いかなる結末になろうとも」彼は頭をすっきりさせようと、ひとつ深呼吸をした。「教えてくれ、ヘンリー。ワクチンはいつごろ開発される見込みなのか？」

「アーメド医師と話をしたよ」ヘンリーは言った。「彼は最新の罹患者から病原体を分離した。CDCが、それとわたしがコンゴリで採取したサンプルとを比較した。変化があった」

「それはよき知らせでありうる」

「うん、それはありうる。あるいは、ウイルスがより感染力を強め、より致死的になったのかもしれない。問題は、われわれは手にしたウイルスのためのワクチンは設計できるかもしれないが、今後そのウイルスがどうなるかは推測するしかないということだ」

「ひとびとになんらかの希望を与えなくてはいけない」マジドが言った。「なにか、その苦痛を耐え忍ぶための理由を」

「CDCのわたしのチームは、病原体と考えられるものを分離した。その判断が正しければ、彼らは二カ月以内に有望なワクチンをつくりだし、安全性を確認するための初期臨床試験をおこなえるようになるかもしれない」

「遅すぎる」マジドが言った。そして、メッカのほうをふりかえった。モスクが、暗い海に浮かぶ巨船のように輝いていた。「じつのところ、自分自身の兵士たちに信頼が置けるかどうか、よくわからないんだ。彼らの兄弟姉妹たちを聖なる都市に閉じこめ、この恐ろしい疾病の犠牲者にさせるといったような発想は、イスラムに対する謀略だと言う兵士が大勢いるだろう」

マジドの声に含まれたなにかを聞きつけて、ヘンリーはこう尋ねずにはいられなくなった。

「きみはどう考えてるんだ?」

「動静を見守るつもりだ」マジドが言った。

「複雑で、不確実です」翌朝、マルコがヘンリーにスカイプで連絡を入れてきて、説明を始めた。「感染後、七日間を生きのびた罹患者たちから全血採取をおこなっているところです。まさにその時点において、ユニークな細胞のタイプが発見されました。きっと、あなたにも察しがつくだろうと——」

「形質芽球(プラズマブラスト)」なぜ自分がそのことを思いつかなかったのかといぶかしみつつ、ヘンリーは言った。

「そのとおり。感染を引き起こす病原体に反応する抗体をエンコードするものです」

「では、そのあと、きみたちはそれらの遺伝子をクローンし、人工抗体を生みだすと」

「まさしく。それらを用いて、自然免疫応答をシミュレートするつもりです」

「それにはどれくらいの時間がかかる？」ヘンリーは尋ねた。

「ウイルスをブロックする最良の抗体を見つけるには、少なくとも二、三週間、細胞系をつくるのにさらに数週間、それから大規模生産を開始するまでに、また一カ月を要するでしょう。ほんとうのワクチンとはならないのは明らかですが、受動免疫を獲得することにはなるかもしれません。もちろん、それは少数のひとびとにしか提供できないでしょう。ではあっても、疾病の蔓延を遅らせるものを手に入れなければ、この疾病には対抗できません」

ヘンリーは、まだだれも思いついていないことを見つけだそうと、唇をたたきながら思考に深くのめりこんだ。

「あの研究があった」ようやく彼は言った。「一九一八年に発表された、輸血にまつわる論文」

「著者を憶えていますか？　医学雑誌名は？」マルコが問いかけた。

「憶えているのは、百年前に、いまのわれわれと同じ立場に置かれた医師たちがいたということだけでね。彼らは、うまくいくかもとわたしには思えるなにかを試みたんだ」

「わたしが見つけだしましょう」マルコが言った。

マジドがテントに入ってきて、ヘンリーが通話を終えるのを辛抱強く待った。

「もう話をしていいか？」マジドが問いかけた。「新たなことが起こった」

王子がふだんの優雅さを失い、どすんと敷物にすわりこむ。この数日で疲れきってしまったのは明らかだった。ふたりとも、そのあいだはせいぜい一日に数時間の睡眠しか取れていないのだ。

「インフルエンザがらみのことじゃない。わたしが面会に行ったときに、皇太子とその顧問たちが話しあっていたことでね」マジドが言った。「ついさっき、われわれの一族のひとりが暗殺されたことを知った。アミーラが。彼女はヴァケーションでシチリア島に行っていた。とても美しくて、若く、少なくともサウジアラビアの基準では自由な精神を持っていた。きみたち西欧人が発行している雑誌のひとつ、《ヴォーグ》誌に彼女の写真がいくつか掲載され、激しい論議を呼んだことがある。彼女を非難する人間が大勢いた。とりわけイランは彼女を放蕩者と呼び、われわれ一族の堕落ぶりを示す好例としていた。そんなわけで、たぶん腹を立てたムスリムのだれかが彼女の殺害を決断したんだろう。ただ、わが国の情報機関から聞いたところでは、イラン革命防衛隊の暗殺チームが彼女をつけまわし、彼女が水泳を楽しんでいたプライヴェート・ビーチで陥れたとのことだ。彼女を水中にひきずりこんで、溺れさせたとか」

「あの若者が隔離から逃げだそうとして殺されたことへの報復だと、きみは考えている？」

「そのように見える。いずれにせよ、皇太子とその顧問たちはイランとの戦争を求めている。彼らは、アメリカ海軍がペルシャ湾におけるプレゼンスを高めることを要求しているんだ」

そのとき突然、アルシェーリ警視正が会話を中断させた。その右目が神経質にひくついていることに、ヘンリーは気がついた。両手が震えていることにも。この男は我慢の限界に近づいているのだ。

「どうした、ハサン？」形式ばった態度をかなぐり捨てて、マジドが問いかけた。

「包囲網の突破がおこなわれることが危惧されます」警視正が言った。「ドローンによる監視で、四つの大集団がそれぞれ異なった地点で形成されていることがわかりました。各集団は、特定の巡礼団に属しているわけではありません。扇動家がモスク自体を乗っ取ったように思われます。内部の警察は役に立たないどころか、反乱者に与(くみ)しているようです」

マジドが考えこむような深いため息をついて、その知らせを吟味する。

「彼らを反乱者と呼ぶべきではないだろう」彼が言った。「彼らはなんの科(とが)もない抑留者であり、おそらくは死を運命づけられたひとびとだ。正直に話してくれ、ハサン。もしきみが彼らの立場に置かれていたら、どうするだろう?」

「閣下、わたしはつねに忠実でありますが、彼らのなかにおじがいると考えています。彼はわたしの父の兄弟にあたる善良な男で、長年、国家警備隊の一員だったのですが、いまは彼自身が所属する部隊が街を包囲しています。これは異常な事態です。わたしの部下たちにも、友人や親戚が街の内部に閉じこめられた境遇にある者が大勢いるのです」

マジドがうなずく。

「ハサン、これはまだ言っていなかったことだが、わたしの妹も初めての巡礼をおこなうために、あそこに行っているんだ。そしていま、わたしは妹の死をもたらすかもしれない命令を下した。彼女の子どもたちはくりかえし電話をかけてくる。わたしは彼らになんと言えばいい？　それは、われわれ全員にとって私的な事柄だ。兄弟のひとりとして、わたしは憤慨している！　だが、保健大臣としてのわたしは、拘束する立場にある。自分の良心に助言を求めるわけにもいかない。わたしにとって、明解な答えはなにもないからだ」

彼らが話しあっている最中に、モスクから、光塔（ミナレット）を通して放送するためのマイクロフォンのスウィッチを不器用に入れるブツブツという音が聞こえてきた。いまは礼拝の時間ではなかった。

「同胞のムスリムたちよ！」若者らしい甲高い声が叫んだ。「われわれは檻のなかで動物のように死ななくてはならないのか？　ここには何百万もの人間がいる。彼らが全員を殺すことはできない。だが、ここにとどまっていたら、みんなが死んでしまうだろう！」

マジドと警視正が状況を観察すべく、街を見おろす丘へ歩いていく。ヘンリーはうやうやしくあとにつづいた。いま起こっている事態に左右される事柄がとても多いのだ、と彼は思った。街のなかに閉じこめられたひとびとはだれもが生きることを求めているが、その多数が体内に死を宿している。もし彼らがなんとか脱出したとしても、逃げ場はどこにもない。彼らはどこに行こうと、そこにこの疾病を持ちこみ、彼らがだれよりも気づかっているひとびと――子どもや配偶者、先生や友人や職場の同僚たち――を罹患させるだろう。キスでも、咳でも、なにげない握手でも、死をもたらしかねない。なかには、この試練を生きのびる者もいるだろう。それ以外にも、まだ科学者たちの推測がおよばないなにかの理由で、免疫を備えていて、罹患を免れる者もいるだろう。だが、感染した人間の多くは別の運命をたどることになる、

「これはイスラムを抹殺するための陰謀だ！」若者の声が丘陵地にこだました。「そして、われわれをここに閉じこめた連中は敵の手先だ。やつらはわれわれの兄弟姉妹を殺そうとしている！　そいつらにこう言ってやろう。地獄がおまえらを待っているぞ！」

この遠方、丘の上から観察している男たちの耳にも、巡礼者たちが勇気を奮い起こして集結し、決心を声に出し、大嵐の接近のようなどよめきがあがるのが聞きとれた。

「彼らを阻止しなくてはならない」マジドが警視正に言った。「指揮官たちに伝えるように。だれも外に出してはならない。包囲網への殺到を食いとめるための速射をおこなえ。まず指導者たちを殺すんだ」

警視正が通信テントへ急行する。

ヘンリーは思った。眼下で銃を構えている兵士たちはどう考えているのか。この群衆を、包囲され、無防備で、不当に拘束された同胞のムスリムたちであり、安全な家に帰りたいと願っている友人や家族がとても大勢混じっているのだと見なすだろうか？　それとも、同胞たちの顔に死を、もしあの罹患者たちがどうにかして外の世界へ脱出したら、もっと

大勢のひとびとの将来に待ち受けることになる死を、見るのだろうか？

「立ちあがれ、さあ、ムスリムたちよ！」若者が叫んだ。

すさまじい歓呼の声があがり、一瞬後、数万人もの巡礼者たちが包囲網のそばに集結して、「神は偉大なり！」と唱和した。まもなく、数万人が数十万人となった。膨大な数の群衆がフェンスに押し寄せ、唱和の声が轟音に変じる。いち早くフェンスに近づいたひとびとがそれをのぼり始めたが、そのときオートマティック銃がうなりをあげ、そのひとびとが崩れ落ちた。群衆が単一の有機体と化したかのように前進を緩めたが、停止することはなかった。背後からの圧力で群衆全体が前に進み、死んだ指導者たちの体を乗り越えていく。銃撃は継続していたが、いまはもうわずかなものになっていた。群衆の勢いに押された前方のひとびとが障壁につっこんで、フェンスが根こそぎ倒れ、解放された巡礼者たちが、もはや発砲をやめた兵士たちのかたわらを通りすぎて、砂漠へ駆けこんでいった。

18. 鳥たち

ベッドに行く用意をしていたとき、ジルはそのニュースを耳にした。サウジアラビアが出入国を禁止した。航空会社は運航を中止し、国境が封鎖された。石油輸送船が進路を戻し、サウジの各港を去った。数百万もの巡礼者たちがその国に閉じこめられた。

ヘンリーが取り残された。

「これは必要な予防処置なんだ」やっと連絡を入れてきたとき、ヘンリーが彼女にそう言った。

「でも、ヘンリー、あなたはこちらで必要とされてるわ！　わたしたちだけじゃなく、国があなたを必要としているんだから！　あなたが家に帰れるようになにかをしてほしいと、キャサリンとマルコに頼まれたの。だから、これは妻が必死になって言ってるってだけのことじゃない。あなたの同僚があなたを必要としているってこと！　わたしにもあなたが必要よ。子どもたちにもあなたが必要なの！」

「ジル、わたしだって家に帰りたい。ほんとうに帰りたいんだ！　もうすでに、この地のアメリカ大使館の人間と話をした。彼らが外交用の特別機か軍用機を用意してくれるにちがいないと考えて」

「それで？」

「用意してくれなかった。これは完全封鎖なんだ。すべてはムスリムがインフルエンザを発症したことが原因でね。アメリカにムスリムを入れないための口実だが、それはこの疾病の蔓延を遅らせる助けにもなるだろう」

「ヘンリー、まさかこの現状を受けいれてはいないんでしょうね？」

「わが国の当局は誤った理由で正しいことをしようとしているんだ。しかし、われわれはこの状況と戦うための道具をあまり持ちあわせていない。封じ込めようとしても、そのつど、疾病はどこかから逃げだしていく。それでも、それなりの時間は稼げたし、まだもうすこし時間を稼ぐこともできるだろう。とはいっても、それでわたしが家に帰れるようにはならないということなんだ」

　自分たちの時代におけるもっとも破滅的な疾病を宿した国に、ヘンリーが閉じこめられた。ジルにはそのことしか考えられなかった。

マルコの顔が画面に現れてくる。ヘンリーは最初、彼が病気になったのだろうかと思った。マルコがぼうっとしたまなざしと憔悴した顔になっているのは明らかで、蛍光灯の光がそれをさらに強めていた。

「だいじょうぶか？」懸念を押し隠して、ヘンリーは問いかけた。

「絶好調」とマルコが言って、笑みを浮かべた。いつもながらのマルコだ。「それより、あなたが言及した研究を掘り起こしましたよ」マルコがつづけた。「どうしてあなたはそんなにいろんなことを記憶に残しておけるんでしょうね」

それは、二〇〇六年の《アナルズ・オブ・インターナル・メディシン》に掲載された論文で、一九一八年に発生したインフルエンザの新たな治療法に関するメタ分析だった。著者たちは、効果的な治療法が——現在とまったく同じく——見いだせなかったそのパンデミック期間におこなわれた、八つの研究を再評価していた。その当時、絶望的になった何人かの医師たちが、輸血というアイデアに救いを求めた。疾病を生きのびたひとびとの血液から血清を抽出し、罹患者に輸血するという思いつきだ。

「とんでもない研究ばかりでして」マルコが言った。「無作為試験はまったくなし。投与基準もなし。なんの標準化もなかったんです。彼らは戦時に、検閲を受けながら研究をしていたので、否定的な結果の公表は妨げられたんでしょう。おかしな結果がやたらと多くて」

マルコはCDCにあるウイルス学ラボのデスクの前にすわり、同僚たちが周囲に集まっていて、ヘンリーは自分もそこに加わりたいと思った。どの顔もマルコと同様、睡眠不足の様相を呈していたが、彼らの目には大きな期待感が浮かんでもいた。

「しかし……?」ヘンリーは問いかけた。

「しかし、死亡率の明らかな低下が見られました」

輸血は、周知のごとく、死に至りかねない肺の損傷を含む、さまざまな危険をはらんだ処置だ。治療の最終手段と言っていい。通常の輸血では、献血者(ドナー)と受血者(レシピエント)の双方をテストし、ドナーの血に病原体があるかどうかを検査する必要がある。その処置は、きわめて衛生的な環境でおこなわれなければならない。もし輸血が功を奏したとしても、レシピエントに対してドナーの数が足りなくなって、論議の多いトリアージの問題が引き起こされるだろう。

「ほかにも見つけました。もっと最近のものです」マルコが言った。

それは、《ニューイングランド・ジャーナル・オブ・メディシン》に掲載された論文だった。二〇〇六年六月、ひとりの中国人トラック運転手が検査されてA型インフルエンザH5N1亜型陽性と判明し、それが家禽に蔓延して、数名の人間の感染例において高い死亡率を示したことが報告された。その運転手は発病してから四日後に深圳(シンセン)の病院へ搬送された。そして抗ウイルス薬による治療を施されたが、病状の進行を食いとめることはできなかった。絶望的になった医師たちは、数カ月前に同じ感染症に罹患して回復した患者から血漿を取りだした。運転手は二日にわたって三度、二百ミリリットルの血漿を投与された。

「三十二時間後には、ウイルス量がまったく検知されなくなったんです」マルコが言った。

「ジェイン・バートレットを呼んでくれるか」ヘンリーは言った。

しばらくして、バートレット少佐の顔がゆらゆらと画面に出てきた。

マルコがジレンマに陥っていることを説明すると、彼女はすぐに内容を把握した。輸血というのは、精製され、検査され、大量生産されるモノクローナル抗体とは、わけがちがう。その一方、輸血では、たったひとりの回復した患者から、じゅうぶんな量の血漿を何人かの患者に供給することができるのだ。

「おっしゃってるのは、効果が確認された患者が過去百年のあいだにひとりはいたということですね」バートレットが、説明された研究の内容に目を通す。「これをもとに方向性を定められるものかどうか、判断しかねます。CDCはこの治療法を推奨するつもりがあるのでしょうか？」

マルコがヘンリーの答えを待っていた。

「臨床試験なしではできない」とヘンリーは結論づけた。

「それなら、六カ月はかかりますね」バートレットが予想した。「メディケア（アメリカの高齢者および障害者向けの公的医療保険）も民間の医療保険も適用できないとしたら、この治療の費用はだれが支払うことになるんでしょう？」

「公衆衛生上の危機として、保健福祉省に認可を求めることはできないか？」

「ヘンリー、もちろん、それはできますが、医療保険の問題を解決することにはならないでしょう。この処置はまったく試されていません。これらの研究は不確かで、不十分です。臨床医にとって信頼性の問題はとても重要であり、対処に窮するかもしれません」

「しかし、もしきみがコンゴリの患者を――高熱を発し、ウイルス量がうなぎのぼりになり、どんな処置も受けつけなくなった患者を――治療するとしたら、どんな助言をするだろうか？」ヘンリーは問いかけた。「いったいなにをするだろうか？」

「なんでも」とバートレットが言った。声が割れていた。

全員が即座に、彼女の感情を理解していた。だれもが身近なだれかを亡くしているのだ。このあとどうなるか、彼らはすでに察していた。

パニックは起こっていたものの、アメリカにコンゴリウイルスが入りこんだことを示す証拠はほとんどなかった。ミネアポリスにおける流行は軽微で、すぐに抑えこまれた。最初の症例は中東から帰ってきた旅行者で、それはムスリムがこの疾病をひろめているという陰謀論を生みだした。だが、その旅行者は福音派キリスト教徒で、キリスト教の聖地への旅をしたことが判明した。どうしてその男がコンゴリウイルスに感染したのかは、謎だった。

時を同じくして、ミネアポリスにおいて千二百例を超える季節性インフルエンザの患者が発生したが、ほぼすべての症例が——一九一八年にパンデミックを発生させたウイルスのひ孫のような——A型インフルエンザH1N1亜型だった。そのウイルスはいまも毒性の強い亜種であり、二〇一七年には八万人ものアメリカ人に、世界全体では五十万人ものひとびとに、死をもたらした。だが、検査によってコンゴリウイルス陽性となった患者は、くだんの旅行者を含めてわずか四名しかおらず、その全員が生きのびたことで、〝競争相手〟であるインフルエンザの亜種ウイルスがなんらかの免疫を生みだして、新たなパンデミックを抑えこむのではないかという仮説に希望を与えた。

リトルロックにおいてA型インフルエンザの比較的小規模な流行があり、そこでコンゴリウイルスの第二の症例が発生して、それは予想よりはるかに感染力が強いことが証明された。それでもなお、そのウイルスの毒性は、通常の季節性インフルエンザと同じ程度であろうと思われていた、一週間後には、食料品店の営業が再開され、すぐにほかのさまざまなビジネスもそれにつづいた。国境を開けて、経済を回復させろという政治的圧力が強まった。まだインフルエンザの発生が報告されていない各地では、ひとびとが、当面、自分たちは安全だと思いこもうとしていた。

そして、ついに、フィラデルフィアで。

伝染病が猛威をふるった都市は数多あるが、そのなかでもフィラデルフィアは、それに耐えるための歴史的教訓をもっとも身に沁みて学んだ都市だ。一九一八年、二百万の人口を擁していたフィラデルフィアは、堕落した無能な公衆衛生当局が適切な対策をおこなわなかったために、スペイン風邪によって壊滅的な打撃を受けた。最初は数百名のフィラデルフィア市民が、ついで数千人が――一九一八年十月のたった一週間のうちに四千五百九十七名の市民が――死亡した。その流行期の前週にさまざまな原因で命を落とした市民の十倍にあたる数だ。医師と看護師たちが英雄的な仕事をしたが、彼らの死亡率はすべての業種のなかでもっとも高かった。墓掘り人たちも命を失ったり、仕事を中断したりした。膨大な遺体の蓄積はそれ自体が衛生問題を引き起こしたが、なによりも都市の士気が低下したのが問題だった。自宅で亡くなったひとびとの遺体がそのまま何日も放置され、墓地は埋葬の料金をつりあげ、やがて遺族にみずから墓を掘ることを強いるようになった。ついに、市当局が蒸気シャベルで巨大な穴を掘り、その長大な溝に遺体が投げ入れられるときに聖職者が祈りのことばを送るという事態に至った。

そして一世紀あまりが過ぎたとき、コンゴリウイルスがフィラデルフィアに忍びこみ、ほとんどだれにも知られないうちに街全体にひろがっていった。復活祭(イースター)の日曜日、数十万人もの市民が教会のミサに参列し、そのなかの多数のひとびとが感染したばかりの教区民と接触した。そして数日のうちに、その都市はウイルスに屈服した。ペン・プレスビティアリアン・メディカル・センターは、トップレベルの大都市メディカル・センターはどこもそうであるように、エピデミックに対応しうる設備を有していたが、重症化したすべての市民を受けいれる準備はまったくできていなかった。その周囲にあるペンシルヴァニア州各郡と、隣接するニュージャージー州の病院も、事情は同じだった。

フィラデルフィア市長、シャーリー・ジャクソンはパンデミックの歴史を学んでいた。母親が看護師だったことで、彼女は医学の専門家たちのなかで育った。ジョンズ・ホプキンズ大学で、仮定の致死的な疫病の流行に関する講義を受けていた。そんなわけで、このような場合の規定をよく心得ていた。そして、天性の決断力があった。サウジアラビア国外でこの疾病の症例が発見されると、彼女はただちに緊急指令システムを発効させ、地元の公衆衛生当局、病院、緊急時対応要員、そして合衆国政府の担当部局に協力を要請した。公衆衛生サービスのバートレット少佐に連絡を入れ、少佐はホワイトハウスにおける連絡将校としての職務に加えて、都市の公衆衛生対応の調整にあたった。ジャクソン市長は、国の非常時用保管倉庫からの医療物資増援を要求した。フィラデルフィア大都市圏エリアにある三つのメディカル・スクールの学長に電話を入れ、即刻、学生たちに緊急医療の訓練を施すようにと指示した。その広域大都市圏にいる第一対応者の全員が、スマートフォンに接続できて、即座に体温を検知できる、赤外線サーモ・カメラを与えられた。ふだんはNBAのセヴンティシクサーズが試合をしているウェルズファーゴ・センターに、臨時の病院スペースが設けられた。どの大都市のリーダーも、伝染病へのこれほどすぐれた備えはできなかっただろう。《ニューヨーク・タイムズ》紙がその一面で、彼女のリーダーシップを賞賛した。

そんなジャクソン市長でも備えができなかったのは、パニックに対してだった。自殺と殺人が、そして憎悪犯罪(ヘイトクライム)が、とりわけ大きなムスリム・コミュニティがある街の北部で、驚異的に増加した。いまはもう、この疾病の発生源は――ムスリムの同性愛者たちが収容されたインドネシアの強制収容所だと――よく知られていて、陰謀論者たちがコンゴリウイルスはなにかの陰謀だと恐怖を煽りたてた。陰謀論のひとつは、ムスリムたちがキリスト教文明を滅ぼすためにこの疾病をつくったのだというものだ。また、ネオ・ナチの科学者たちがムスリムの絶滅を狙ったのだという説もあった。第三の仮説は、同性愛者に対する世界規模の戦いを主張していた。それらの妄想が、ロシアのボット（インターネット上で自動化されたタスクを実行するアプリケーション）によってソーシャル・メディアにひろまり、インターネットの風評拡散屋たちによって増幅され、遠隔操作によって撒き散らされ、自宅に閉じこもっているようにと何度も警告されているときであるにもかかわらず、陰謀論に刺激されたひとびとが街へくりだすことになった。フィラデルフィアのメイン・モスクの指導者（イマーム）がその教区民たちに、陰謀論は無視するようにと強く言ったが、彼が話をしているあいだに、その建物に二個の火炎びんが投げこまれた。

それまで、シャーリー・ジャクソンはこの国最高の都市リーダーとは見なされていなかった。彼女が政界に入ったのは、聖公会聖職者の夫を癌で失ったあとのことだった。公職に身を投じたのは、みずからが受けた苦しみに意味を見いだすためだった。怯えたり嘆いたりしているひとびとに対してどのように話をすればよいかを、本能的に知っていた。自分が主宰する日々のビデオ会議のなかで、彼女は「フィラデルフィアは試されているのです」と意見を述べた。単刀直入に彼女は言った。「この街の病院が機能不全に陥っているのは、インフルエンザによって医師と看護師たちの多数が仕事に就けなくなったことだけでなく、医療技術者や医療補助員、セラピストや薬剤師の人員が、そして――決定的なことに――雑用スタッフの数までがひどく払底し、そのために、細菌による感染症がインフルエンザによるもの以上に多数の患者の死を招いているということです」彼女はことばをつづけ、病気と恐怖が、ひとの死を扱う産業をひどく荒廃させていると主張した。私設救急車サービスは事実上、姿を消していた。彼女はフェデックスとUPSのトラックを徴発して、死体運搬車にし、遺体は市民公園に急造された大規模な墓地へと運んだ。無数の遺体が、引き取り手がなく、あるいは発見されないまま放置された。「この街の市民が恐怖によって分断されてはなりません」彼女は言った。「フィラデルフィアはいまも、これからも、兄弟愛の街でありつづけます。それこそがわれわれのありようなのです。インターネットでどのような記事を読もうが、だれかがだれかに責任を押しつけようとしていようが、われわれの職務は、わが街の兄弟姉妹を愛し、この苦難の時に彼らを安心させて、街のコミュニティを守ることにあります。冷静さを保ち、心を開き、窮乏者を助け、協力してこの状況を乗り越えましょう」市長は、地元の病院にボランティアとして参加し、遺体を処理する不快な仕事に手を貸すことでフィラデルフィア市民を鼓舞した。そしてみずから、この新たな疫病の感染率が不釣り合いに高いホームレスを支援するという手本を示した。

エピデミックが発生して十日後、ジャクソン市長がコンゴリウイルスによって死去したのは、士気をくじく大打撃となって、街が完全に回復することはなかった。そして、この病原体はさらに蔓延していった。

アーカンソー州の農夫がコンゴリウイルスによって死亡した。その死は、その時点ではたいした問題にはならなかった。彼は山岳地の小さな街のスカウトマスター（ボーイスカウトの班の隊長を務める成人）で、週末に自分の班を率いてリトルロックへ行っていたので、そこで疾病に感染したのだと考えられていた。だが、班に所属するボーイスカウトたちはだれも罹患していなかった。一週間後、CDCが、その農夫は鶏の生産者だったことを知った。全土の保健衛生担当職員たちに、現地の家禽の感染に警戒するようにという警告が発令された。

メアリ・ルー・ショーネシーは、ミネソタ州セントポールにあるアメリカ合衆国農務省（USDA）事務所に所属する臨床獣医師だ。その職務は輸出向けの家畜の健康を守ることにあった。なにかあれば、その産業分野は一瞬で壊滅する。二〇〇三年、ワシントン州で一頭のホルスタインが狂牛病を発症したときは、即座に三十を超える国がアメリカ牛肉の輸入を中止した。ミネソタ州は、全土でもっとも多く七面鳥を生産している州なので——州内の六百を数える家禽農家が五千万羽に近い七面鳥を生産しているのだ――鳥インフルエンザの問題にはとりわけ神経を尖らせていた。それだけでなくミネソタ州はたまたま、渡り鳥が北極海に面するカナダの北端からメキシコ湾に面するルイジアナ州へと飛行する〝ミシッピ飛路〟の、主要な中継地でもあった。

メアリ・ルーは仕事のパートナーである州の獣医師、エミリー・ランカウを乗せて、州道23号線へ車を走らせた。ふたりの女性は以前からチームを組んでいて、いっしょにすごせる時間を増やせるということでこの旅に志願したのだった。どちらも大学ではアカペラ同好会に所属していて、自動車旅行をしながらハモるのを楽しんでいた。行き先は、七面鳥産業の中心地、カンディヨーハイ郡で、そこでは二〇一五年に強毒性のH5N2型鳥インフルエンザの発生があった。その疾病は、アジアから飛来する渡り鳥から家禽に感染した可能性が高かった。そして、四千八百万羽を超える七面鳥が死ぬか、殺処分されるかになった。

ふたりは穀物サイロ群の前を通りすぎ、鉄道の踏切を越えて、車を走らせていった。この季節には見るべきものはたいしてなかった。ミネソタのこの一帯は平坦な耕作地だが、まだ四月とあって、畑はどれも休耕中だった。もう少したてば、トウモロコシや大豆の作付けがおこなわれるだろう。

「どうせなら、先にスティーヴンソンのところへ行ったほうがいいかも」エミリーが言った。

「面倒なことを先にすませようってわけね」メアリ・ルーは言った。

ミスター・スティーヴンソンは――どちらもファーストネームを思いだせなかった――やりにくい相手だった。その地域で最大の農場主のひとりだが、ミネソタ3パーセンターという名称で知られる武装私兵団(ミリシア)の一員でもある。その名称は、アメリカ独立戦争のころ、わずか三パーセントのアメリカ入植者たちが大英帝国に戦争を挑んだという、根拠の怪しい主張に基づくものだ。そのミリシアはブルーミントンのモスク爆破の実行犯としてもっともよく知られているが、スティーヴンソンがその事件で起訴されたわけではなかった。

彼の農場に通じるゲートは、上下を逆さまにした星条旗が――この郡内のほぼ全員をいらだたせる救難信号が――そこの旗竿に掲揚されていたので、かんたんに見つかった。スティーヴンソンは、どう思われようが気にしないことを明確に示していた。彼は自宅学習で子供を育てている生き残り主義者(サバイバリスト)なので、なんであれ、外の世界とはほとんど関わりを持たないのだ。

メアリ・ルーは、USDAのロゴがドアに明示されている白のフォード・エクスプローラーを、農場の家の前に駐めた。彼女とエミリーはどちらも、思いきり陽気な表情をつくってトラックを降りた。すでにスティーヴンソンが網戸の向こうに立っていた。

「ミスター・スティーヴンソン、きょうはご機嫌いかが！」メアリ・ルーは言った。南部育ちなので、どんな敵意でもすぐに乗り越えてしまうような気安い陽気さを装うことができた。

「通知してから来ることになっているはずだ」網戸越しに彼が言った。「こっちはなんの知らせも受けていない。まったくなにもだ」

「それはその、あなたが電話をお持ちじゃないから。そのことは前回もお話ししましたね」

「郵便は受けとってる」このころには、子どもたちの一群が彼のまわりに集まってきていた。

「わたしたち特別視察の権限があるの、ミスター・スティーヴンソン。事前に電話なり、郵便で通知できればいいんだけど、緊急下での執行なので」

彼の表情が快活になる。「緊急とは？」

「あら、ミスター・スティーヴンソン、ニュースはご覧になってらっしゃらない？　恐ろしいインフルエンザの。大勢のひとびとが罹患した、とても恐ろしいインフルエンザの。フィラデルフィアで大流行が発生しています。ミネソタに来ないといいんですが！　われわれがここの鳥たちをチェックして、オーケイであることを確認しなくてはいけないんです」

「うちの鳥たちは元気だよ」

「それを聞いて安心しました。いまからちょっとようすを見て、すぐまたよそへ移動しますので」

ふたりはトラックを発進させ、母屋と飼育小屋群のあいだにひろがる、がらんとした草地に出た。エミリーがぶあついビニールシートをひろげたところで、ふたりは運んできた備品類を――ゴミ袋、アイスボックス、サンプル採取用の綿棒、消毒用のポンプ式スプレー、そして身を守るための防護服を――トラックから降ろした。スティーヴンソンの子どもたちが草の上や木の枝にすわって、装備を身につけるふたりをながめていた。

「ストリッパーになったような気分じゃない？」エミリーがつぶやいた。「これはまあ、その反対だけど」

「ちょっとダンスをしてみせたほうがいいかも」メアリ・ルーは言った。

「そうは思わない」

まずフード付きのタイベック・スーツを着こみ、そのあとテニスシューズの上から二重になったビニールの靴カバーを履く。両手にビニール手袋をはめ、スーツの袖口のところをダクトテープでふさぐ。手袋を二重にはめる。ヘアネットとゴーグル。そして最後に、N95マスク。身につけたすべてのものに殺菌剤をスプレーし、外部の感染源を消滅させる。この服装になると、知覚が制限され——視野が狭まって、音が聞こえにくくなる。歩くのもひと苦労だ。閉所恐怖を感じたり、妄想的になったり、ちょっとおかしな気分になったりする。スティーヴンソンの子どもたちがふたりを追って、最初の飼育小屋までやってきた。

これは雄鳥用の小屋だった。雌鳥は別の飼育小屋にいた。ふたつの小屋を合わせると、二万七千羽の七面鳥がいるのだ。エミリーが最初の小屋の扉を滑らせて開く。いい仕事がなされていることは、彼女も認めざるをえなかった——清潔で、照明は明るく、空気はたっぷりで、敷き藁も真新しい。それでも彼女は、家禽類の飼育小屋に入るといつもそうなるように、なんと刑務所に似ていることかと感じて、愕然とした。ここの鳥たちはすべて白で、刑務所の庭をうろつく収監者のように、並んでいる餌箱を行ったり来たりしていた。もじゃもじゃしたピンクの首と青みがかった頬をしていて、あざやかな羽根を持つ野生の〝いとこ〟たちのような威厳はどこにも見てとれなかった。鳥たちは絶え間なくほぼ同時に餌を飲みこみ、喉の鳴る音を立てていた。においは、例によって、ひどかった。

スティーヴンソンの子どもたちのひとり、ブーツにカヴァーオール姿の男の子が、飼育小屋に入ってくる。

「お名前は？」メアリ・ルーは男の子に問いかけた。

「チャーリー」

「ここの鳥たちは何歳かしら？」

「十七週」

「そろそろ出荷する時期でしょうね」

「うん、おばさん」

ふたりが七面鳥の群れのあいだを歩いていくと、七面鳥たちはてんでに散らばって、ふたりの周囲を不安げに取り囲んだ。エミリーが背後にいる鳥たちに注意を向ける。健康な鳥は好奇心が強く、通常は、スティーヴンソンの子どもたちのように、あとについてくるものだ。メアリ・ルーとチャーリーがおしゃべりをしているあいだに、エミリーが綿棒を使い始めた。一羽の雄鳥をつかみあげ、頬をはさんで嘴（くちばし）を開かせてから、綿棒で粘膜をこすする。そのあと、彼女は直径五ミリメートルのポリプロピレン製チューブに綿棒を押しこみ、ラベルを貼った。総排泄腔のなかへ綿棒を回転させて押しこめるようにするために、メアリに手伝わせて、一羽の大きな雄鳥をひっくり返し、そこの上皮細胞を採取した。

「なにをやってるの？」

エミリーが目をあげると、幼児用のよごれたエプロンをした小さな女の子が裸足で立っているのが見えた。

「ハニー、パパといっしょでないと、ここに来ちゃだめよ。パパもそう言ったんじゃないの？」

女の子がうなずく。

「だったら、パパのところに戻って。わたしたちがなにをやってるかは、パパが教えてくれるでしょう」

女の子がぐずぐずしていると、チャーリーが妹に、出ていけと叫んだ。女の子は不機嫌な顔になり、扉のすぐ近くまで歩いていったが、飼育小屋から出ていこうとはしなかった。

エミリーが翼の下の血管から血液を採り、最初の鳥のサンプル採取を終えた。ほかに一ダースほど、ほぼ無作為に鳥を選んで、サンプル採取をつづけていく。

「エミリー！」

彼女がそちらへ目を向けると、飼育小屋の反対側の端に、メアリ・ルーがチャーリーと並んで立っているのが見えた。

「この鳥たちを見て」エミリーがふたりに合流すると、メアリ・ルーが言った。

一羽の七面鳥がうずくまっていて、つっついても立とうとしなかった。エミリーが膝をつき、その鳥の顔をのぞきこむ。うなだれていて、まぶたが腫れていた。

「チャーリー、最近、死んだ鳥はいる？」

チャーリーは答えなかった。じっと飼育小屋の扉のほうを見つめていて、そこに、背後から陽光で照らされたミスター・スティーヴンソンが立っていた。両手を防護オーヴァーオールのポケットにつっこんでいて、その影が飼育小屋の床に投げかけられている。彼がだしぬけに背を向けて、立ち去った。

エミリーとメアリ・ルーはサンプル採取を終えると、トラックのそばにひろげたシートのところへひきかえし、さっきとは逆の手順をおこなった。フットバスに足を浸して、消毒をしてから、防護服一式をゴミ袋に入れ、袋に殺菌剤をスプレーする。トラックのタイヤにもやはりスプレーをした。ピュレルの消毒剤を使って、両手と顔を拭く。そのあと、ふたりはセントクラウドのフェデックス営業所へ急行し、採取したサンプルをアイオワ州エイムズにあるUSDAのラボへ送った。

「これって、いやな感じがする」メアリ・ルーは言った。

19　それはワクチンではありません

「連日、同じ報告を受けてるけど」とティルディは言って、バートレット少佐を叱責した。少佐はいまや――南部なまりで手短に陰鬱な予想を話すさまが〝未来の聖降誕祭の幽霊〟のようで――副長官級会議の不吉な陪席者となっていた。「ワクチンはない」指折り数えながら、ティルディは言った。「医薬品はない。治療法はない。なにか前向きなことを言ってくれなくては！　アメリカの市民たちは不安をいだいて暮らしているのよ」

　バートレットが、同情しているのだとティルディにはすぐに見分けがついた顔になって、それに答える。

「計画はあります。われわれは何年も前から、CDCや国立衛生研究所（NIH）、ジョンズ・ホプキンズ大学やウォルター・リード軍医療センターで、数多くの計画を立ててきました。それを実行に移すための諸資源と人員が与えられなかっただけのことです。たとえば人工呼吸器といったようなものが。重いインフルエンザの症状を届け出た患者の三十パーセントほどが人工呼吸器を必要とするだろうと推定しています。現状では、必要とする患者の一パーセントほどにしかそれを供給できません。その一方、必須の医薬品の在庫が欠如しているため、多数のひとびとが本来は治療可能な疾病によって死亡しています。それらの医薬品はすべてインドや中国で製造されており、その両国もまたパンデミックに襲われています。注射器、診断検査キット、手袋、人工呼吸器、消毒薬といった、患者を治療し、われわれ自身を守るために必要なすべてが底をつきかけているのです」

「ハニー、きみが事情を理解しているようには思えないね」突然、重々しい声が割りこんできた。副大統領だった。彼は元州知事であり、タフなふるまいでよく知られたラジオ番組司会者でもあった。大統領によってパンデミック対策調整者に任命され、このごろは副長官級会議に出席するようになっている。彼が参加し始めると、この部屋には職員や記録係が壁際にびっしりと居並ぶようになった。「われわれは実行可能なことを必要としている！　それも、きょうのうちにだ！　大統領は行動を求めている。いますぐの行動をだ！」

バートレットが身をこわばらせた。

「みなさんがわたしになにを言わせたいかは承知していますが、それはわたしの職務ではないのではありませんか？　わたしの職務はみなさんに情報を伝えることでしょう。ほんとうの情報を。それを用いてなにかをなすのが、みなさんの職務です。いままで、みなさんが各自の職務を果たしてこられ、われわれが求めた諸資源を供給してくださっていれば、国民が疾病に苦しみ、経済がひどく悪化し、墓地が遺体でいっぱいになっているこのときに、われわれが指をくわえてすわっている事態にはならなかったでしょう。すべては、みなさんのような方々が、公衆衛生に関して、われわれが必要としているほどの注意をはらってこなかったからなのです」

副大統領が、バールで一撃を食らったような顔になる。しばらく、だれもが恐れをなして、口を開こうとしなかった。

「肝要なのは、安心感をもたらすようななにかを大統領に伝えねばならないということです」穏やかな声でティルディは言った。「希望が感じられるようななにか、進展が感じられるようななにかを。すぐにワクチン接種をしてもらえるだろう、自分は守られているのだと、ひとびとに感じさせるようななにかを」

バートレットがごくわずかに首をふった。またもや同情の表現。

「たとえワクチンが用意できたとしても、問題はまだあります。だれにそれを投与するのか？　ワクチンを増産できるまでには何カ月もかかり、しかも製薬企業が信頼性を確保できるようになるまで、製造を開始することもできません。つまり、標準的な安全確認試験をおこなう時間はないということです。こう申しておきましょう。最初の週に一万、つぎの週に十万、そのつぎの週に五十万のひとびとに投与するといったことになると。それでもまだ、ある種の集団免疫を生みだすのにじゅうぶんな段階に到達するには、何ヵ月もかかるでしょう。そうなってもなお、安全を期すには二度もしくは三度の投与が必要となります」

副大統領が威厳を取りもどすべく、読書眼鏡を掛け、ブリーフィング・フォルダーのページをめくって、あわただしく目を通していく。

「この免疫血清というのはなにかね？」彼が詰問した。

「ＮＩＨが疾病を生きのびた患者たちの血清を検査し、それを受動免疫療法に用いることができるかどうかを調べています」

「で、それはできるのか？」

「それなりに。一時的なものとして。理論上はできます」

「ワクチンが開発されていると大統領に表明させることはできるのか？」

「それは正確にはワクチンではありません」

「正確にはなんなのだ？」

「モノクローナル抗体。感染やワクチン接種のあと、免疫システムが自律的に生みだすものですが、人工的に合成できます。それを投与すれば、数週間は免疫を維持することができるかもしれません」

副大統領がいらだちを覚え、がっしりした顎を食いしばる。

「大統領にこう表明させることはできるか。有望な治療法ができつつあり——」

「それは治療法ではありません。最善の場合でも、それがもたらせるのは数週間の——」

副大統領が警告するように片手を掲げ、バートレットの割りこみに対する不快感を表した。

「——真の進展がなされようとしていると。いまは、ここまでにしておこう」副大統領がブリーフィング・ペーパーをかき集め、肩ごしに背後へ持ちあげる。それをその手から側近が受けとることがわかっているのだ。

「まだ治験がおこなわれていません」バートレットが反論した。「いまはフェレットを使って実験をおこなっているところでして」

「ひとつ、教えてくれ」副大統領が言った。「そのフェレットたちは生きているのか？」

「ほとんどは。ですが、実験はまだ継続中で——」

「そのしろものが投与されていなかった場合より、たくさんの数が生きているのか？」

「それにお答えするのは不可能です。まだ死亡率のデータが出ていませんので」

「で、それはいつになったら出るんだ?」

「二週間ほど先です」

副大統領が口もとを引き締める。

「なぜ治験をやらないんだ?」彼が問いかけた。「なぜ、いまやらないんだ?」

「人体に適合するものを製造できるようになるには、まだ数ヵ月を要しましょうし、モノクローナル抗体のみでは、急激に変異するウイルスを漏れなく防ぐにはじゅうぶんではないでしょう。つまり、それはハイリスクということです。それだけでなく、抗体血清をだれに、どのような順序で投与するかを決める、優先順位リストの作成も考慮すべきです。それはほんとうに少量となるでしょう。優先すべきは政府の閣僚なのか? 第一対応者なのか? 子どもたちなのか? 軍隊なのか? 妊娠している女性なのか? 州兵なのか? 抽選にするべきなのか? どうするかは、みなさんがお決めになるしかありません」

「われわれがこれをなす必要があるという点については同意しよう。だが、抽選をしたり、スケジュールを発表したりということはしない。それは政治的混乱をもたらすだろう。そのワクチンのことは秘密にしておき――」

「それはワクチンではありません」バートレットが念を押した。「それと、お忘れなきよう。数週間後、その時点でほんとうのワクチンが開発されていないかぎり、ふたたびそれの投与が必要となるでしょう」

副大統領がテレビ映えのする青い目にありったけの威勢をこめて、バートレットをにらみつける。

「よし、社会のもっとも重要な構成要員の安全が確保できるまで、なんであれ秘密にしておこう。お偉方たちが予防注射を受けているあいだに、何人の子どもが死ぬのかという疑問を民衆が発することのないようにするのだ」

「ここから二時間で行けるフィラデルフィアでエピデミックが吹き荒れているのですから、これが急を要する事柄であることはご理解いただけますね」ティルディはこのうえなく丁重なことばづかいで言った。

「ワシントンでもインフルエンザが発生しているのです、マーム」

「なんだと」副大統領が言った。「いつ発生したんだ?」

「けさ、この街の三つの病院から報告が入りました。これまでのところ、総計で十九例。もしフィラデルフィアのように急激に蔓延すれば、三日ないし五日のうちに全面的なエピデミックになるでしょう」

ティルディはなにも言わなかった。テーブルを見まわすと、副長官たちの顔に絶望の色が浮かんでいるのが見てとれ、自分もまた同じ表情になっているにちがいないと思った。

「よき知らせもあります」とバートレットが言い、にわかに全員がテーブルに身を乗りだした。「よき知らせとは、もし運がよければ、約六カ月以内に一定の有効性があるワクチンを大規模に用意することができ、第二波の襲来に間に合う期待が持てるということです」

「第二波とは？」

「一般に、パンデミックは、感染が終息して、例年流行する通常のインフルエンザのひとつになる前に、二度もしくは三度の大きな波を起こすということです。平穏な状況が継続するのは、つぎのパンデミックが発生するまでのことです。つまり、もしこれが一九一八年のインフルエンザのようなものであれば、ほんとうの大波は十月に襲来するというわけです。しかし、言うまでもなく、これがそのようになるかどうかは、われわれにはわかっていません」

沈黙を、大きなくしゃみの音が破った。だれもが息を呑んだ。

「アレルギーでして」エージェンシーの男が弁解するように言った。

「あなたの話では、これはまったく新奇の疾病ということね」ティルディは言った。「人工物という可能性はある？　天才科学者たちがどこかのラボでつくりだしたものだとか？」

「合成ウイルスなのかどうか、われわれにはまだ判断がつけられません」バートレットが答えた。「これには、ラボでつくられるウイルスによく見られる遺伝子の連鎖はありませんが、いままでに自然界において発見されたウイルスのようなものでもないのです」

「そのようなものをつくる能力を持っているのはだれでしょう？」

「それはわたしの担当分野ではありません、マーム」

ティルディはエージェンシーの男に目を向けた。

「リストのトップにあるのはロシアです」男が言った。

「ロシアのひとびとは、コンゴリウイルスはアメリカの陰謀だと言っている」国務省が言った。「彼らはこの問題にヒステリックになってるんだ」

「うーん、そうなのかしら？」ティルディは問いかけた。

その問いはテーブルの上に宙ぶらりんになったが、しばらくしてやっと副大統領が口を開いた。

「ばかなことを言うな」

20 たがいを治療

ヘンリーはジッダのマジド王子の宮殿でコンピュータの画面に世界地図を表示させ、コンゴリウイルスの流行の発生状況を吟味した。隔離をしたにもかかわらず、メッカで流行が発生したその月のうちに、この疾病は広範にひろがっていた。さまざまな色合いの赤で、疾病の発生が示されている。サウジアラビアとイラクは濃い赤。そこから感染がひろまったのだ。イランは明るい赤で、アフガニスタンとトルコは赤の濃度が減じてピンクになっている。ロシアは不思議なことに、モスクワにピンクの点があるだけで、ほぼ感染を免れていた。中国は、東部が淡い赤で、多くがムスリムであるウイグル人が集中している西部は赤だった。インドは各都市にピンクの点が打たれていたが、パキスタンはほぼ無傷だ。ヨーロッパ北部は、毛布を掛けたような大きなピンクで覆われている。アメリカは、全土にわたってさまざまな濃度の赤の点が散らばっていたが、大きなピンクの点はない。流行は主として都市で発生しているのだろう。カナダは一カ所、トロントにだけ小さな流行が発生していた。南半球は大部分が無傷だ。そこの季節が冬になれば、状況は変わってくるだろう。

「この疾病が鳥の群れによって伝染することはわかっているから、その流行はランダムであると考えていいだろうが」ヘンリーは言った。「これとまったく同じに見えるインフルエンザの流行マップは、かつて目にしたことがないね」

マジドが彼の背後に立った。

「この疾病の発生地点が複数である可能性は?」彼が問いかけた。

「わたしも同じことを考えていたよ。もしこれが合成ウイルスなら、生みだした連中は複数のターゲットを選んでばらまいたと考えれば筋は通るだろう」

間を置いて、マジドが言った。

「ロシアがおかしい」

ヘンリーはうなずいた。

「その周囲には多数の流行地点があるのに、ロシア自体にはごく少数しかない。ロシアは季節性インフルエンザの、世界基準とは異なる非公認ワクチンを持っている。ウイルスの毒性が弱められた生ワクチンで、それなりの利点を有している。注射ではなく、吸入式なんだ。価格も安い。ポリオキシドニウムと呼ばれる高分子化合物も付け加えられている。

それは、困惑するほど多数の効能が主張されている、一種の免疫賦活剤だ。どんな効果があるかは知りがたいが、もちろん、NIHでもそれの試験はおこなわれている」

「もしきみの考えているとおりだとすれば、やったのはアルカイダではなくロシアだと思いたいもんだ」マジドが言った。「すでに世界中が、ムスリムはみなテロリストだと考えるようになっているからね」

ヘンリーは、ロシアの生物兵器プログラムに対抗する研究をしていた時代を思いかえした。高度な技術を備えたソ連の科学者たちが致死性は高く、治療困難な疾病の病原体を——主として、西シベリアにあって、現在は国立ウイルス生物工学研究所と改称された施設や、オボレンスクにある生物兵器研究所といった——微生物兵器研究センターで合成していた。ペストや天然痘など、歴史に残る大災厄の病原体がエアロゾル形態に精製されて、トン単位で製造され、いかなる既知の治療法にも対抗できるようにされていた。

ソ連時代には、VECTORの主任科学者はニコライ・ウスティノフという人物だった。彼は、フィロウイルスと呼ばれる、あまりよく理解されていないウイルス科に属するウイルスが引き起こすマールブルグ熱を研究していた。マールブルグ熱は最初、ドイツの都市住民のなかで発生し、その都市の名にちなんで名づけられた。一九六七年、あるラボの研究者がアフリカミドリザルの腎細胞中のウイルスを培養したあと、死亡した。ドイツのほかのラボで、同じウイルスに感染したサルを扱っていた研究者が七人、死亡した。その九年後、同系統のウイルスがザイール（現在の国名はコンゴ民主共和国）で流行を起こし、発生地のエボラ川にちなんだ名称が付けられた。

ウスティノフほどマールブルグ熱をよく知る人間はいないだろう。疾病研究者の多くが、そして偉大な研究者たちですら、よくそうなるように、ウスティノフもまた致命的な失敗の犠牲者となった。彼がウイルスを注射するためのモルモットを押さえていたとき、その研究パートナーがうっかりウスティノフ博士の指に針を刺してしまったのだ。

ヘンリーは一度、機会を得て、ソ連の生物兵器プログラムの一翼を担っていたバイオプレパラートと呼ばれる研究所の初代副所長、カナジャン・アリベコフ博士の講義に出席したことがある。アリベコフは一九九二年にアメリカに亡命し、名前をケン・アリベックに変えた。大きな眼鏡を掛けたがっしりした男で、ふっくらした丸顔がカザフ系であることを示していた。アリベックは軽いロシアなまりで、ウスティノフの身に起こったできごとの経緯を語った。誤って注射針を刺された直後、ウスティノフは免疫血清を投与されたが、疾病の進行はとまらなかった。それから数日間、科学の目的のためということで、ウスティノフはみずからの感染の進行状況を正確に書き記した。看護師たちにジョークを飛ばしたりもしたが、やがてその疾病が麻痺性の頭痛と嘔吐を生じさせ、なにもできなくなった。

「彼は不活発になり、会話ができなくなった」とアリベックは回想した。「毒素ショックによって、表情が凍りついた」全身の皮膚に小さな内出血の斑点が生じ、白目部分が赤くなった。ときどき、どっと涙を流すようになった。そして十日目、突然、容態が改善したように見えた。気分がよくなり、家族のことを尋ねるようになったが、その体内ではウイルスが仕事の仕上げにかかっていた。皮下出血の斑点が大きくなり、血が口や鼻や生殖器から、体外へあふれだした。意識が戻ったり失われたりをくりかえした。そして、感染して二週間後、穏和なニコライ・ウスティノフは死去した。検視の際、血液とともに肝臓と脾臓が摘出された。皮肉にも、その検視を指揮した病理学者もまた、ウスティノフの骨髄サンプルを採取するときに自分の体にうっかり注射針を刺し、ウスティノフと同じ運命をたどった。

葬儀の前に、ウスティノフの遺体は殺菌剤で覆われて、ビニールシートに包まれ、そのあと金属製の箱におさめられて、溶接で封じられた。それでもなお、彼を死なせたウイルスは生きのびた。それは、ウスティノフの臓器から採取されたものだった。彼の同僚たちは、ウスティノフ博士をたたえるため、その変異ウイルスにU株の名称を与えた。そのウスティノフ変異株が培養され、貯蔵され、多弾頭型弾道ミサイルに収納されているのだ。

隔離によってサウジアラビアに閉じこめられたヘンリーは、マジドとともに現場に出ることに時をふりむけた。リヤドの保健省は巨大であり、ろくに使われていない研究施設があった。ヘンリーが必要とするものはなんでもマジドが徴発してくれたが、ワクチン開発の経験を持つ見識のある研究助手はいなかった。ヘンリーとしては、自力でかき集められる武器だけでこの疾病と戦わなくてはならない。疾病を生きのびたひとびとから採取した免疫血清で。

彼もマジドもそのリスクは心得ていた。このプログラムは、まったく症状を呈しなくなった生き残り患者を対象にした、定期的な採血に特化したものとなった。それぞれの被験者は毎週、五百ミリリットルの全血を提供することを命じられた（これは絶対君主制ならではのことだ）。血液が満たされたチューブが遠心分離機にかけられ、それが血液凝固因子と血液細胞を分離した。血餅（けっぺい）の上に、ひとりの人間のすべての抗体を含んだ琥珀色の血清が浮かんで、分離した。ひとりの生き残り患者から採取された血清は、免疫血清の一回投与分にしかならないので、すでに感染した数十万人ものひとびとの処置に必要な量にははるかにおよばず、また、その純度を判定するのは不可能だった。血清が濾過されていないため、ほかならぬコンゴリウイルスを含め、なんらかの病原体が混入しているかもしれない危険性があった。

CDCにいるマルコとそのグループも同じことを試みて、適切な投与量を見つけようとしていた。

「ここまで、体外試験では良好な結果が出ているので、いまはサルを使って試みているところです」マルコが言った。「そちらの、人間の患者たちの経過はいかがでしょう？」

ヘンリーは困惑して、首をふった。

「どうしたわけか、保健省からその記録がもらえないんだ。今夜、マジドに会ったときに、答えを求めるつもりでね。なんらかの理由があるはずだ。これが重要であることは、彼もわたしと同じくらいよくわかってるだろう」

マジドは連日、各病院を訪れていた。ヘンリーが宮殿へひきかえし、書斎にいる彼を見つけだしたとき、彼は明らかに疲れ果て、意気消沈していた。

「すべての患者を入院させるための場所がない」マジドが言った。「国民の半数が罹患したようにすら感じるよ。スポーツ・スタジアムを臨時の病棟にしたが、そこで患者の処置にあたるスタッフがいない。これは難題だ、ヘンリー。王国がこれをあと一カ月、もちこたえられるかどうか、わたしにはわからない」

「それならなおさら、免疫血清療法に集中するしかないだろう」ヘンリーは言った。「ドナーの人数はかなり増えたが、データがなくては試験の成否を判定することができないんだ。どうなっているのか、説明してもらわなくてはいけない。たんに官僚が無能なのか、それともなにかの力が働いているのか？」

マジドが顔をそむけた。ヘンリーの顔をまともに見ることができないのだ。

「こんなことを話すのは、ひどく恥ずかしいんだが」ささやき声に近い声で、彼が言った。「これまでに確保された免疫血清の全量を、わたしの一族が徴発したんだ」

「彼らはその危険性を理解しているのか？」

「彼らはひとびとが死んでいくのを目にして、怯えきっている。そして、彼らはみな王子なので、自分たちには最初に救われる資格があると考えているんだ」

「もしわたしが不死の魂の存在を信じていたら、疾病に最初に感染したのは魂という器官だと言うだろうね」ヘンリーは言った。

「われわれムスリムは、病気は神がわれわれにもたらす試練だと信じているんだ」

「それは罰のように聞こえるが」

「まったくちがう。コーランは、もし神が人類は罰せられるに値するとしたならば、地上にはただひとりの人間も残らないだろうと教えているんだ。われわれはまた、すべての疾患に治療法があるとも教えられている。だから、問題はわれわれがそれを発見できるかどうかなんだ、友よ！」

マジドが本棚のほうへ歩いていき、ハディース（ムハンマドとその教友に関する言行録）を開いて、自分の主張を支える一節を探そうとした。

「正確な文言は忘れたが、わたしが言いたいのは――」彼が話しだしたとき、突然、一個のランプが部屋の空中を飛んでいき、マジド自身もローブを体の周囲にはためかせながらスローモーションのように宙に浮きあがって、すさまじい勢いで壁に激突し、そのあとガラスと石が砕け散る轟音とともに、ランプがヘンリーの頭部にぶつかってきた。

やがてヘンリーが意識を取りもどすと、部屋のなかには埃と煙が渦巻いていた。自分は生きている。息が浅くなっている。痛みはなかったが、体が麻痺し、頭が混乱していて、しばらくのあいだ、自分がどこにいるのか思いだすことができなかった。どこかなじみのない場所。暗く、荒廃した、夢のなかのようなところ。ひどく歳をとってしまったかのように、体の動きが鈍く、違和感がある。

「マジド！」

床に倒れている友を発見するなり、ヘンリーはすべてを理解した。そのとき、執務室のドアが開き、ヘンリーは考える前にマジドの体の上へ身を投じていた。

二本の腕が自分を持ちあげるのが感じとれた。マジドのボディガードだ。

「閣下！」ボディガードが叫んだ。「おけがは？」

王子が困惑のていでボディガードを見あげ、よろよろと身を起こす。ボディガードが彼に手を貸して立たせようとしたので、ヘンリーはそれをやめさせた。

「いけない！」ヘンリーは叫んだ。「どこかの骨が折れているかもしれないんだ」

ヘンリーが慎重にマジドの手足を動かしてみたところ、それらは無傷のように見えた。

「出血している」彼は所見を口にした。

「きみは叫んでいるぞ」マジドが言った。

「わたしが？　きみの声がよく聞こえないんだが」自分の声が別の部屋から届いてきたもののように聞こえた。

マジドがボディガードのほうへ顔を向け、報告を受ける。自爆テロリストがゲートに近づいてきた。若く、東部州のなまりがあった。男は、マジド王子が自分に施しを約束したと言った。宮殿の門衛たちが、構内へ入れるのを拒否すると、男は自爆した。その門衛たちは死んだとのこと。ボディガードは、マジドが生きていて、無傷であることを確認すると、警察が到着するまで宮殿を守るために、外へ駆けだしていった。

マジドとヘンリーは床にすわったまま、災厄を生きのびた者のみが知る、困惑と驚愕が入りまじった心理状態でたがいを見つめた。池に張った氷のように、生と死を分かつ薄膜が徐々に溶けていき、あらゆる細部が真新しく、経過する時のすべてが新鮮に感じられた。

「きみの医療バッグはどこだ？」ヘンリーは問いかけた。「きみの傷の手当てをする必要がある」

「わたしはスタッフのチェックをしなくてはならない」王子が言いかえした。

「まず、きみの顔のけがを治療しよう。出血した状態で動きまわってはいけない。みんなを死ぬほど怯えさせることになってしまうぞ」

「そんなにひどいのか？」

「けがそのものはひどくはない」ヘンリーが請けあう。「だが目の近くに穿孔傷がいくつかある。神経に障っていないか確認しなければ」

ヘンリーはマジドに手を貸して、立ちあがらせた。損傷をこうむった室内を、王子が愕然と見まわす。宮殿の市街地に面している部分が、完全に失われていた。その光景の異様な美しさに、王子が麻痺したように見えた。夜の空気が室内に入りこみ、思いもよらぬそよ風に乗って運ばれてきた爆発物の臭気が鼻孔を刺激する。そのとき突然、シャンデリアが落下してきて、ふたりはそろって飛びのいた。マジドは呆然となり、ちょっと身をぐらつかせた。ヘンリーは彼を導いて、宮殿内のより安全なところへ連れていった。

さいわい、王子の寝室に入ると、すべてのライトがぶじだった。彼らはバスルームの鏡を使って、自分の身を点検した。どちらも白っぽい埃で体が覆われていて、遺体のように見えた。ヘンリーは、自分の左肩に出血があり、側頭部にひどい打撲傷があることに気がついた。

「では」マジドが言った。「たがいを治療することにしよう」

マジドが体を洗っているあいだに、ヘンリーは探り針とピンセットを消毒し、そのあとマジドのこめかみと鼻孔の周辺にある小さな傷を点検していき、目からほんの数ミリメートルのところに突き刺さっていた小さなガラス片を取り除いた。

「運がよかったな、ハビビ」〝親愛なるひとよ〟に相当するアラビア語を使って、彼は言った。

ヘンリーにとって、シャツを脱ぐのはきまりの悪いことだった。幼時にこうむった疾病の痕が明らかになるからだ。脊柱側湾症のせいで片方の肩がもう一方より高く、胸板が突きだし、前腕がふくらんでいた。ヘンリーがこんなふうに身をさらした相手はジルしかいない。マジドは品位を保って、左肩の切り傷だけに注意を向けているふりをした。

「あー」マジドが言った。「縫合をするしかないな。しかし、わたしはメディカル・スクールを出たあと、それをやったことがないんだ」

それは、予期せぬ親密さに満ちたひとときとなった。彼らはこれまでに何度も決定的な瞬間をともにしてきたが、まさに最期の瞬間となったかもしれない一瞬を生きのびた経験はなく、まだ実感こそないもののそれを経験したことで、たがいをかけがえのない人間として、いつまでも結びついているだろうと感じるようになったのだ。

マジドが言う。

「きみが命を救ってくれたんだ」

「そんなふうなことはなにもやっていないよ」ヘンリーは言いかえした。「そうしようとしてくれたんだ。たぶん、ボディガードがあの場にいたら、そういうことをしてくれるのを期待しただろう。きみはわたしになんの義務も負っていないのに、みずからを犠牲にして、わたしをかばおうとした。きみはわたしよりすぐれた人間だ。そして、はるかに、はるかに勇敢だ」

「それは誉めすぎだね」ヘンリーはたじろいだ。「もっとも、将来、きみがまた縫合をするようすを見たいとは思わないが」

「そうだからこそ、わたしは病院ではなく、この執務室に身を置くようにしているんだ」

ショック症状が治まるにつれ、ふたりの体が震えだした。抑えようとしても抑えられない。彼らは、生き残ったことにまだ驚嘆しながら、めまいがするほど笑った。だが、この宮殿にとどまるのは安全なことではなかった。

王国は、ハッジが始まる前から、反乱に手を焼いていたのだ。

「反乱者たちはここの国民、東部州にいるシーア派の連中でね」マジドが打ち明けた。

「彼らはイランに支援されて、王族に攻撃をかけている。これは彼らの企てのひとつにすぎない。ひと月前、彼らは国家警備隊司令部を爆破した。彼らは決意が固く、向こう見ずであり、われわれが対応することになるのは明らかだ」包帯を施された顔がにわかにねじ曲がる。「なんとばかげた行動であることか！　われわれは——いや、世界中が、この危険な状況に直面しているんだ！　それなのに、ああいう狂信者どもは、この混乱はつけこむ機会としか考えていない！　そして、われわれはそれと同じくらい始末が悪い。わが国はこの疾病の原因をイランになすりつけ、これはシーア派の陰謀だなどと言いたてているから、国民は変革ではなく戦争に気持ちを向けるようになっているんだ」

マジドがようやく、ヘンリーの変形した体に医師としての目を向けて、診断をする。

「知ってのとおり、中東にはまだこの疾病が残っている」彼が言った。「そんなことがあっていいわけはないんだが。中東は世界のどこより日射しに恵まれているのに、ひとびとは屋内にこもり、ビタミンDをじゅうぶんに得られていない。この国の少女たちの七十パーセントがこのビタミンの不足の状態にあるんだ。あの黒いローブ(アバヤ)で身をすっぽり包んでいるから、驚くようなことではないんだが。養育する母親の立場になってもサプリメントの摂取を拒否するので、それが子どもたちへ受け継がれてしまうんだ」

ヘンリーは、いずれ自分の身の上話をマジドに語ろうと言ったが、いまはその時ではなかった。なんにせよ、そのとき警察が到着し、王子とその客は安全な場所へと案内された。

21 泡

スティーヴンソンの飼育小屋はすでに、ミネソタ州動物衛生委員会や地元の消防局のトラック、そしてシャコピーの州立刑務所のバスによって、取り囲まれていた。この日のうちに殺処分をすべき家禽農場がほかに九カ所あったので、この種の作業の人手が不足した州当局は、州全体で殺処分をおこなうため、囚人の志願者を募って派遣した。囚人たちがそこの庭に立って、しかるべき服装を整えているときに、メアリ・ルー・ショーネシーとエミリー・ランカウが到着した。この場では、州保健衛生局の職員でもっとも上級であるエミリーが、ショットガンを膝の上に携えてロッキングチェアに腰かけているミスター・スティーヴンソンと話をつけるというありがたくない仕事をするはめになった。

「おはようございます、ミスター・スティーヴンソン」彼女が言った。「検査したところ、残念な結果になりまして」

「おれはこれに同意しない」彼が言った。「ぜったいに同意しない」

「規則はご存じですね。補償はされます」彼女が数枚の書類がはさまれたクリップボードを手渡したが、スティーヴンソンはろくにそれを見ようとはしなかった。「この朝に調査された健康な七面鳥の数は、二万五千六百七十三羽でした」エミリーは言った。「さらに七十羽の七面鳥が罹患したということです。それでわたしは考えたのですが、数に入れるべき卵がまだいくつかあるんでしょう」

「あんたらが来る前、ここには二万七千羽の七面鳥がいた」ふてぶてしい態度でスティーヴンソンが言った。

「それならそういうことで。いずれにせよ、それは、この二日間で一千羽を超える七面鳥が死んだことを意味します。死んだ鳥の補償はできず、すでに罹患した鳥の補償は減額されますので、この話の対象になるのは、健康な鳥たちの公正な市場価格および殺処分と消毒に必要な標準的費用ということになります」

「そんな金額じゃ、損失の補塡にゃぜんぜんならない」

「そうですね。でも、これはあなただけの問題ではありません。同じ状況に直面している農場が州のいたるところにあるんです。とにかく、これは決められたことでして。あなたの意思がどうであれ、われわれはあなたの七面鳥の殺処分をおこないます。そのあと、この消毒をし、あなたに補償金を送付します。この書類にサインされなかったら、補償金はまったく受けとれません。それは明白なことです。それと、その銃はしまっていただいたほうがよろしいかと。みんなを不安にさせますので」

「うちの庭を囚人だらけにしたあんたが、やつらの精神状態を案じるというのか？」

「正直、囚人が作業に使われることになるとは知りませんでしたが、彼らが正しい行動をしてくれるのはまちがいないです」

スティーヴンソンの顎がこわばる。エミリーは、彼があとで悔やむはめになることを言いそうな予感がしたので、先手を打ってこう問いかけた。

「ミスター・スティーヴンソン、よろしければあなたのクリスチャン・ネームを教えていただけますか？」

スティーヴンソンがぎょっとした顔になる。

「ジェローム」彼が言った。

「ジェロームとお呼びしてよろしい？　これが成されねばならない重要な作業であることはおわかりですね。政府は特別にあなたを選んだのではないんです。これは恐ろしいカタストロフでして。いたるところでひとびとが危険にさらされています。あなた自身のご家族も恐ろしい危険にさらされていると思います。家族のみなさんにも注意をはらう必要があります。発熱など、なにか病気の兆候が見られたら、すぐに通知していただかなくてはいけません。そして、できるだけ早く、医院か病院へ連れていってください」

「うちの家族が病気にかかるわけがない」

「聞くところでは、輸液療法が必須のようです。ひどい痛みが出る可能性があり、医師たちはそれを改善できるとか。治療を施されたひとびとには回復のチャンスがあります。ご家族をそんな目にあわせたくはないでしょうから、ジェローム、これだけは言っておきましょう。警戒を怠らないように。きっと、あなたはそれが得意でしょうし」

「そのとおり」彼が言った。

「それと、書類のほうは？」エミリーが言った。

ジェロームが書類に氏名をサインし、クリップボードを彼女に返した。

長年、動物の健康を管理してきたメアリ・ルーでも、これほどの大量殺処分は見たことがなかった。こんなことは見たくもなかった。こういう事態につながるであろう検査は数多くやってきたが、自分がそれに関与した経験はなかった。囚人たちが飼育小屋の内部にプラスティックのパネルを並べ、鳥たちを完全に取り囲むフェンスを造作していた。フェンスの高さはメアリ・ルーの顎に達するほどだった。その内側では、災難に見舞われた二万羽を超える鳥たちがあちこちに目をやっていて、鳥たちの視線の先には、フード付きの白いビニール製防護服を着こんで、太いビニールホースを飼育小屋へひっぱりこんでいる四人たちがいた。それらのホースは、飼育小屋の両端にある扉の外にバックで駐車した二台のタンク・トラックに接続されている。

メアリ・ルーは、近寄ってきたエミリーの、ゴーグルの奥にある目を見つめた。

「これの準備はできた？」エミリーが問いかけた。

「できたと思う」

「よく聞いて。これはほかにいくつかある選択肢より、ずっとましなの。ときには、長い柄のついた造園用の大ばさみで一羽ずつ首をたたき折っていくことだってある。これはそれよりずっと早い。わたしの言うことを信じて」

「ガスを使うの？」

「泡(フォーム)」エミリーが言った。「基本的には、消防署が使うのと同じものよ。吸いこんで、気道に取りこむのにちょうどいいサイズの小さな泡。鳥たちはそれで窒息死するの」メアリ・ルーが身を震わせるのを見て、エミリーは言った。「どのみち、ここの鳥たちはみんな死ぬことになる。わたしたちはましな死にかたをさせるだけのことよ」

会社のロゴ――ミネソタ・フォーマーズ――が胸に印された特注タイベック・スーツを着た男が、エミリーのそばに近寄ってきた。彼女が男に、開始の許可を出す。

それぞれのホースをふたりがかりで取り扱う必要があった。彼らが飼育小屋の両端から作業を開始し、つねに向かい合わせになるようにしながら、ゆっくりと移動していく。ポンプが恐ろしい騒音をあげ、泡が撒き散らされる前から、七面鳥たちをうろたえさせていた。泡は薄い青みがかっていて、メアリ・ルーが感謝祭のパイにふりかけるホイップクリームのような実体感があった。それが不均等に高さを増していく。健康な七面鳥たちが泡から逃げていったが、やがてそれに取り囲まれ、高さを増す泡に頭をつっこんだり、そのなかに身を浸したりするようになった。好奇心が勝ったのだ。まもなく、目に見えるのは、高さを増す青みがかった白い泡の上に突きでた七面鳥の長く赤い喉のみとなり、注入ポンプの轟音に重なって聞こえるのは、さらにやかましく、神経質そうになった七面鳥の鳴き声のみとなり、やがて、泡が高くなった後ろ側にいる七面鳥たちの姿が消え、泡のなかで鳥たちが翼をばたつかせる音だけが聞きとれるようになった。そしてついに、泡のカーテンが最後に残っていた七面鳥たちの上に覆いかぶさった。メアリ・ルーには、大洋の波がそよ風に吹かれ、やがて、そよ風がやんだというだけのことのように見えた。

エミリーとメアリ・ルーが向きを変えると、飼育小屋の扉の内側にスティーヴンソン家の子どもたちが、チャーリーとジャンパースカート姿の少女、それとほかのふたりが立っていた。

「パパのところに戻って、チャーリー」エミリーが言った。

チャーリーが玄関ポーチのほうへひきかえしていき、そこにはロッキングチェアにすわっているミスター・スティーヴンソンの姿があった。エミリーはふと、ミセス・スティーヴンソンの姿がどこにも見当たらなかったことに気がついた。彼にはあの子どもたちがいるだけで、ほかに話をする相手がいないのだろう。彼に言ってやりたいと思った。いずれ年はめぐり、もっといい年がやってくるだろう。そして、再出発ができるだろう。そうなれば、助けになってくれる相手、こんなふうな時に慰めてくれる相手を見つけられるかもしれない。だが、彼女にはそんな約束はできなかった。そこで、彼女は手をあげて別れを告げるだけにし、スティーヴンソンはうなずいてそれに応えた。

22. クイーン・マーガレット

フィラデルフィアで大規模な流行が発生したあと、ジルは子どもたちを連れて妹の農場へ行った。そうしたのは、ヘンリーの不安をなだめるためだった。彼女は夫が危険な場所へ行ってしまうことには慣れていて、彼がいなくてもひとりでやっていけることを誇りにしていた。機転が利き、家計簿をきっちりとつけ、教員の仕事に支障を来さずに家政をきりもりしてきた。彼女の能力や自立心に難癖をつける人間はいないだろう。だが、いまはいたるところが危険になっていたので、ジルは怯えていた。なにを考えてもついてまわる不安にどう対処すればいいのか、ヘンリーならその答えがわかるだろう。だが、妻を落ち着かせ、子どもたちを安心させてくれるヘンリーは、ここにはいない。いてくれないことへの怒りと、会いたくてたまらない思いの両方が募ったせいで、彼女は頭のなかから彼を追いはらい、いまそこにいる別の人間、妹のことに気持ちを集中するようになっていた。ヘレンとテディは、マギーおばさんとティムおじさんが大好きだった。ふたりは、ナッシュヴィル郊外のウィリアムソン郡という、テネシー州のもっとも美しい地区に二百四十エーカー（約一平方キロ）の農場を所有していた。絵に描いたような母屋は、南北戦争の前は駅馬車の停留所だった建物で、アメリカ国家歴史登録材のひとつに指定されている。マギーとティムが初めて屋根付き橋を渡って、砂利敷きの私道に車を走らせ、その建物にたどり着いたとき、それはただの廃墟だった。「修復でぼくらは破産しそうになったよ」とティムは思いかえしたが、いまその建物は、ＰＢＳテレビの番組『この古い家（ジス・オールド・ハウス）』で紹介されたことがあるほど名所になっていた。家の前の花壇にはアザレアとワスレグサが咲き、私道の左右にはハナミズキが立ちならんでいる。

マギーとティムには子どもがひとりだけいた。ケンダルという女の子で、ヘレンより二歳年長だが、身長はヘレンのほうが高かった。ふたりは双子のようによく似ていて、どちらも左利きで、赤髪で、青い目をしている。これほど多数の劣性遺伝子がふたりの子どもたちに発現するのは、まれなことだ。ヘレンがやってくるとすぐ、そのふたりは姿を消し、ケンダルの部屋か納屋でいっしょにすごすようになった。ケンダルはウィリアムソン郡の４－Ｈクラブ（Ｈｅａｄ、Ｈｅａｒｔ、Ｈａｎｄｓ、Ｈｅａｌｔｈの向上をモットーに農業と公民の教育をする農村青年教育機関）の会員で、彼女の部屋にはトロフィーや勲章、そしてコンテストで賞をとった動物たちの写真がぎっしりと飾られていた。

　ある日、ティムがケンダルとヘレンをフランクリンで開かれた家畜オークションへ連れていった。そこでケンダルが、飼育するための子豚を一四、購入する予定になっていたのだ。

「いまでもバークシャー種の豚を二四、飼ってるの」ケンダルがヘレンに言った。「今年はハンプシャー種のを一四、手に入れるつもり。あれはほんとうに平凡な種だけど、審査員はそういうのが好きみたいだから」

　ヘレンは、耳が垂れていて、撫でてもらいたそうに鼻を突きだしてくる黒白模様の子豚を見て、やさしくささやきかけずにはいられなくなった。

「この子たち、とーーーってもキュート！」ヘレンが叫んだ。

　だが、ケンダルはほかの特徴に目を向けていた。

「肩の角度。それが大事なの」彼女が言った。「胸のサイズ、腰の筋肉。そこが肉に関する基本的な部分よ」

　ケンダルは最終的に体重五十ポンドの若い雌豚を選んだ。少女ふたりはティムが運転するピックアップ・トラックの荷台に乗って帰途に就き、ヘレンがその子豚を膝に載せた。家に帰るまでのあいだずっと、彼女とそのいとこはどんな名前にしようかと話しあっていた。ケンダルは、審査の観点から考えるのが大事だと言った。そして、最終的に、父が母につけたニックネームということで、クイーン・マーガレットに決めた。少女たちはそれをおもしろがって笑った。やがて家に帰り着くと、オークションのテントからこの農場になにかの病気が持ちこまれることのないようにと、ティムがふたりに着替えをさせ、靴を替えさせた。

少女たちがオークションに行っているあいだに、マギーがジルをトラクターに乗せて、地所をまわった。その背後に繋がれたカートに、高く積まれた根おおい（マルチ）（樹木や作物を保護するためにその根元にひろげる木の葉や藁）といっしょにテディが乗り、そのまた後ろをピーパーズが興奮した声で鳴きながら走っていた。姉妹には、空白を埋めなくてはいけない話が山ほどあった。マギーはこの前年、乳癌を患い、いまもその試練からの回復途上にあった。それでも、彼女は農場の仕事に復帰するんだと言い張った。

「毎日、自分がここにいられるのがどんなに幸運なことかと考えるの」マギーが言った。「いまもティムとケンダルといっしょにいられ、わたしたちはみんな、ここにすべてのものを持っている。生きていることがこんなにしあわせだなんて」

ジルは、すでに二フィートの高さまでのびた、トウモロコシの列を見やった。マギーと自分の人生はどれほど異なっていることか。思いかえせば、マギーにはいろいろと自分にはなれそうにないところがあった——たとえば、自然と親しむこと。マギーは選挙には行かず、テレビは持ってもいないが、鳥たちをその鳴き声で判別することができる。マギーの家庭菜園には、ジルが味わったことのないハーブがびっしりとあり、店ではお目にかかれない多種多様なトマトがあった。

その一方、ジルは家にいられないことを寂しく感じていた——自分たちの家、その近隣、ラルウォーター公園でのランニング、人生につきもののさまざまな難題に直面したときの園児たちの声に耳をかたむけること。ここはとても孤立しているように思える。もちろん、その孤立が目的で自分と子どもたちはここに来たのだが。そして、インフルエンザはまだアトランタには侵入していないので、用心のためとはいえ、自分の仕事を放りだし、子どもたちに学校を休ませるのは無意味で、自分勝手なように思えた。

「病気になって、変だけどいい点もあった」マギーがしゃべっていた。「そのせいで、大きな金銭的打撃を受けたわ。わたしはとても苦しい目にあったし。そのあいだ、わたしの助けになってくれたのは……」彼女は乾燥小屋の前でトラクターを駐めた。「この農場を購入した当初、ここはタバコの葉を乾燥させるために使われていた」と彼女が言い、ふたりはそろってそのなかへ足を踏み入れた。棚から、束ねられた葉がぶらさがっていた。

「あれはなに？」ジルは尋ねた。

「ほんとにわからないの？　においでそれとわかるんじゃない？」

ジルはにおいを嗅いだ。

「あ、まさか。これって合法なの？」

「まあね」

ジルが妹を穴が開くほど見つめているあいだに、テディとピーパーズが小屋に入ってきた。

「うわ、このにおいはなんなの？」テディが問いかけた。

「あの草のにおいよ」とマギーが言い、皮肉っぽい目でジルを見た。ピーパーズがそのにおいにいらだち、狼狽（ろうばい）して駆けまわる。

「外で待ってて、ハニー」ジルがやんわりとテディに言った。

マギーが乾燥した一本の茎の頭を折りとった。

「ひどく苦しんでいたときに、友だちのひとりがマリファナを持ってきてくれて。ほんとに助かったわ。そのあと、わたしたちは、いまはテネシーでは合法になってるＣＢＤオイルの原料としてなら、それを栽培していいことを知ったの。良質のものはあまりないってだけのこと。そこで、わたしたちはオイルのために、そのね、人類のために、これを栽培するようになったの。こんなに収益のあがる作物はいままでなかった。嘘いつわりなく、最高の草よ」

ジルは、マギーが麻薬販売業者（ドラッグディーラー）だと知って、あっけにとられた。

「あなたには前から園芸の才能があったわね」思いきって彼女は言った。「子どもたちがベッドに行ったあと、そのことを証明してあげましょう」

マギーはディナーにポーク・ロイン料理をつくったが、ヘレンはその材料がなにかを知るなり、食べるのを拒否した。彼女は、アトランタに帰ったらすぐ、パパのような菜食主義者になるんだと心のなかで誓っていたのだ。いつの日か、クイーン・マーガレットの肉を食べることになったらというのは、考えるだけでぞっとすることだった。

「どうせならピーパーズを食べるほうがまし」そろってベッドに行ったとき、彼女はケンダルにそう打ち明けた。

「クイーン・マーガレットはペットじゃないわ」

「でも、あなたはあの子を愛してるんでしょ？　あの子、とってもキュートだし」

「いつまでもキュートってわけじゃない。毎日、二ポンドずつ大きくなって、すぐにでっかいおとなの豚になっちゃうから、繁殖に使うつもりがないかぎり、手元に置いておく意味はまったくなくなるの。もしあの子がグランド・チャンピオンになったら、繁殖に使えるでしょうけど。それに――」ひと呼吸置いて、彼女がつづけた。「――豚はうんざりさせる生きものだし」

「それって、どういう意味？」

「どこにでもウンチをする。自分たちの餌にも、水のなかにも。毎日、その掃除をしなくちゃいけないの。それはそうと、中国では犬を食べるのよ」

「それはないでしょ」

「それがあるの」

「そんなの、ひどいもいいところ」

「きっと、下にいるママたちはいまごろハイになってるわ」ケンダルが言った。

「冗談でしょ」

「わたしのママはマリファナの常用者なの」

ヘレンはあきれかえった。これまでずっと、マギーおばさんは自分の両親よりずっとクールだと思っていたのだ。それなのに、自分のママまでがドラッグを使っていると想像すると、落ち着かない気分になった。

「もう眠るようにしたほうがいいと思う」彼女が言った。

ティムが遅れていた書類仕事に励んでいるとき、マギーがジルにブラウニーを勧めてきた。

「いまダイエット中なの」ジルは言った。

「これはロー・カロリーだし、いわゆるブラウニーとはちがうの」

「あら」ひとくちかじって、ジルは言った。ちょっとひとくち。「けっこうおいしい」もうひとくち。

「もうすでに、この州で合法になった時に備えて、商標名を登録してるの。〝マギーズ・マジカル・エディブル〟ってのを」

「その前に刑務所送りにならなければ、ひと財産つくれるでしょうね」

「ちょっと外に出て、星を見ようよ」

ジルは妹のあとを追って、家の裏手にある畑地へ出た。そこには、テレビ番組のためにマギーが植えたピオニーの花畑があった。まだ月は昇っていなかったが、星ぼしの光が、自分の影を見てとれることができるほど明るかった。ふたりはスズカケノキに囲まれた空き地の草の上に寝そべった。星の光を浴びた木の幹が幽霊のように見えた。完璧で、すばらしい光景だった。

「もしマーサ・スチュワート（主婦のカリスマ的存在と言われるライフスタイル・コーディネイター）が神様だったら、世界はこんなふうになってたかも」ジルは言った。

マギーが笑う。

「そんなことを言いだすのは、あのブラウニーのせいね」

ふたりは空をながめた。ジルは、星ぼしがのしかかってきて、物理的に自分を大地に押しつけているような気分になった。自然の醸しだすにおいがキャンプファイアの煙のようにわが身を包みこみ、地面が溶け去って、体が宇宙に浮かんでいるような感じだった。

「天の川」夢見るように彼女は言った。「ほんとにひさしぶり。あれを見たのは何年前のことかしら。キャンプ・デソト（キリスト教徒の少女のためのアラバマ州のサマーキャンプ場）に行った時以来！　ディナーのあと、いっしょに船着き場にすわって、星ぼしを見てたのを憶えてる？」

マギーが、よく知っている惑星や星座を指さしてみせる。ジルにはオリオン座と北斗七星しか見分けられなかったが、マギーはもっとたくさんの星ぼしを記憶していた。

「最後にこんなふうに星ぼしを見たのは、ヘンリーがわたしたちみんなをクレイジーな西部旅行に連れていった時だった」ジルは言った。「あ！　あれは流れ星？」

「人工衛星」とマギー。「ううん、ちょっと待って。あれは国際宇宙ステーションだと思う」

「ワオ！」ジルは言った。

「ワオ！」姉をまねて、マギーが言った。「本物の麻薬常用者（ストーナー）みたいになっちゃってる」

ジルもまた笑いだした。彼女が実際以上に〝ストーン〟しているように見せかけたことで、ふたりはそろって浮かれ騒ぐようになっていた。

そのときジルの携帯電話が鳴って、呪文が解けた。ヘンリーからだった。

「わたしはだいじょうぶだ」と彼が言い、その声が奇妙なほどゆっくりしているように聞こえた。

「あなたはどうって？」

「だいじょうぶだ」彼が言った。

「でも、わたしはなにも訊いてないけど」ジルは言った。ヘンリーが電話をしてきたいまもまだ朦朧（もうろう）とした感じがつづいていた。彼女はいたずらっぽい目でマギーを見た。「〝ぐあいはどう？〟って訊いたりしてないんだけど」

「ちょっとしゃべりかたがおかしいぞ」ヘンリーが言った。

「おかしくなってる」彼女は言った。「いまこのとき、わたしはほんとにおかしくなってる」

マギーは爆笑を抑えきれなくなっていた。

「どうやら、きみはニュースを耳にしていないらしい」ヘンリーが言った。

「ニュースなんて、知らない。いまマギーといっしょに野外にすわって、星ぼしを見てるところで、ふたりともほんとにストーンしちゃってるの。彼女はとっても星に詳しい。びっくりするほどよ。そして、火星がほんとにはっきりと見えるわ。あんなに赤いなんて」

ヘンリーとの結婚生活のなかで、ジルがなにかのドラッグへの関心を表したことは一度もなかった。酒に強い関心を示したこともなかった。ヘンリーにすれば、彼女ほど薬物に溺れそうにない人間はいなかったのだが。

「またあす、かけなおしたほうがよさそうだ」彼が言った。

「ううん、いま話したい！　この二日、あなたの声を聞いてなかったもの。とっても忙しいのはわかってるけど、それでもね。どうなってるのか、教えて」

「爆破事件にあった」慎重にヘンリーが言った。「わたしはだいじょうぶだ」

不慣れな心理状態にある彼女には、その話をのみこむのに少し時間がかかった。

「爆破事件にあった？　大変、ヘンリー。あなたはだいじょうぶなの？」

「うん、それを伝えたかったんだ。わたしはだいじょうぶだと」

「いま言った以上のことがあったんでしょ」

「頭部の打撲傷と擦り傷ができただけで、深刻な負傷はなにもないよ。あす、もっと詳しく説明しよう。とまどってることはよくわかってるし、そっちはもう遅い時間だろう」

「ヘンリー、あなたが家に帰ってきてくれたら、それだけでいいの」ジルは言った。その知らせで、すっかりしらふに戻っていた。「あなたが多忙で、重要なことをしてるのはよくわかってるけど、わたしたちはみんな、あなたに帰ってきてほしいと思ってる。それも、ぶじに」

「それはそうだろうけど、旅行が禁止されていることは知ってるね。そして、ここのひとびとはほんとうにわたしを必要としている。こんな困難な状況になったことに、わたしはそれなりの責任を感じているんだ」

「またそんなことを！　ヘンリー、あなたはこれまでのすべての段階で正しいことをしてきたはずよ。あなたほど慎重で、責任感の強いひとはいないんだから」

ヘンリーがグッドバイを言って電話を切ると、ジルは泣きだした。マギーが姉を慰めようとしたが、まもなくふたりはそろって涙に暮れた。ヘンリーが家を離れて一カ月以上がたち、そのあいだに世界は狂乱状態になってしまったのだ。ジルは、彼がそばにいないことで、自分がひどく無力感に苛まれていることに気がついた。

「ママ？」

ジルがぎょっとして目をあげると、テディがパジャマ姿で草の上に立っているのが見えた。

「どうかしたの、スウィーティ？」

テディが困惑の目で、ジルとマギーを見つめる。

「なんでもないわ。いまちょっと悲しいお話をしてたところ」マギーが涙をぬぐいながら、説明した。

「こっちにいらっしゃい」ジルは言った。テディがやってきて、ジルの腕のなかへ這いずりこむ。「あの星ぼしを見て」彼女は言った。「あれってすごいでしょ？　手をのばしたら、触れるような気がしない？」

テディがうなずく。ふだんはきかん気な男の子なのに、いまは不思議なほど従順だった。たぶんそれは、こんなふうに感情をあらわにしているわたしを見たからだろう、とジルは思った。テディを両手で抱きしめて、ゆすってやると、ぬくもりがふたりに慰めをもたらしてくれた。

「変なにおいがする」テディが言った。

「マギーの香水でしょ。あなたは好き？」

「ううん、いやな感じ」

「もうこれは使わないようにするわ、ハニー」

ジルは、子どもたちが大きくなって、母親を手本にする必要がなくなるまで、二度とはめを外さないようにしようと、胸の内で自分に誓った。

「ママ、さっき幽霊を見た気がする」

「ほんとに？　そんなのはいないことは知ってるでしょ？」

テディは首をすくめただけで、なにも答えなかった。

「それ、どんなふうに見えた？」マギーが問いかけた。「兵士の姿だった？」

テディがうなずいた。

「この場所には南北戦争の兵士の幽霊が出るって言われてるけど、わたしは一度も見たことがないわ」マギーが言った。「ティムとケンダルもそう。この子はきっと、あなたのなかにいつもとはちがうなにかを感じたのよ」

テディがその話を聞いて、言った。

「ぼくは家に帰りたいだけなんだ」

23 ランバレネ

ヘンリーがフォート・デトリックで仕事をするようになってまもなく、彼のボス、ユルゲン・スタークがひとつの疑問をかかえて、彼のところへやってくるということがあった。

「エボラ熱に感染したひとびとの四十パーセント以上がその疾病で死亡しているのに、エボラ熱患者の看護にあたって、検査で陽性となったひとびとはだれもその症状を示していないんだ」ユルゲンが言った。「なぜだろう？」

ヘンリーはその種の質問をされるのが大好きだった。科学はそこから始まるのだ。

「彼らが以前にその疾病に罹患したことがないのはたしかなんですね？」彼は問いかえした。「そしてもし、罹患したことがないとすれば、どうして耐性を持つようになったんでしょう？」

「きみが解明してくれ」とユルゲンは応じた。

そこで、ヘンリーはアフリカ中西部のガボンへ飛び、一九一三年にアルベルト・シュヴァイツァーがランバレネに設立した病院を訪ねた。あのアルザス出身の神学者であり、オルガンの名手でもあった男ほど、ヘンリーの幼少時の想像力を強くかきたてた歴史上の人物はいない。シュヴァイツァーは三十歳になってから医学を学ぶ決心をし、やがて人類がこうむる苦難を軽減することに生涯をささげるようになった。彼は妻のヘレーネ・ブレスラウとともに、当時のフランス領赤道アフリカのオゴウエ川のそばに病院を設立した。彼らはハンセン病、象皮病、アフリカ睡眠病、マラリア、黄熱病など――ジャングルがもたらすありとあらゆる疾病の治療にあたった。

シュヴァイツァーが建てた質素な病院は、その後数度にわたって再建され、ヘンリーが訪れたときは、熱帯の嵐に対処するための、赤い屋根とせりだしたポーチのある低層建築物の集合体だった。シュヴァイツァーの構想は、ひとつの施設ではなく、現地らしい村を創りだすことで、その本来の理想はまだ維持されていた。フランスヴィルの中央医学研究所に所属する溌剌(はつらつ)としたエボラ熱の専門家、ファニー・メイエ博士が、研究施設のなかへヘンリーを案内した。彼女はガボンの住民たちの調査を監督し、その疾病に対する免疫を持つひとびとの比率を割りだしていた。

「ここの各村落の住民たちの十五パーセント以上に抗体が見いだされ、村によっては三十三パーセントにも達している」メイエ博士が言った。「そういうひとびとはまったくエボラ熱を発症しなかったの！　彼らはエボラ熱の流行地で暮らしたことは一度もない。そこで、われわれはこう自問したわ。彼らはどこでエボラ熱に曝露したのか？」

「コウモリから」ヘンリーは敢えてそう言った。

「おおいにありそうだけど、なぜそのひとたちは発症しなかったのか？　どうして免疫を獲得したのか？」エボラ熱に曝露したひとびとの抗体は、エボラウイルスの特定の蛋白質に対して、臨床試験で有効性が確認されたワクチンと同じような反応を示したと、彼女は説明した。「そういうひとたちは生来的に守られているのだと結論するしかない。なぜなのかは、まだわれわれにはわからないけど」

「偽陽性だったのかもしれない」ヘンリーは言った。「あるいは、病原性のない、エボラ類似ウイルスのエピデミックがあったとか」

「ええ、もちろん、そのことはわれわれも考えたけど、これまで、この地でそういう疾病が発見されたことはないの」

当初から、新たなパンデミックが発生するたびに、医学を困惑させる疑問が持ちあがっていた。なぜ一部のひとびとは、多数の住民が感染する新奇の疾病に対して、免疫を持っているのか？　人口の二十ないし三十パーセントはインフルエンザに感染しても、その症状を呈することはない。ナイロビの性産業を対象とした研究で、売春婦のなかにＨＩＶの自然免疫を持つ人間がいることが明らかになった。また、北欧系人種にはごく一部だが、HIVに感染しても発症はしないひとびとがいる。どちらのケースにおいても、ウイルスが細胞に入りこむのに必要とする、CCR5遺伝子の変異があった。それらは興味深い発見ではあるが、これまでのところ、なにかの疾病に対するワクチンや治療薬の開発にはつながっていない。

訪問の最後の夜、メイエ博士がヘンリーをアルベルト・シュヴァイツァーの控えめな墓所へ連れていき、そのあと、ふたりは川岸にある小さな魚料理レストランのアンブレラの下でディナーを楽しんだ。

ヘンリーが川に目をやると、水中でなにかが動いているのが見えた。

「あれは蛇だろうか？」彼は問いかけた。

「鳥よ。ここではスネークバードと呼ばれてる。水中から突きだされた頭部が蛇そっくりに見えるから」

「わたしは以前からジャングルが恐ろしくてね」ヘンリーは打ち明けた。

「なにがそんなに怖いのかしら？」彼女が問いかけた。

「未開の地は死の場所のように思えるんだ」

「でも、実際には生命があふれかえってる！」彼女が言った。「だからこそ、シュヴァイツァー博士はここに来たんだと思う。おびただしい生きものが、多種多様な生きものがいるここに。みんなが、彼はそれに身を浸していたんだと言う——正しい英語の言いまわしになってたかしら？　つまり、彼は周囲のいたるところにいる、すべての生命のなかに身を浸していたということ」

「それはまちがいなく、生きいきとした描写だね」

ヘンリーは話をつづけ、自分はシュヴァイツァーが示した手本と哲学にとても大きな影響を受けたのだと語った。ヘンリーは無神論者で、シュヴァイツァーはきわめて非正統的なルター派神学者だったが、シュヴァイツァーの理想はヘンリーの哲学に根づいていた。シュヴァイツァーは、まさにこの川を、カバの群れを縫って上流へ溯（さかのぼ）りながら、心のなかで道徳的ふるまいの普遍的基盤を、宗教的論説を超えるものを探し求めた。〝偶然、思いもよらず、あることが心のなかにひらめいた。それは生命への畏敬の念である〟と彼は書き記した。倫理はそれ以上のものではない、とシュヴァイツァーは結論した。〝生命への畏敬の念はわたしのなかに、倫理性に関する根本的でもっとも重要なものを生みだした。それは、言い換えるならば、生命を持続させ、支援し、拡大させるのは善なることであり、生命を滅ぼし、傷つけ、損なうのは悪ということである〟。それらのことばは、いまもヘンリーの胸のなかに生きつづけている。生きものの権利と環境保護運動は、その一部は、シュヴァイツァーの著作から生まれたものである。ヘンリーは、シュヴァイツァーへの敬意は、自分のボス、ユルゲン・スタークに向ける思いに似ているんだ、と彼女に言った。

ユルゲンの名を出したとたん、メイエ博士の顔から表情が失われた。

「彼を知っているの？」ヘンリーは尋ねた。

「会ったことがあるわ」彼女が言った。「あなたのように、ここに来たの」

「ほんとうに？　彼はそんな話はしなかったけど」

「巡礼者として来たの。墓所参拝のために。毎年、そういうひとたちがやってくる。もちろん、彼らは理想主義者よ、そうでなければこれほど長い旅はしないから。われわれはたいてい、彼らを歓待するわ」

「でも、ユルゲンにはそうはしなかった？」

「彼のことは、あなたのほうがよく知ってるでしょ」彼女は川のほうに目をそむけた。もうなにも言いたくない気分になっているのは明らかだった。しばらくして、彼女がつづけた。「なかには、あの哲学を度を超して信奉するひとたちがいる。彼らは、人類が自然界にもたらす害悪にだけ目を向け、人間もまた動物であり、やはり畏敬の念に値する存在であることを忘れているの」

「彼はかなり冷淡な人物だとは言えるだろうね」

「彼は恐ろしい人物だと思った」

「どうしてそう思ったの?」

だが、メイエ博士はそれ以上のことは言おうとしなかった。

「わたしは彼のことはろくに知らない」言いわけのように彼女が言った。「もうすでにしゃべりすぎたわ」

そのあとフォート・デトリックに戻ったとき、ヘンリーは悪性のノロウイルスを持ち帰っていた。それは、クルーズ船でしばしば流行する、胃腸疾患を発症させるウイルスで、伝染性が強いのだが、B型とAB型の血液を持つ人間はあまり感染しない。不運にも、ヘンリーはO型だったのだ。なぜ血液型がそれに関連するのか、いまのところはまだだれも突きとめていない。

病気から回復してすぐラボに復帰すると、ユルゲンがなにを発見したかを尋ねてきた。

「発見したのは、あの免疫が持続するのは謎ということです」ヘンリーは答えた。

メイエ博士と、ユルゲンに関する彼女の見解についてはなにも言わなかったが、そのあと、ヘンリーはボスを以前より注意深く観察し、彼女を不安にさせた特質を探すようになった。たぶん、同じ特質が自分のなかにも存在し、それが自分をこの危険な――ひとによっては不吉なと言うだろう――世界に、自分を志願させることになったのだろう。

24 トリプル・プレイ

「死者がたくさん出ているのに、わたしたちには伝えられていない」ジルが教員用ラウンジでほかの教師たちとランチを摂っているとき、四年生担当の教師（アメリカでは小学校に幼稚園が併設されていることが多い）、ミルドレッドが言った。

それまで、彼女らは、アトランタではまだ大きな被害が出ていないのは幸運だという話をしていたのだ。パンデミックの勢いが衰えたということで、全土の学校が授業を再開していた。ひとびとは職場に復帰し、レストランを満席にし、劇場やスポーツ・イヴェントに集うようになった。マスクをするのをやめ、最近まで危険をはらんでいた空気に顔をさらして、酒を飲むようになった。ジルも決心して、街に帰っていた。

「たとえばだれが？」

「アンダーソン・クーパーが死んだのはたしか。ぜんぜんテレビに出てこなくなったし」

「ブラッド・ピットが死んだって聞いたけど」別の教師が言った。

「え、そんな」

「あなたが知らないだけよ」

「でも、テイラー・スウィフトが死んだってのはほんとう」

ミルドレッドは会話の主役になったことで興奮しているように見えた。死の無差別性がポピュリストである彼女を刺激し、怒りを湧きあがらせていた。ミルドレッドは、フランス革命の時代に生きていたら、ギロチンの処刑人になっていただろう。

「ニューヨークでは、家を出たときは元気だったのに、その半時間後に地下鉄内で死んでしまった男がいるって」ミルドレッドが言った。「ウォール・ストリートの男だとか」

「これまでに何人の死者が出たかはわかってるのかしら?」教師のひとりが問いかけた。

「アメリカだけでも二百万人と言われてる」ジルは言った。「でも、だれもほんとうのところは知らないんだと思う」

「恩給基金みたいなのはめちゃくちゃね」とミルドレッド。

この国はパンデミックの第一波を脱したところで、証券市場は13500ポイントの下落を見、経済は史上もっとも大きな不況に見舞われることになった。アメリカン・エアラインが破産を申請し、旅行禁止命令によってほかの各航空会社も経営危機に陥り、輸送に関係するすべての産業が激震にあっていた。人間は群れる生きものであることを、これほど明白に示す事例はかつてなかった。ほとんど一夜にして、地下鉄やバスや鉄道から人影が途絶えた。だが、またほとんど一夜にして、人数が少なくはなったものの、ひとびとはもとのありように返っている。最悪の時は過ぎたのだ、とだれもが自分に言い聞かせていた。置き去りにしていた人生を取りもどす時だと。

パンデミックは、まだヨーロッパと中東では深刻な状態だったが、フィラデルフィアのエピデミック以後、アメリカのほかの都市がそれほど大きな打撃をこうむることはなかった。CNNで専門家のだれかが、このウイルスは変異して、毒性の低い形態になったのではないかと言っていた。FOXのコメンテイターたちが、批判の多い旅行禁止命令を引き合いに出し、この疾病を抑えこむために政府が強制的な処置を講じたことを賞賛した。

ミルドレッドは口をつぐもうとはしなかった。

「授業中に死んだ教師がいるって話は聞いた?」彼女が問いかけた。「生徒たちの目の前で。倒れて死んだって」

「ミルドレッド、わたしたちは生きてる!」教師たちのひとりが言いかえした。

「そして、わたしたちには仕事がある」別の教師が口をはさんだ。

ジルは自分の教室に戻ると、デスクの前にすわって、ランチからひきかえしてくる園児たちをながめた。この子どもたちは、いまさまざまな障害物を目の前にしているのだから、人生のよけいな困難に遭遇していると考えていいだろう。ふたりのダレンは、名字が同じというだけでなく、どちらも父親が刑務所に入っている。クニーシャはこのクラスではいちばん聡明で、その母親、ヴィッキーはわが子を守るためなら、やれることはなんでもするが、このコミュニティに属する女の子たちは、どんなに聡明で、かわいくても、不利な境遇にある。ジルは、家族の問題があろうと、支援の不足があろうと、この子どもたちは生きのびてくれるだろうと信じていた。なかには成功をおさめる子もいるだろうし、クニーシャはそうなってくれるだろう。

この子たちになにも悪いことが降りかかりませんように、とジルは思った。

その午後遅く、ジルはラルウォーター公園へランニングに出かけた。そこはCDC本部から徒歩で少しのところにあり、彼女は昼食時にときどきヘンリーと連れだって、キャンドラー湖のそばでピクニックをしていた。マガモに餌としてフリトスのコーンチップをやっていると、湖に棲む強欲な白鳥たちが先に餌をくれと要求してくることがよくあった。ローム質の小道が、深い森のなかをうねりのびている。学生たちが、草を食むカナダガンに囲まれて、日光浴をしていた。すばらしく晴れあがっているせいで、学生たちはちょっとまぶしそうにしながら、教科書を読むことに没頭している。ジルは、湖畔でカップルがキスをしているのに目を留めた。別の時代の光景のように見えた。

　これまでになくヘンリーが恋しくてならなかった。世界が彼を必要としているのはわかっている。彼の重要性が理解できないほど愚かではないが、ときどき、歳をとって、最終的に、やっと長い不在がつづく期間が終わって、世界がもはや彼の対処を切望しなくなり、ヘンリーを自分だけのものにすることができたらどうなるのだろうと思ったりもする。ノースカロライナかサンタフェの山中にキャビンを持つのはどうだろうと話しあったことがある。自分たちの将来を想像する機会は多々あったが、それは空想にすぎないこともわかっていた。ヘンリーはけっして仕事を辞めず、それどころか、のんびりやろうともしないだろう。彼を独り占めするのはぜったいにむりなのだ。

　ふたりが出会ったのは、アトランタ・ブレーブスの試合を観戦したときで、彼女はそのころジョージア州立大学で修士課程を履修していた。ジルは当時の夫で、エモリー病院の研修医(レジデント)をしていたマークといっしょに、トゥルーイスト・パークに行った。マークはヘンリーの名声を知っていて、ふたりのあいだにすわったジルをなおざりにして、彼と話をした。ヘンリーは慎み深かった。彼は会話より試合の観戦を優先したがっているのは明らかだったが、マークは自分を印象づけることに夢中だった。そのとき、ジルが気づいたことがふたつあった。ひとつは、マークが畏怖していたこと。彼がほかの知識人との関係をあれほど露骨に求めるさまを見たのは、あれが初めてだった。会話はきわめて専門的だったが——当時、エモリー病院に忍び寄っていた抗生物質が効かない肺炎についてだったはず——マークの反応から、ヘンリーの答えは独創的で、驚くべきものだと判断がついた。マークにはいろいろと欠点があり、そのひとつは、しゃべりすぎと知識をひけらかしがちなことだったが、ヘンリーが相手だと、その能力が及ばないように見えた。

もうひとつ、ジルが気づいたのは、ヘンリーが自分に関心を示したことだった。最初、彼は自分を気づかってくれているだけだと思った。南部では、紳士は淑女の気持ちを、たとえそんなものには関心がなくても、おもんぱかるのがふつうだ。たとえば、ドアを支えて開けておくようにするとか。だが、ヘンリーは南部人ではなく、慣習や礼儀といったもののために誠実さをないがしろにするタイプではなかった。それでも、マークがひとりでしゃべっているあいだも、彼は、その話題はジルの理解力を超えたものであっても、ジルを会話にまじえて答えるようにしていた。

一度、フィラデルフィア・フィリーズがノーアウト満塁のチャンスを迎えたことがあった。マークは話を進めようとしたが、ヘンリーは、しばらく黙っていてくれのシグナルがマークによく見えることを期待するかのように、一心に試合を観戦した。三塁線へ鋭いゴロが転がり、ヘンリーとジルはそろって飛びあがってしまったが、ブレーブスの三塁手がゴロを捕ってベースを踏むと、すぐに二塁へ送球し、二塁手が一塁へ矢のような送球をした。ジルは衝動的にヘンリーにハグをした。

「なにがあったんです?」マークが尋ねた。

「トリプル・プレイ!」ヘンリーが叫んだ。

ジルはそれまで、トリプル・プレイを見たことがなかった。それはエキサイティングなプレイだったが、それにしても自分の反応はおかしかったとジルは思った。なぜ自分は出会ったばかりの小男と抱きあってしまったのか?

社会的な事柄に疎いマークでも、ハグには気づいていた。試合のあと、マークは、翌週のディナーに来てくれるようにとヘンリーを招待し、その後も何度か誘った。マークはなにかを狙っていた。それは職ではなかった——彼はひっぱりだこの状態で、すぐに開業することになりそうだった。バックヘッドにある、スカーレット・オハラが住んでいたような豪邸で暮らし、大手製薬会社の理事に名を連ねる運命にあるような医者だった。ジルは、そういう暮らしで甘やかされることに異存はなかったし、公平に見て、自分たちはどちらもヘンリーからなにかを得る必要があるのはたしかだった。マークは科学的業績の階梯を、ノーベル賞の受賞争いをささやきあっているひとびとのところまで昇り詰めることに貪欲だった。マーク自身がその仲間になれることはないにしても——彼はおのれの限界を知らないわけではなかった――そのような人物、新顔でどこにも所属していない人物、注目することを歓迎してくれそうな人物と、友人になれるかもしれない。ジルは、自分がヘンリーに、そして彼が自分に感じた魅力を、マークが最大限に利用しようとしているのだと察しをつけた。ある意味、マークを哀れに思った。

だが、ジルはそれでなにが得られるのか？

彼女は思い悩んだ。自分は結婚している。不満があるわけではない。ヘンリーは刺激的な人物だ。謎めいたところがいろいろとあり、それが彼女を惹きつける。彼の思考は複雑だが、同時に野球の試合に没頭することができるようになるほど柔軟だった。会話をしている彼はおもしろかったので、ジルはつい、ベッドにいるときの彼はどんなだろうと考えてしまった。ヘンリーは、一般的な基準では性的対象となる男でないのはたしかだった。ジルよりちょっと背が低く、がに股で、脊柱側湾症を患っていて、歩くときは杖が必要になる。けれども、身体的に彼を見た場合、すぐにジルの心に湧きあがってくる特徴は、体には不釣り合いなほど大きい頭部だが、それだけでなく、自分の見立てでは、彼はきわだってハンサムだった。実際、颯爽としたハンサム。そんなわけで、マークが彼女を捨ててヘッジファンドの財産を相続した女性のところに行ったとき、ジルはショックは受けたが、胸が張り裂けたりはしなかった。ヘンリーがそこにいてくれるのはわかっていたし、どうしたわけか、彼はいつまでも自分を待っていてくれるだろうと信じていたからだ。自分がずっと彼を待っていたように。

ヘンリーの知性は希有なものであっても、そのすばらしい精神をおさめている肉体は十全ではなく、損なわれていた。それでもヘンリーは、彼を過小評価したり、憐れみの目を向けてきたりするひとびとに怒りを表すことはけっしてなかった。ジルはそういうひとたちに嫌悪を感じた。彼らは、ヘンリー・パーソンズの持つずばぬけた特性、ジルの考えでは、ほかのみんなと彼を峻別する特質を、理解していないのだ。途方もなく大きな愛の持ち主であることを。

そのほかにも、ジルがいくら考えてもよくわからない特質があった。ヘンリーはなにかの罪悪感を持っていた。あの球場で初めて会ったとき、ヘンリーは一時的契約で、フォート・デトリックからCDCに異動していた。人目をはばかる世界で生き、自分がそこでやっていることをけっして明かそうとしなかった。あの出会いのあとまもなく、彼はCDCの常勤職員となった。あれは十六年前のこと。

ヘンリーは、きみが自分を生きかえらせてくれたんだと言った。自分を産んでくれたと言っているようにも聞こえた。彼はいつも、結婚式は自分にとってかつてないしあわせなひとときだったと言う。それはジルにしても同じだった。けれども、しあわせは移ろいやすいものであり、ジルは、よろこびに満ちた歳月を清算する絶望の大波が前途に待ち受けているような恐怖を覚えることがよくあった。

子どもたちがジャングルジムの上で吐いたとき、テディはその下の遊び場にいた。監視員が少年を助けて、看護室へ連れていくと、そこには鼻血や嘔吐の症状を呈した子どもがほかにも三人いた。校長はその知らせを聞くとすぐ、スピーカーを通して、コード12を発令した。それは、各教員は子どもたちを教室に閉じこめ、親たちがやってくるまで廊下に出してはならないという意味だった。親たちの何人かが早々とその話を聞きつけ、子どもたちを連れ帰ろうと急行してくる。彼らの目は恐怖に満ちていた。

それから二十四時間後には、十七を数える都市で、新たに一万八千人のアメリカ人がコンゴリウイルスで亡くなった――それにはアトランタも含まれていて、二百名を超えるインフルエンザ関連死があった。ニュースはさまざまな話に彩られていた。ディナーの場で両親が死に、四人の子どもたちが孤児になった。デトロイトの刑務所で十二名の囚人が病死し、ほかにも十三名が罹患したため、郡当局は囚人たちを守ることができないということで、あっさりと刑務所のゲートを開いた。それは、だれもが収束に向かっていると考えていた疾病が社会に亀裂を生じさせていることを示す教訓となった。

その大半は、身体が感染に激しく抵抗したことで引き起こされる急死だった。ほかの犠牲者たちは、十日ほど持ちこたえたあと、たいていは急性呼吸器症候群と呼ばれる、ウィルス性の激烈な肺炎によって命を失った。最初のコンゴリ・パンデミックのあと、新たな変異種が増殖していたのだ。インフルエンザと肺炎の合併症による死者数が、全体の五十パーセントを占めていた。

ジルはやむなく、最後に残った園児たちの親が迎えに来るまで待ち、それからやっとヘレンとテディを家に連れ帰ることができた。食料貯蔵庫がほぼ空になっていたので、彼女はあらゆる店が営業をやめてしまわないうちにと、必死になって食料を買い集めた。あそこならたいしたパニックになっていないだろうと思って急いで家の近くにある自然食品店へ行くと、だがそこには店の通路を駆けぬけていくヨガ服の女性たち（隣にヨガ・スタジオがある）や、二台かそれ以上の数のカートを押しているスーツ姿のビジネスマンたちや、未精算の食品を両腕いっぱいにかかえて外へ出ていく客たちなど、狂乱状態にあるひとびともいた。ジルは、自分も同じようなことをしようとした。レジ係のふたりはできるだけ早く商品をさばこうとしていたが、感染を恐れてもいて、可能なかぎり感染を避けようとしていた。

「現金オンリーです」ひたいに赤い印（ティラカ）のある、きゃしゃなインド人の血が混じった若い女性店員が言った。

「え、まさか。そんなにたくさんの持ち合わせはないわ」

「クレジットカードのシステムが動かないんです」店員が言った。「なので、現金のみでお願いします」

ジルは、背後にいるビジネスマンが札束を握りしめていることに気がついた。どうしてか、だれもが自分より事情をよく知っているようだった。財布のなかを見ると、四十三ドルしかなかった。レジ係が札を数えもせず、あっさりと現金を受けとる。ジルは食料を自分で袋詰めして、店をあとにした。頭がぼうっとして、息が浅くなっていた。

家に帰ると、ヘンリーがフェイスタイムを使って連絡を入れてきた。ヘンリーが快適そうに仕事をしている姿を見たことで、どうしたわけかジルはいきりたってしまった。彼はサウジの保健省にいて、なにかのアラビア文字が記された白衣を着ていた。ヘンリーが快適そうに仕事

「なぜまだそっちにいるの？」彼女は問いつめた。「あなたはそこにいるべき人間じゃない。こっちにいて、わたしたちを守ってくれなきゃいけないでしょ。本来の仕事をして。それなのに、遠いサウジアラビアにいるなんて！」

ジルが感情を激発させたのは、ヘンリーにすれば思いがけないことだった。

「あらゆる手を尽くして、家に帰る方法を見つけようとしてるんだ」彼が言った。「アメ

リカ大使館がいろいろとコネを使ってくれてるんだが、サウジアラビアはいまも国境を封鎖していて、すべての航空機が地上に待機させられてる。ほかになにができるものか、わたしにもわからないんだ」

ジルはどっと涙をあふれさせた。それから長い時間、ヘンリーは黙って彼女の泣き声を聞いていた。ジルは怖くなってきた。自分は子どもたちを守ろうとして、頭がおかしくなりかけているのか。ヘンリーの目もまた潤んでいて、ふたたび口を開いたとき、その声は震えていた。

「きみになにもかも任せっきりにするのは、まっとうじゃないよね」

「まっとう」ジルは吐き捨てるようにそう言った。「こっちがどんなことになってるか、あなたにはわかってないんでしょ」

「教えてくれ」

「みんながあんなふうな行動をするようになるなんて、思ってもいなかったわ。だれもが他人に手を貸すことを恐れ、どうすればいいのか、だれもほんとうのところがわからなくなってる。食料を買いだめしたひとたちはだれにも分け与えようとはしないし、それはおカネについても同じなの。コミュニティのフードバンク（寄付された食料を困窮者に配るための施設）はあるけど、いまは閉じられてしまってる。それは、だれもがほかのひとたちといっしょに列に並ぶのをいやがってるからか、そこの食料が尽きてしまってるからのどちらかだと思う。だれもが自分のことしか眼中にないの」

「よく聞いてくれ、ジル。わたしはまもなく家に帰れるだろう。約束する。手づるがいくつかあるんだ。キャサリンができるだけのことをやってくれているし、マリアもそうだ。だれもがわたしを家に帰らせようとしてくれている。だから、すぐにそうなるだろう。約束する」

「隔離から逃げだしてるひとたちがいるって話を聞いたわ。あなたも車で砂漠を渡り、どこかほかの国へ行くってことはできないの？」

「国境が封鎖されてるんだ。イラクとの国境を航空機が監視飛行をし、たぶんほかの国との国境もそうなってる。もしイエメンに入っても、状況がよくなるかどうかはわからないしね。これは永遠につづくわけじゃないんだ。皮肉なことに、この対策を提唱したのはわたしでね。ところが、コンゴリウイルスの拡大を阻止するには手遅れになり、わたしはここに閉じこめられてしまったというわけなんだ」

「ああ、そんなのって。あなたにここにいてほしくてたまらないのに」ジルは言った。

「自分が身勝手になってるのはわかってる。いまわたしにとって重要なことはただひとつ。あなたがこの疾病の流行を食いとめる方法をなんとしても見つけなくてはいけないってことなの。これは途方もなく恐ろしい事態よ。それは自分に懸かってるわけじゃないとあなたは言うでしょうけど、やっぱり、それはあなたに懸かってるの、ヘンリー」

25 リーダーシップの保持

副大統領が語気を荒らげる。

「なにがまずかったんだ？ われわれはこのウイルスを打ち負かしたんだろう」彼はバートレット少佐を真正面から見つめ、非難するように言った。

「明らかに、そうではありません」彼女が言った。「二週間ほど潜伏していただけで、それはべつに珍しいことではないのです。ご記憶にあるでしょうが、先週、もうだれもが職に復帰してよいだろうとあなたがおっしゃったときに、そのように申しあげましたね」

副大統領が彼女をにらみつけたが、このころにはもうティルディには、バートレットが遠まわしに言うとか、脅威を包み隠すとかはけっしてしないことがわかっていた。彼女は純然たる科学者であり、この部屋にいるほかのだれとも反対で、忠実に真実を語ろうとしているのだ。ティルディは心ならずも、一歩もひかない彼女の誠実さに敬服していた。

「ただの一日で、経済に——二兆ドルだったか？——の損失が出た。たった一日でだ！

いつ市場を再開できるのか、わたしにはわからない。そして、きみはすでにひどく多数の人間が死んだと言っている」副大統領はまたバートレットに責任を押しつけるようなことを言ったが、彼女に答える暇を与えず、ことばをつづけた。「どの病院もドアを閉ざし、ひとびとを追いかえしているんだ！　死亡者たちの埋葬にまで遅れが出ている。どうして、わが国はこのことへの準備がなにひとつとしてできていなかったのか？」それは質問というより、たんにことばをもてあそんだだけのことだった。「これはめちゃくちゃな混乱状態だ」福音主義者の慎みをわきに置いて、彼はそう結論づけた。「あらためて訊くが、きみの名前は？」

「バートレットです、副大統領。バートレット少佐」

「きみが前に話していた抗体とかいうしろものは、いまもあるんだな？」

「モノクローナル抗体のことでしたら、そのとおりです。われわれはフェレットを使ってその試験をしているところでして」

「そんなのはくそくらえだ。きみの話からすると、それはわれわれにとって、なんらかの免疫をつくりだすための最善の希望となる。ワシントンにこのくそったれな病気がはびこっているんだ。われわれはリーダーシップを保持する必要がある」

どういうリーダーシップ？　ティルディは思った。大統領はこの伝染病にどう対処するかという議論にはほとんど加わらず、自分が大統領に就任する前から公衆衛生はないがしろにされていたとして、敵対する党に責任をなすりつけているだけだった。

「オーケイ、バートレット、このように決めよう」副大統領がつづけた。「きみは今夜、ホワイトハウスに出頭し、その際に、そのしろものを大統領のために持参する」しばらく考えてから、彼が言った。「それと、大統領の家族たちのためにだ」

「あなた用の注射器もお持ちするようにしましょうか、副大統領？」

ティルディは、バートレットが口調を変えずに、そう問いかけられたことに感嘆した。副大統領がどう応じるべきかと考えているあいだ、ほかの面々はみなテーブルをじっと見つめていた。タイタニック号の最後の救命いかだにだれが乗るかを問うようなものだ、とティルディは思った。あなたが救いたいのは自分自身なのか、それとも人類なのか？

「そのしろものは何人分あるんだ？」副大統領が問いかけた。

「約二百人分」とバートレット。「いまのところ、その安全性と有効性は保証できません。そして、人間はだれでも免疫のレベルが異なるので、ひとりひとりが異なるということです。適切な投与量は未知数です」

「二百人分か」副大統領の指が会議室テーブルをこつこつとたたいていた。「二百人分。だれが救われるべきか。うむむ」

ティルディは腹をくくり、彼を苦悩から助け出してやることにした。

「あなたはそれを投与されるべきでしょう」と彼女は提案した。「社会の継続性のために」

「いや」と彼が言った。「わたしに先んじるべきひとびとがほかにいる。各軍の長。閣僚。第一対応者。くそ、どのような決断をなせばいいのか。このことに関しては、わたしは祈るしかなさそうだ」

ティルディはこのとき初めて、彼にちょっぴり同情した。

「あとひとつ、問題があります」会議が解散になりかけたところで、彼女は言った。「この伝染病が収束しないかぎり、われわれがふたたび直接顔を合わせて不定期の会議を開くことはできないと考えます。今後はホワイトハウスが電話会議を設定してください。この国が安全になるまで、われわれがどのように身を処すべきかについては、バートレット少佐が提案してくれるでしょう」

バートレットは、自宅にこもり、手を洗い、やむをえない時を除いて外に出ないようにし、もし外出する場合はマスクと衛生手袋をするようにと言っただけで、たいした提案はしなかった。

「もし症状が出たら、病院はどこもすでに満室なので、人工呼吸器が必要にならないかぎり、みなさんにとって病院に行くのは最善の行動ではないことを心に留めおいてください。自宅に介護をしてくれるひとがいない場合は、少なくともふたりの人間に一日に二度、電話をかけてもらうように。水分を摂り、ベッドを離れないようにしてください」

「アスピリンはオーケイ?」

「ぜったいにだめです!」とバートレットが言って、全員をぎょっとさせた。「これは出血性の疾病です。血液を薄める薬剤はなんであれ、用いてはいけません。アレヴ、アドヴィル、マイドル、モトリン、パーコダン、アルカセルツァー、バファリンなど――気分をよくしてくれるたぐいの薬品を服用してはならないというのが一般的経験則なんです」

いかにもバートレットらしい言いかただった。

「タイレノールはオーケイです」と彼女は認めた。

面々がブリーフケースを手に取っているあいだに、統合参謀本部副議長がエージェンシーの男に問いかけた。

「きみは〝アース・ガーディアン〟というグループに聞き覚えはあるか? うちの真ん中の娘がそれにすっかりはまってしまってるんだ。わたしの見立てでは、カルト的なものらしい」

エージェンシーの男には聞き覚えがなかった。ティルディにしてもそれは同じだった。

「この話を持ちだした理由は、彼らが人口増加に反対しているからでね。それも大々的に。彼らの集会を見てみるがいい。人間の数を減らせといったようなことを主張しているんだ。彼らはこの惑星の人口が二、三十億ぐらい削りとられても意に介さないように見える。うちの娘はそこまで思ってるわけじゃないんだが、共感は覚えているようなんだ」

「FBIが彼らの何人かをロサンジェルスで逮捕した」司法副長官が言った。「彼らは全土のいたるところで精子銀行に押し入ってる。精子銀行を破壊しているんだ。冷凍庫の電源を切ったり、保管庫をまるごとぶち壊したりして」

ティルディは、だれか頭のいかれたやつに率いられる思想的分派グループの行動のように聞こえると述べた。

「あなたはそう思うだろうが」と司法副長官。「彼らのリーダーは、以前は政府の人間だったんだ。フォート・デトリックで超極秘の仕事をいろいろと指揮していた男。やがて、彼はお払い箱になり、民間請負会社でなにかよごれ仕事に手を染めるようになった」

「科学者？」ティルディは問いかけた。

「そう、微生物学者だ。名前はユルゲン・スターク」

26 治験

これは好機だ、とユルゲンはみずからに告げた。絶好の機会。自分たちの仮説を実証するための。その仮説は、ユルゲンが余計者になって、フォート・デトリックを離れたあとにできたものだった。議会が、防衛手段として正当化するのは困難な、いくつかの実験を調査した。それはすべて非公開で審議されたが、リークがあって秘密が漏れ始めた。CIAとフォート・デトリックで進められていた秘密作戦とを切り離す決定がなされた。それは、さまざまな疾病をつくりだす仕事を指揮していた才能ある人間がクビにされることを意味した。

情報コミュニティを取り巻く裏世界でも、ユルゲン・スタークはよく知られていて、彼が自由の身になるとすぐ、数多くの集団が競って彼を雇用しようとした。9／11同時多発テロとイラク戦争のあと、民間警備会社がぞくぞくと設立されていた。情報と軍事の世界に属する――海軍SEALやCIA、モサドや南アフリカの準軍事警察部隊といった――

最高の組織で訓練された工作員たちが雇用された。政治コンサルタントや学者たちが、そして国土安全保障省出身のハッカーたちも、そこに入りこんできた。その種の民間請負会社は、雇われの暗殺者を提供するだけでなく、内部の安全管理や防衛の業務部門としても機能し、妥当な報酬がもらえれば実際に軍隊を出動させる。

ユルゲンは、最終的に彼を迎え入れた会社、AGTセキュリティ・アソシエーツに競争力をもたらした。その会社名はなにも物語らない。それは、裏世界で動いているいくつもの会社のなかでも、あまり目立たないようにとの意図で付けられたもので、その世界の内部ではAGTはよき選択肢として知られていた。AGTのような民間請負会社のつぎのステップは、微生物学となる。ユルゲンの雇用は絶妙の一手だった。彼はすぐさま、会社の未来を担うゴールデン・ボーイとなった。ユルゲンは洞察力を備え、その分野におけるすべての秘密を知っていた。それらのひとつが、ヘンリー・パーソンズがやってのけた興味をそそる発見だった。

ヘンリーはフォート・デトリックで、ポリオの病原体の研究をしていた。急性灰白髄炎（ポリオ）は、二十世紀前半においてはもっとも恐れられた病気だった。インフルエンザ同様、ポリオの病原体はRNAウイルスだが、人間の排泄物に汚染された食べものや水によって伝染する——それが、水泳プールが塩素滅菌処理をされるようになった理由のひとつだ。一九四〇年代から一九五〇年代にかけて、毎年、何千人もの幼児が麻痺を発症させるポリオウイルスに感染した。病院には〝鉄の肺〟という、身体をそっくり収容する機械式人工呼吸器がずらっと並び、患者たちのなかには生涯そのなかですごす運命をたどる者もいた。ポリオの治療法はなかったが、ソーク・ワクチンとセービン・ワクチンの導入によって、その疾病はほぼ根絶され、それは医学の偉大な勝利のひとつとなった。だが、ユルゲンには、ポリオにほとんど曝露したことのない人口集団がひとつの機会をもたらすことがわかっていた。そのウイルスの高い感染力と、中枢神経系への予測不可能な攻撃は、生物兵器としての興味深い対象だった。

ヘンリーはその後、手足口病——エンテロウイルス71としても知られる——という、ポリオに類似した疾病に、関心を移した。病状は通常、穏やかではあるが、ときには、とりわけアジアでは、重症化して、神経系統に恒久的損傷を生じさせる場合もある。ヘンリーへの指示は、潜在的兵器としてのエンテロウイルスの研究だったが、彼はひとりの医師として、自然が油断なく隠していた秘密のひとつを解き放ち、無害な疾病をカタストロフの原因に変じさせるメカニズムを理解できるようになるかもしれないとも考えていた。

ヘンリーは、エンテロウイルス71とポリオウイルスを〝結婚〟させる方法を発見した。そのハイブリッドウイルスは、初めてそれに曝露したマウスにもっとも特殊な結果をもたらした。三日後、そのマウスたちは倒れ、数時間にわたって無意識状態を継続し、そのあと回復したときには、なんの症状も示さなかった。一時的で、良性の疾病だった。同じケージに入れられていて、ハイブリッドウイルスを接種されなかったマウスたちも同様の反応を呈したので、そのウイルスはマウスからマウスへ感染することが明らかになった。実際、その感染力はきわめつきに強かった。

ユルゲンはそのハイブリッドウイルスの用途を即座に見抜いて、ヘンリーの才能を賞賛し、彼がまだ勝ちとっていなかった本採用職員の地位になれることを保証した。われわれがいまやっている戦争のやりかたを変えるのだ、とユルゲンは言った。通常兵器や核兵器によってではなく、微生物とウイルスと毒物によって。慎重にターゲットを選び、周到に準備をして、ヘンリーが作製したものを――われわれはそれをどう呼ぶべきか？一時的活動不能化剤？ある種の麻酔薬？――エアロゾル状にして用いれば、敵をじゅうぶんに長い時間、無力化もしくは無害化できるだろう。血が流れることはなく、すべてが自然のできごとに見えるはずだ。それを可能にしたのは、ヘンリー、きみのすばらしい発見なのだ。

一時的活動不能化剤。麻酔薬。ある種の睡眠薬。ユルゲンが表現したそれは、とても慈悲深いもののように思われた。実際、それが正確になんであるかはだれにもわからなかった。人間を対象に実験されたことはなかった。それでもユルゲンは先を急ぎ、砂漠とジャングルからなる警察のいないへんぴな地でひそかに研究を進められる民間の世界においては、段階をいくつも省略することができた。これは、きみが求めていた治験をおこなうための非の打ちどころのない機会だ、と彼はヘンリーに言った。このように考えてみるがいい。ボリビアとブラジルの国境にまたがる熱帯雨林に、麻薬テロリストの一団がいる。コロンビア革命軍(FARC)から分離した、邪悪な反乱グループだ。彼らは何年ものあいだ逮捕を免れ、村々を襲撃し、農作物を焼き、レイプをし、略奪をし、恐怖によってその地域を牛耳ってきた。ブラジル政府がわれわれに解決策を求めてきて、いまきみがそれを作製したのだ！

ヘンリーはサンパウロでＡＧＴ社のチームと落ちあった。そこの空軍基地を根拠地として作戦が展開されていたのだ。チームの面々はきびきびしていて、筋骨たくましく、有能で、その成功に疑いがさしはさまれることはなかった。彼らはヘンリーの作製物をたんに薬物(エージェント)と呼んでいて、それを農薬散布用飛行機に積みこみ、コロンビアの村に近いアマゾンの密林にある飛行場に着陸した。そして、日暮れになるまで待った。ターゲットは隔絶地にあったので、対象地点を越えて感染がひろがるリスクはほとんどない。テロリストたちが潜伏しているキャビンの灯りが道しるべになり、暗闇が対応を混乱させるだろう。その村の上空を何度か飛行して、粉末農薬が散布されることになる。直接、吸入させなくてはいけない炭疽病とは異なり、ヘンリーの薬物は接触性であり、感染が迅速にひろがるだろう。三日後、軍隊がそこに侵攻することになっていた。ユルゲンとヘンリーが医療チームとしてそのあとにつづき、それの効果を調査して、文書化する。すべてがうまくいくはずだった。

たしかに、ヘンリーは懸念をいだいていた。それは科学研究ではまったくない。その一方、志願者を募っての治験が必要に——その薬物はまだその段階だった——なるだろうし、それならば、ヘンリーの作製物の実験方法としては、テロリスト集団を一時的に麻痺させるほうが（もし順当に作用するならば）はるかにいいように思われた。それだけでなく、ブラジル政府は対策の必要に迫られていて、ユルゲンが成功を確信していた。そういう励みになる材料があっても、ヘンリーの心が完全に穏やかになることはなかった。

ヘンリーとユルゲンは熱帯雨林で三日目の夜をすごした。湿気をはらい、森林の空気を吸いやすくしてくれる、心地よいそよ風が吹いていた。彼らはコーン・ワインを飲み、ホエザルたちの喉にかかった叫び声に耳を澄ました。ホエザルは黄熱病のエピデミックで数が減っていて、ユルゲンはその原因はそこの住民たちの不衛生な習慣にあるとして、なじった。ふたりは、野生動物たちの治療に関して障害になるのはなんであるかを話しあった。